《無限的 i 》是一部結合我所有想法與技巧的作品，
我可能已經無法再寫出如此耗費心神的小說了吧。
這是到目前為止我的最高傑作，
請盡情享受這個目眩神迷的夢幻世界，
以及隱藏在它背後的秘密。

——知念實希人

無限的i [下]

ムゲンのアイ

MIKITO CHINEN
知念實希人

✦

目錄

✦

第三章　夢幻的演奏會

1

每動一次大拇指，智慧型手機的畫面就會滑動，我盯著畫面，同時用湯匙舀起咖哩飯送進嘴裡。

「妳在看什麼？」

坐在桌子對側的爸爸一臉訝異地問我。

「啊，對不起，這樣很沒有規矩對不對？」我急忙將手機放在一旁。

「不是，因為妳的表情看起來很可怕，所以我在想是不是醫院的聯絡，如果妳必須趕回醫院的話，我可以開車載妳到車站。」

「沒關係，不是醫院的聯絡。對不起讓你擔心了。」

我擠出笑容，將精神集中在爸爸自己煮的咖哩上。成功結束佃先生的瑪布伊谷米後隔週，我回到了老家，想和爸爸見面也是一個原因，但我還有其他的目的。

原本在飯廳角落咬著飼料，發出「咔哩咔哩」聲的貓咪黃豆粉，也許是吃完飼料後感到無聊，腳步輕快地往我走來，牠以我的大腿為中繼站，靈巧地飛身跳到桌上，聞著咖哩的香味。

「就跟你說貓不能吃咖哩啦！」

我以指尖輕撫黃豆粉尾巴根部，牠的喉嚨發出了「咕嚕咕嚕」的聲音，一臉幸福的樣子，和在夢幻世界中支持著我的庫庫魯身影重疊，讓我漾開了笑容。

我的庫庫魯會長得那麼可愛，一定是受到這兩個小傢伙的影響。我摸著黃豆粉，同時往旁看向在籠子裡一心一意啃著白菜的兔子跳跳太。從小就陪伴著我的黃豆粉和跳跳太，已經不是寵物而是家中的成員之一了，牠們兩個溫暖且溫柔地療癒了二十三年前，我在那個可怕的事件中內心所受的重傷。

享受完按摩的黃豆粉，優雅地在桌面上移動，以前腳碰碰我的手機。「啊！不可以。」當我出聲制止時已經太慢了，被粉紅色肉球壓住的手機從桌子邊緣掉到地板上，不知道是不是被不算小的音量嚇到，黃豆粉膨起尾巴的毛，從桌上跳下地板逃走了。

「啊——真是的！」

我蹲下身撿起手機，幸好螢幕沒有裂開，按下電源鍵，畫面正常亮起，我看見上面顯示的大約半年前的網路新聞報導，加重了握著手機的力道。

「獲判無罪的大學講師 是否殺了一名男性?!」

這句標題使用了相當大的字型突顯在畫面上，報導中寫著原本因涉嫌殺害前女友，並以強酸溶解遺體而被逮捕，之後獲判無罪釋放的男子，因為殺害中年男子的嫌疑而遭到通緝。

我維持著蹲姿，往下滑動該則報導，裡面詳細且聳動地描寫了久米先生的成長過程、身邊人給予的評價，以及優香小姐死亡的事件，但對於關鍵的中年男子被害案的詳細內容，卻可說是幾乎完全沒有提到，別說遭到殺害的地點或當時的情況，就連被害人的身分都只能找到「年約五十五歲的上班族」這等最低限度的資訊。並不是這篇報導比較特別，完成佃先生的瑪布伊谷米之後，我花了許多時間查詢久米先生在電話裡自白的他殺害了中年男子的案件，但是不論哪一篇報導，都沒有寫出案件的詳細狀況及中年男子的姓名。

贏得無罪判決並獲釋的人物可能就是兇手的殺人案，這麼具有高度新聞性的案子，卻幾乎沒有流出多少資訊，這是怎麼回事？案件的背後，有什麼扭曲的黑暗正在蠢蠢欲動，我越是調查這個案子，這股預感越是強烈。

我按下主畫面鍵回到新聞網站的首頁，新聞清單的最上方跳出了**「杉並區出現遺體 是連續殺人嗎?!」**的標題。我輕輕按下那條新聞的頁籤，案件的概要顯示在螢幕上。

「今日下午，杉並區某公園，附近居民發現有人倒在公園植栽內且已死亡，根據警視廳公布的內容，遺體嚴重損傷，被害人的性別及年齡皆不詳，目前警視廳正仔細搜查本案與東京西部發生的連續殺人案之間的關係。」

錯不了，是這半年來持續發生的連續殺人案，不僅地點和先前一樣是東京西部，再說遺體遭破壞到連性別都無法分辨的案子可不是這麼常發生。

「真是沒一刻消停……」悽慘的案件讓我情緒低落。

「怎麼了？手機壞了嗎？」

爸爸出聲問道，我回過神，急忙坐回椅子上。

「我確認過了，應該沒怎樣。」

「是嗎？那就好。」

爸爸向上彎起嘴角，之後往口中送進咖哩，我也學著他的樣子。

飯廳裡只有湯匙敲在盤子上的「咔鏘、咔鏘」細微聲響迴盪著，雖然雙方都專心吃飯而停止了對話，但這陣沉默卻令人舒暢。

這麼說起來，被殺的男性和爸爸年紀差不多嗎？我以湯匙混著所剩不多的咖哩醬汁與白飯，一邊抬眼瞄了瞄爸爸，和年輕時的他相比，白頭髮變得很顯眼，皮膚也越來越缺乏緊緻度。

爸爸老了呢！溫暖的情感和這未經矯飾的感想一同在心中發芽。

因為年輪般刻在爸爸身上的老態，是他一直保護著我的證明。

忽然間失去媽咪之後，爸爸為了養育我而傾盡全力，他一邊工作，同時替我做飯，幫我看學校功課，拚命做好父親和母親這兩種角色，所以我現在才能像這樣，成長為一個獨當一面的醫師。

不，不只是爸爸，我一面吞下口中的咖哩，一面看著垂掛在天花板上的吊燈。奶奶、黃豆粉、跳跳太、華學姊、袴田醫師……因為有許多人的支持，才有了現在的我。

在我這麼想時，帶著安詳表情躺在床上的女性身影掠過腦海，同時一道刺穿胸口的痛楚傳來，我急忙搖著頭，將那幅影像消去。

「嗯？怎麼了？」爸爸擔心地問道。

「沒什麼，只是咖哩有點辣。」

「我不覺得有煮得那麼辣呀……」

我對著一臉困惑的爸爸笑了。

「不會啦，沒關係，我比較喜歡吃辣的。」

這時候，腳邊傳來一陣由下而上擠壓的感覺，吊燈像鐘擺一樣搖晃，放在客廳角落架子上的餐具在跳動，發出「喀鏘、喀鏘」好大的聲響。

「地震？」

「躲到桌子下！」爸爸對著半站起身的我說道。我按照他的指示避難，緊靠著他蜷縮身體，在籠子裡啃著白菜的跳跳太也豎起了雙耳，不安地來回看著左右。搖晃持續數十秒之後，地震終於停了，我和爸爸保持警戒從桌子底下鑽出來。

「好像停了呢！」

「是呀，好大的地震啊。愛衣，妳有沒有受傷？」

「嗯，我沒怎樣，不過最近地震還真多啊，不會有事吧……」

我盯著還在搖晃的吊燈瞧。

「別擔心，不管發生什麼事，爸爸都會保護妳。」

爸爸將手放在我的頭上，厚實的手掌觸感化解了我的不安。

「不過遇到自然災害的話就沒有辦法了吧？」

我開著玩笑掩飾自己的害羞，爸爸揉亂我的頭髮。

「沒這回事，做父母的，只要是為了孩子什麼都做得到喔。別說這個了，愛衣，妳要再來一盤咖哩嗎？」

「不用了，我已經吃飽了，謝謝爸爸。」

「這樣的話我想拜託妳一件事，妳可以到二樓去看看奶奶的狀況嗎？應該是沒事，只是剛剛晃得滿厲害的。」

「好，我知道了。」說完，我將碗盤拿到水槽，洗淨之後往門口走去。就算爸爸不這麼交代，我也打算飯後和奶奶聊聊，因為這才是我回來老家最大的目的。

我離開飯廳，踏上陡峭的樓梯，來到二樓以後，走近右手邊的和風拉門出聲問道：「奶奶，妳還醒著嗎？」裡面傳來「還醒著喔」的回答。

我拉開拉門走進房內，奶奶跪坐在小矮桌旁邊向我招手，黃豆粉正縮成一團躺在奶奶的腿上，看來牠是逃到這裡來了。

「小愛，妳回來了啊，坐吧坐吧。」

我在坐墊上坐下之後，奶奶坐在小矮桌的對面，將熱水瓶裡的熱水倒進茶壺中。

「我現在馬上泡茶喔。對了，這裡有開口笑，拿去吃吧。」

奶奶指著點心盒，裡面放著數顆嬰兒拳頭大的淺褐色球狀物。

「奶奶，剛剛的地震妳有沒有怎麼樣？」

「那種程度不算什麼啦，別說這個了，開口笑看起來很好吃吧？」

奶奶將點心盒移到我的面前。

「我聽說妳要回來，特別準備的呢！」

奶奶都這麼說了，我也不好拒絕，我從盒子裡捏起一顆。小時候我的確很喜歡開口笑，但最近有在注意卡路里，因此總是避免吃這個。

三更半夜吃這個感覺會變胖啊……我感受到臉部僵了僵，牙齒仍是輕輕地嗑在沖繩名產的炸甜甜圈上，穿過炸得酥脆的表面之後，偏硬的海綿嚼勁傳到了門牙上。充滿香氣的甜味包覆著舌頭，油脂和砂糖交織而成的罪惡滋味中，一股眷戀之情湧上。

既然都吃了，那就要好好享受。改變想法的我在短短數十秒內便將手裡的開口笑吃下肚，也許是吃得太快了，似乎有些哽住了喉嚨。

「好吃嗎？」

奶奶拿起茶壺，在茶杯裡倒入茶水後遞給我，接下杯子的我啜飲著裡面澀味強烈的茶，殘留在舌頭上的油脂被茶水帶走的感覺很舒服，胸口的鬱悶也舒緩了些。

「謝謝妳，奶奶，很好吃喔。」

「是嗎？是嗎？還有很多喔，想吃幾個都沒關係。」

再繼續吃下去，可就要讓人擔心體重了，於是我回道：「比起這個，我有話想說。」

「是有關瑪布伊谷米的事吧，太厲害了，小愛，妳救了兩個人的瑪布伊，已經是個了不起的猶他了呢！」

「咦？為什麼妳會知道？」

我驚訝地反問，但奶奶只是微笑著。看來身為猶他前輩的奶奶已經預知到了一切。

「那個……我對ＩＬＳ的病患做了奶奶告訴我的事之後，該說是被吸進去嗎？總之有那種感覺……等到我回過神以後，已經在不可思議的世界裡了……」

我還沒有整理好該怎麼表達才好，因此說得七零八落。

「啊──是夢幻世界吧。」奶奶看向遠方。

「奶奶妳果然也知道夢幻世界！妳也曾經在裡面尋找衰弱的庫庫魯，救助過瑪布伊嗎？」

「當然啦，好懷念呀，以前和庫庫魯一起在那個不可思議的世界裡冒險。」

「那的確是個不可思議的世界，但也不完全都是有趣的事情而已吧，沒想到竟然會那麼危險。」

我嘟起嘴之後，奶奶露出古靈精怪的微笑張開雙臂。

「一點也不危險呀，不是有庫庫魯在保護妳嗎？」

「話是這麼說，但就算是庫庫魯，也不可能每一次都保護得了我吧？」

「不會的，沒這回事。」

奶奶探出身摸著我的臉頰，那是帶有些許粗糙卻又溫暖的手。

「小愛啊，已經是個獨當一面的猶他囉，所以妳的庫庫魯會擁有特殊的力量，無論是多麼危險的夢幻世界，都絕對可以保護妳的特殊力量。小愛，妳就相信自己的庫庫魯吧。」

相信庫庫魯……嗎？我想起了佃先生的夢幻世界即將崩毀前，我和庫庫魯的互動。那時候，庫庫魯隱瞞了我某些事，在這樣的情況下還要我無條件相信牠……

「吶，奶奶，每個人都會有庫庫魯對吧？」

「對，沒錯。」奶奶收回了摸在我臉頰上的手。

「無論是誰，都會在夢中與庫庫魯相遇，可是醒來之後就會忘記這件事。不過因為我是猶他，擁有特殊的力量，所以就算醒來了還是可以記得庫庫魯，是這樣沒錯吧？」

「是這樣沒錯。」奶奶再次點頭。

「奶奶，庫庫魯究竟是什麼？雖然庫庫魯本人自己說過牠們像是映照出瑪布伊的鏡子一樣的存在，但我卻覺得應該不只是這樣而已。」

我丟出了最想問的一個問題。

「之前，當我完成瑪布伊谷米以後，那個人的庫庫魯變成了死去的太太的樣子，如果庫庫魯是映照出瑪布伊的鏡子，那變成他太太的樣子感覺就很奇怪。」

「妳問過庫庫魯了嗎？」

「問過了，但我覺得牠在敷衍我……雖然牠說等到那個時候來臨，牠會說出一切……吶，奶奶應該知道吧？庫庫魯的真實身分。」

「我知道呀，但是不能告訴妳。」

「為什麼?!」我不自覺地大喊出聲。

「既然庫庫魯不告訴妳，那當然就不能從我口中說出來。庫庫魯是比任何人都還要為妳著想的存在，所以只要等妳準備好了，庫庫魯一定會全部說清楚。」

「準備好了是什麼意思？全部又是怎麼回事？」

「妳很快就會知道了，所以就相信庫庫魯，耐心地等待吧。」

我的鼻根隆起了皺摺，奶奶伸出手，輕輕地撫摸那個部分。

「露出這種表情，就可惜了這麼漂亮的一張臉啦。小愛，相信庫庫魯就和相信我是一樣的，所以妳就再給牠一些時間吧。」

奶奶都說到這個分上了，我也無法再繼續追問下去，「知道了。」我大大地吐出一口氣之後，說出另一個我很想問的問題。

「還有啊，ILS的病患……弄丟了瑪布伊之後再也醒不過來的人之間，彼此有一些關聯，我認為那四位病患是被某個人約出去，同時被吸走瑪布伊的。」

「嗯，可能吧。」

「這樣的話，吸走瑪布伊的人，是叫做薩達康瑪利嗎？我在想，如果找出那個人做點什麼的話，也許就能讓昏睡中的所有人一起醒來。」

「可能吧。」

聽見奶奶說著同樣的回答，我傾身向前。

「奶奶也是這麼想的對吧！雖然不知道那個人在哪裡，但只要找到約出那四名病患，吸取他們的瑪布伊，讓他們陷入昏睡的兇手……」

「小愛，我想不是這樣的。」

奶奶打斷了因興奮而連珠炮說到一半的我。

「咦？不是嗎？」

「沒錯，吸走瑪布伊的人，也就是薩達康瑪利，並不是故意這麼做的。那個人一定是受到了極大的打擊，或是覺得自己身處危險之中，在這樣的情緒下才會突然吸走旁人的瑪布伊。」

「為什麼妳會這麼認為？」
「因為吸走他人的瑪布伊也不會有任何好處，畢竟自己的身體裡有好幾個瑪布伊是很沉重的負擔。」
這麼說起來，庫庫魯也說過同樣的事。
「那吸走他人瑪布伊的人會怎麼樣？」
「沉睡，」奶奶壓低了聲音，「會陷入沉睡並不停地做夢。」
「咦？這不是和瑪布伊被吸走的人一樣嗎?!」我不禁從坐墊上抬起身。
「沒錯，外在看起來完全相同，不同的是內在。」
「內在……？」
「吸走瑪布伊的人會不斷地在自己創造出來的夢幻世界裡徘徊。」
「吸走瑪布伊的人也會創造出夢幻世界嗎?!」
「是呀，不過和一般的夢幻世界不同的是，當事者的瑪布伊也會迷失在那個世界裡。」
「等、等一下喔。」我拚命地整理著混亂的思緒，「被他人吸走的瑪布伊會失去力量陷入沉睡，然後創造出夢幻世界，而猶他潛入那個夢幻世界裡，給予受傷並沉睡的庫庫魯力量，這麼一來，和庫庫魯相連的瑪布伊就能間接恢復足夠的力量回到自己的身體裡，是這樣沒錯吧？」
「嗯，沒錯。」
「那在吸走瑪布伊的人，也就是薩達康瑪利的夢幻世界裡，被吸走的瑪布伊會動彈不得，而當事者的瑪布伊也會因為不知道發生了什麼事所以不停徘徊。」

「基本上是這樣，不過偶爾會出現被吸走的瑪布伊沒有陷入沉睡，而是在薩達康瑪利的夢幻世界裡徘徊。」

這麼說的話……我雙手抱頭梳理整個狀況。

我一直認為一定是有人約出四名ＩＬＳ病患，然後吸走了他們的瑪布伊，但是，如果吸走瑪布伊的人和被吸走瑪布伊的人都一樣會陷入昏睡的話，那四名病患之中也許就有吸走另外三人瑪布伊的薩達康瑪利。

如果是這樣的話，會是誰為了什麼目的，將他們約到同一個地方去呢？那個人自己的瑪布伊是否也被吸走了而導致ＩＬＳ發作？還是說那個人自己沒有出現在該地點，而逃過了一劫呢？

我想起了飛鳥小姐和佃先生的夢幻世界。他們兩人的夢幻世界裡，別說是其他人的瑪布伊了，就連他們自己的瑪布伊都不存在，在我發現束縛著他們兩人的事件真相，拚命地呼喚之下，也只不過是勉強喚出沒有實體、像是瑪布伊殘像的東西，至少他們兩人是被吸走瑪布伊的那一方。

我進一步咀嚼他們兩人的記憶。記憶最後的部分，瑪布伊被吸走前後的記憶裡充滿了雜訊而看不清楚，但他們兩人都毫無疑問地被某個人找了出去，所以約那些患者們出去的應該也不是他們兩人。

那麼我負責的另一名ＩＬＳ病患，環小姐又如何呢？她委託佃先生為久米先生辯護，因此有可能約佃先生出去，但是飛鳥小姐的記憶裡並沒有出現環小姐。

究竟誰是薩達康瑪利，而誰又是約病患們出去的人呢？

在經過幾分鐘的思考之後，我察覺到一件應該先著手調查的事。

那就是第四位ＩＬＳ病患。也許華學姊擔任主治醫師的那名病患，正是事件的關鍵。

「謝謝妳，奶奶，我得到了很多參考意見喔。」

我從坐墊上站起身，奶奶布滿皺紋的臉上擠出了更多的皺摺。

「因為我是猶他的前輩啊，這不過是小事一樁。小愛，妳要加油喔。」

躺在奶奶腿上縮成一團的黃豆粉「喵嗚——」地大叫了一聲。

2

隔天傍晚，我在神研醫院十三樓的護理站操作電子病歷。

「為什麼不行啊！」

我任由焦躁的情緒敲著桌子，稍遠處正在調配點滴的年輕護理師也許是感到驚訝，視線轉向我這裡。「對不起，沒什麼。」我縮了縮肩膀蒙混過去，再次點擊滑鼠，然而依舊只是出現「無法顯示本病歷」的錯誤訊息。

今天一大早從老家出發來上班的我，打算獲取一些關於華學姊負責的ＩＬＳ病患的資訊，可是不管我在門診電子病歷裡怎麼找，華學姊擔任主治醫師的患者清單中都找不到ＩＬＳ病患。不知道為什麼我馬上就明白了，是特別病室。

在這間神研醫院的頂樓，備有三間ＶＩＰ專用的特別病室，入住該病室的患者，他們的隱私受到極嚴格的管理，只能透過十三樓病房的護理站內的電子病歷看見診療資訊。

我記得華學姊之前曾經碎唸過「我手上有一個特別病室的患者，只能在十三樓寫病歷超麻煩的」，我想那個人一定就是ＩＬＳ患者了吧。這麼理解的我，在完成門診及巡房等所有的工作之後，傍晚，我來到了十三樓病房，然而這個病房的電子病歷也一樣，別說是診療資訊了，就連病患的姓名都沒有顯示，我本來想會不會是電子病歷故障了，就輸入其他間特別病室的病患試試，結果他們的資料卻可以正常顯示。

我放開滑鼠，將體重全數壓在椅背上。如果不是故障的話，就是有意隱藏病患的資訊，但是，系統的技術層面做得到這樣的事嗎？說到底，為什麼非得做到這種程度不可？究竟第四名ＩＬＳ病患是何方神聖？

我盯著散發出亮白光芒的日光燈，腦中不停思考著。

ＩＬＳ的病患們，有很大的可能，在瑪布伊遭到吸走之前不久被約到某個地方去，如果約他們出去的那個人也在現場的話，該人物的瑪布伊就有可能也被吸走而陷入昏睡。

我想起了前幾天值班時，華學姊提到她負責的那名ＩＬＳ病患。

——我負責的病患也許和連續殺人案有關。

當時我還沒來得及問清楚詳細狀況，就有急症病患被送到急診來，所以我沒能得到更多的資訊，但是，現在我既然知道飛鳥小姐、佃先生，還有環小姐和ＩＬＳ病患被捲入了可怕的案件中，那麼該資訊的重要性就大幅提升了。

暗地裡究竟發生了什麼事？不明所以的恐懼讓我全身動彈不得。

要不要直接去問華學姊？我這麼想著，伸手向內線電話，卻在半途停了下來。現在回想起來，當我問到關於華學姊負責的ＩＬＳ病患時，總覺得她若無其事地轉移了話題。雖然別人沒有義務回答我的問題，我也想要相信華學姊，但是已經發生了這麼奇怪的事，還是謹慎一點為好。

我從椅子上站起身離開護理站，沿著護理師們忙碌地來來去去的走廊上往裡面走去，隔開普通病房與特別病房的金屬製自動門擋住了我的去路。

我將掛在脖子上的員工識別證貼在裝設於自動門旁的門禁讀卡機上，但是長得像室內對講機的那台機器液晶螢幕上，出現了「Error」的字樣。

「為什麼打不開?!」

我煩躁地反覆將識別證貼在門禁讀卡機上，然而結果卻是一樣的，聳立在眼前散發出鈍光的厚重門扉紋絲不動。只要使用醫師的識別證應該就可以打開這扇門啊，可是為什麼……？

這時候金屬門突然發出地鳴般的沉重聲響，緩緩地往旁滑開，當我還在眨著眼睛時，一名中年護理師推著治療推車出現在門的對面，看起來是結束特別病室患者的治療後，正要回到護理站去。

好機會！我和護理師擦身而過，正打算走進特別病房時，她側眼朝我投以懷疑的目光，我笑著對她點頭，她也急忙向我回禮。

我一邊注意自己的腳步不要太著急，一邊走進了特別病房。背後傳來金屬門關上的聲音，總算在不受質疑之下入侵特別病房的我，眼前是一條往前方延伸出去的長廊，而我身旁的左右兩側，以及長廊盡頭都可以看見病室的門口。

這是一條和普通病房明顯不同的走廊，地上鋪著赤紅的長纖維地毯，左右兩旁的牆壁上掛著幾幅人物像，甚至還擺放了讓人聯想到古希臘文物的男女石膏像，以及西洋盔甲。許久不曾踏足的特別病房裡，營造出一種高級飯店的氣氛，然而，我卻無來由地覺得那裡看起來令人害怕。

一定是因為接下來我要去見的那個人，和發生在ＩＬＳ病患身上的可怕事件，其背後籠罩的黑暗可能有密切相關的緣故。

華學姊負責的ＩＬＳ病患入住的是盡頭的那間房間，即使在這個特別病房區中，也是費用最高昂的一間病室。我夾雜著緊張吐出一口氣，同時邁出步伐，鞋子陷入了柔軟的地毯裡，纖細的絨毛尖端搔著我的腳踝，心臟的跳動越來越快。

終於來到目標病室前，相對於其他病室的門都是拉門式，這間病室的門顏色深黑，且採取往左右兩旁打開的樣式，門框上甚至還有精細的龍形雕刻。

病室的門做得這麼奢華有什麼特別的意義嗎？我帶著疑惑，兩手推動那扇門，然而那扇門卻文風不動。

鎖住了？踩穩下半身，雙手使盡力氣的我察覺到，門邊設置了一台與特別病房入口一樣的門禁讀卡機。

原本推著門的手無力地垂下，我愣愣地盯著那台小巧的機器。雖然說是特別病房，但之前應該沒有使用門禁鎖住才是啊，我從來沒有聽過在發生緊急狀況時，醫療從業人員必須盡快趕到的病室，門外會裝設這種東西。

我將識別證貼在門禁讀卡機上，如我所料地，只顯示出「Error」的字樣。

難道這套設備是為了目前住在特別病室裡的病患而裝設？如果是這樣的話，就是傾全院之力在藏匿病患了。

這間病室裡究竟住了誰？為什麼不惜做到這個地步也要藏起那個人？

我拚命地轉動頭腦，背後突然傳來「妳在做什麼？」的聲音。我顫抖著轉過身，華學姊繃著臉散發出威嚴地站在那裡，招牌圓眼鏡後方的眼睛眼角向上瞪。

「特別病房裡沒有妳負責的病患吧？」

「沒有……我只是想見見ＩＬＳ病患……也許可以成為治療上的一些參考……」

「這是在諷刺我嗎？妳負責的病患已經有兩個人醒來了，而我的患者現在還處於昏睡狀態。」

我從來不曾聽過華學姊這種渾身帶刺的語氣。

「我不是這個意思，只是想知道另一名病患是什麼樣的人而已，畢竟ＩＬＳ的病患們全都是在同一時間發作的不是嗎？所以我在想也許他們之間有某種關聯，只要知道這點，治療方式也……」

「不需要。」華學姊打斷我的話，「就算不知道患者之間的關係，妳也醫好了兩名病患，既然如此，就不需要去見我的病人了吧！妳要是懂了就快點離開。」

華學姊像是在趕走蟲子似地揮了揮手。

「……妳在隱瞞什麼？」

我微低下頭，抬眼看著華學姊。「隱瞞？」她的眼神更加銳利。

「沒錯，為什麼要拚命隱瞞關於住在這裡的病患的事？不但病歷上沒有任何資料，還不知道什麼時候裝了這種機器。」

我用手掌拍著門禁讀卡機。

「裡面的人到底是誰？」

「妳不需要知道。」華學姊以不帶感情、平板單調的語氣說道。

「……難道，和最近發生的連續殺人案有關係嗎？」

我壓低音量小聲說完，華學姊的臉頰微微地抽動了一下。

「妳是指什麼？」

「妳不是說過嗎？自己負責的ＩＬＳ病患可能和那起連續殺人案有關係。這麼說起來，妳之前說過病患是年輕女性對吧？真的是這樣嗎？還是那時候妳對我說謊了？」

「我不記得曾經說過這兩句話，妳會不會是和其他人搞混了？」

「為什麼要裝傻？學姊妳不是一向很照顧我嗎？為什麼突然用這麼冷淡的……」

我哽咽著再也說不出話來，一隻手捂著眼睛低下頭。

胸口一陣疼痛，彷彿心臟被粗麻繩緊緊勒住一般。

「……愛衣。」

聽見學姊叫我的名字，我抬起頭，她正一臉為難地看著我。

「妳不要這麼難過。對不起，其實我也很想告訴妳，但是現在還不能說。」

「現在不能，那什麼時候才可以?!」

我咬牙切齒怒聲問道，華學姊輕輕地將手放在我的肩上。
「等到那個時候來臨，我就會全部告訴妳，所以拜託妳，再忍耐一下吧。」
真卑鄙，我用力咬著嘴唇。總是多方照顧我的前輩、我尊敬的前輩都這麼說了，我怎麼可能再繼續追問下去。
我咬緊牙根低下頭，從華學姊身旁走過，落荒而逃似地離開了特別病房。不安、疑心、憤怒、哀傷，各種情感在我體內橫衝直撞，似乎只要一不留神，就會尖叫出聲。
我快步走過護理站前來到電梯廳，白袍口袋裡的PHS震動了起來。我來回幾次深呼吸，內心稍微平靜之後，按下通話鍵，將PHS拿到臉頰旁邊。
「喂，我是識名。」總算是抑制住了聲音裡的顫抖。
『這裡是急診部，有緊急送院的聯絡進來。』女性的聲音，大概是急診部的護理師吧。
「咦？緊急送院？」
『今天晚上急診的值班醫師是您喔。』
「咦？啊、啊啊……妳這麼一說……」
我的大腦被最後一名ILS病患給占據，完全忘了急診值班的事。
『請打起精神來！那麼我轉接給救護人員，請您判斷是否接收。』
「咔嚓」一切換電話線路的聲音響起。
『這裡是練馬救護分隊，請求急救支援，傷患是大約小學低年級的男童，十八點二十四分，附近住戶通報有全身是血的兒童在街上走動。』

「全身是血?!」我不禁雙手緊握ＰＨＳ，「全身是血是怎麼一回事？是發生交通意外嗎？」

『不是，看起來並不是傷患本人的血。』

「不是本人的血？」

「對，在我們發現該名兒童的地點附近似乎發生了殘忍的殺人事件，我們研判他可能是被捲入該案件而全身沾滿了血。」

殘忍的殺人事件……全身會沾滿血的殺人事件……我的腦海中浮現出在新聞網站上看過的連續殺人案的內容，幾乎快要拿不穩ＰＨＳ。

就在我對第四名ＩＬＳ病患或許與連續殺人案有關的懷疑越來越深的時候，一名被捲入殺人事件的傷患即將送到急診部來，有可能發生這麼湊巧的事嗎？

有什麼事正在發生，在我不知道的地方，某種異常的事情正……淤泥般的黏稠液體漸漸黏住皮膚的感覺襲來。

『醫生？醫生？妳聽得到嗎?!』

從ＰＨＳ裡傳來救護人員的聲音，讓我回過神來，我以乾啞的聲音說道：「對不起，訊號好像有點差。」掩飾了過去。

『那麼妳那邊可以接收嗎？』

「啊，當然可以，你們大概還有多久會到？」

『大概再五分鐘就到了。』

「我知道了！」我從腹部發力出聲回答。一名兒童即將送達急診部，現在可不是思考陷入當機的時候。

仔細一想，連續殺人案主要都發生在這附近，而神研醫院是這個地區最大的醫院，捲入事件當中的人被送到這裡來的可能性絕對不低。

沒錯，這並不是什麼特別異常的事，只不過是剛好同時發生了一點巧合罷了。

我這麼說服著自己，同時努力蒐集傷者的資訊。

「請告訴我他的生命徵象，是否穩定？還有，如果那些血不是他的血，那麼應該沒有外傷吧？」

『生命徵象很穩定，只是……』

「只是什麼？」這種吞吞吐吐的說話方式讓我感到煩躁，我的音量不禁大聲了起來。

『以軀幹為主，全身布滿了斑痕……已經確認是皮下出血，這恐怕是……遭到嚴重虐待所造成的。』

聽完急救人員陰鬱的報告，ＰＨＳ從我的手中滑落。

3

救護車警笛聲越來越近，我穿著預防感染的手術服，和護理師一起往接收急診病患的大門走去。接受送院要求的幾分鐘後，我在急診部完成接收病患的準備並在此待命。

與外部相連的自動門打開了，強風與冷雨一起吹了進來，不知道什麼時候開始，已經變成暴風雨了。我將手臂擋在臉前，抬頭看著落下大顆雨滴的天空，明明還只是初夏的傍晚六時許，覆蓋著厚厚雲層的天空一片灰暗，四周就像深夜一樣漆黑。

救護車隨著尖銳刺耳的警笛聲抵達，警示燈照射出來的豔紅色刺人眼目。

我走近雨滴不斷敲打的救護車，後方車門打開，急救人員走了下來，當我看見躺在急救人員從車內拉出來的擔架上，空洞的眼神盯著整片黑暗天空的男孩時，我不禁懷疑起自己的眼睛。

頭、四肢、軀幹，男孩的全身沾滿了紅黑色的黏稠液體，簡直就像淋了一場血雨，血腥味刺激著鼻腔。

小小的臉蛋也沾染了血汙，無法判斷躺在擔架上的人是不是一個星期前出現在急診部，然後又在不知不覺間消失的那個男孩。

「生命徵象現在還是很穩定，但是因為受到驚嚇，怎麼叫都沒反應！」

救護人員扯開喉嚨大喊，以免音量被雨聲蓋過，同時拉出擔架。毫不留情地傾洩而下的大雨，漸漸沖去沾附在男孩小巧臉蛋上的血液，從可怕的血妝下露出了原本的面貌。絕對沒錯，他就是一星期前我在值班時遇見的男孩。

「我馬上替他治療，請送到治療室。」

我和救護人員一起拉著擔架往治療室走去，擔架推到治療用的手術床旁邊之後，我一邊向救護人員和護理師說「移到檯上」，同時手臂伸到男孩的身體下方，血液黏滑的觸感透過塑膠製的手套傳了過來。

「抽血做全血球計數和生化檢查，量血壓和心電圖，用生理食鹽水接好點滴管線。」

我飛快地指示護理師，並用手術剪刀剪開男孩的衣服，隨著因吸附血液而看不出原本顏色的T恤被剪開，剪刀的刀刃也漸漸沾染上紅色。我將剪開脫下的T恤放到一旁，血水滴落地面，發出「啪嗒」的聲響濺了一地。

看見那赤裸的上半身之後，我的臉部肌肉不禁抽動，原本以熟練的動作進行作業的護理師們，也發出了細微的驚叫，停下手上的工作。肋骨清楚突出的纖瘦胸廓上，與紅黑色的T恤對比似地包覆著一張紫黑色的皮膚，新的瘀血像是要蓋過舊的瘀血一樣在皮膚上擴散，那是連要找出一吋正常肌膚都很困難的虐待的痕跡。

「……繼續手邊的工作。」

我硬擠出聲音，愣住了的護理師們一臉回過神的表情再次動了起來，然而她們的動作卻有些不流暢，我脫下戴著的口罩，拚命地扯動僵硬的臉頰擠出笑容，看著男孩的臉。

「已經沒事了，你可以放心喔。」

我以竭盡所能的溫柔語氣向男孩說話，但他卻毫無反應，他的眼睛完全失去焦點，簡直就像眼窩裡鑲嵌著彈珠一樣。

護理師在男孩的手背上刺入點滴針，儘管尖銳的針頭刺穿了皮膚，接著是靜脈壁，他的眼睛卻眨也不眨一下。他究竟是過著多麼痛苦的每一天，而今晚，他又經歷了多麼可怕的遭遇，那令人心疼的樣子讓我胸口一緊。

護理師小心翼翼地在男孩的胸口貼上心電圖的電極貼片，在枯木般細瘦的手臂上綁好血壓計，我確認過螢幕上顯示的血壓及心電圖沒有異常之後，以蒸熱的毛巾擦拭男孩的身體，清理沾黏在上面的血液。

「會不會太燙？如果會痛的話要告訴我喔。」

我已經作好了他不會回答的心理準備。男孩封閉內心的外殼，不是那麼簡單就能打破，首先必須讓他知道危險已經過去了，這裡是個安全的地方。

眼角餘光看著完成交接的救護人員離去，我手上不停地用好幾條熱毛巾擦拭男孩的身體，完成一連串作業的護理師們也加入我的動作。花了幾分鐘將血液擦乾淨，幫男孩穿上新的病人服之後，我打開電熱毯溫暖他凍僵的身體。也許是知道他全身狀態很穩定，不需要進行緊急處置，原本緊繃的氣氛漸漸和緩了下來。

或許他的確是不需要急診部的治療，但這個男孩並不輸給受了瀕死外傷的患者，是一名重症病患，嚴重到恐怕需要相當漫長的歲月來進行治療。

我脫下防護用的手術服和手套，再次和他說話。

「你是之前來我們醫院的那個孩子吧？那個時候我們見過面，你還記得嗎？」

如我所想的沒有反應。

「我的名字叫做愛衣，識名愛衣，可不可以也告訴我你的名字呢？」

男孩依舊是盯著天花板一動也不動。

這樣就好，必須一點一點慢慢推進。正當我這麼想著，同時思考接下來要說什麼好時，年輕的護理師走近手術床開口和男孩說話。

「我問你喔，小弟弟，發生什麼事了？為什麼你會那樣全身都是血……」

「不可以！」

我急忙打斷護理師的話，但是已經太遲了，原本和蠟像一樣動也不動的男孩表情肌肉細微地蠕動了起來，纖細的四肢像是發作般開始抽搐。

「啊啊！啊啊啊啊！哇啊啊啊啊啊！」

男孩激烈地揮動雙手，發出尖銳的叫聲，眼淚從布滿血絲的眼中流下，那個樣子簡直就像從眼睛裡流出血來。男孩的身體向後彈起，手術台發出軋吱軋吱的聲音，不知道是不是受到那股氣勢震撼，護理師們紛紛往後退。

我迅速抱住男孩的身體，他揮動的雙手打到我的臉頰，指甲抓破我的皮膚，我忍著刺痛，雙臂更加用力。男孩以那瘦弱的身軀無法想像的力氣狂躁了起來，再這樣下去太危險了，我看見從他緊閉的嘴巴兩端冒出白色的泡沫，於是向臉色發白、呆若木雞的護理師伸出手。

「煩靜！」

護理師雙眼游移，發出「咦？」的聲音。

「煩靜，給我鎮定劑！」

「啊！好……好。」

終於明白我的想法的護理師，動作不穩地從急診推車裡拿出藥瓶，用針筒吸取內容物後遞給我，我將針筒接上輸液套管的加藥口之後，維持單手抱著男孩的姿勢，另一手注入裡面的藥劑。

屬於強效鎮定劑的煩靜溶液，流經塑膠製的套管，被吸進了男孩的靜脈裡。我再次雙手環繞男孩的身體，閉上眼睛等待藥效發作。

不過數秒之間便出現了變化，男孩劇烈揮動的四肢動作慢了下來，身體逐漸失去力氣，眼瞼緩慢覆上充血的眼球，我小心地讓全身肌肉放鬆的男孩躺在床上。

輕微的鼾聲若有似無地敲擊著鼓膜。

我坐在電子病歷前敲打鍵盤，一邊瞄著放在數公尺遠的病床，男孩正睡在上面，從他那不像孩子該有的沉重睡臉，看得出他現在正做著不太美好的夢。

男孩送到這裡來之後，已經過了一個小時以上，和轄區警察局及兒少保護機構的聯絡也都完成了，除了社會性支持，他也需要專業的治療，然而，我並沒有信心能夠接下這些任務。

視線回到電子病歷的螢幕上，上面顯示著我剛打好的男孩病歷，「主治醫師」的欄位是空白的。

擔任主治醫師的醫生，在謹慎治療他有如一碰就壞的玻璃工藝般脆弱內心的同時，還必須妥善判斷他需要什麼樣的支援，如果不是資歷豐富的醫生便很難做到，而說到可以確實達成的人物……

正當我一臉凝重地盯著畫面時，與走廊相連的門打開了，在看見進入急診部的那個人之後，我不禁瞪大了眼睛，「袴田醫師？」身為這間醫院院長的袴田醫師推著輪椅向我靠近，爽朗地舉起手，「唷，識名醫師。」

「怎麼了嗎？都這麼晚了。」

「好不容易完成所有文件正打算回家的時候，聽見急診部送來一個狀況嚴峻的孩子，想著身為院長應該過來確認一下所以就來了。」

袴田醫師推著輪椅往男孩躺著的病床靠近。

「就是他嗎？全身是血被送來這裡的孩子。」

「是的，沒錯。他在聽見我們詢問發生什麼事之後，出現了恐慌症狀，我判斷情況危急，所以給了鎮定劑。」

「原來如此，他應該經歷了相當可怕的遭遇吧，想要詢問今晚的經過，應該要先給予完善的精神治療，然後再以小心謹慎態度進行才是。」

袴田醫師輕輕掀開蓋在男孩身上的毛毯，從病人服的領口看見變成紫黑色的皮膚後，袴田醫師皺起了眉頭。

「……這個孩子，就是妳上星期說的受虐兒童嗎？」

「對，沒錯。如果那個時候我有好好安置他，就不會發生這種事了……」

後悔啃食著我的內心。

「我不是說過了嗎？重要的不是懊悔過去，而是盡全力救助眼前的人，妳只要在這一次好好幫助這孩子就可以了。」

袴田醫師從輪椅探出上半身，溫柔地摸著男孩的頭。是我的錯覺嗎？總覺得男孩原本沉重的睡臉似乎和緩了一些，看著這幅景象，我突然開口。

「那個……能不能請您擔任他的主治醫師？」

「由我擔任主治醫師？」袴田醫師一臉訝異地指著自己的臉。

「是的，沒錯。我想他的內心一定已經因為虐待和今晚的遭遇而受了很大的傷，而在這間醫院的精神科醫師中，最有這方面治療經驗的人應該就是您了。」

袴田醫師至今為止拯救了數十，不，數百名因為過去創傷而痛苦的人，我也是其中的一人，所以我才相信，如果是袴田醫師，一定可以拯救這名男孩的心。

「但是由院長擔任主治醫師這件事……」

「我知道要對整間醫院負責的院長並不擔任住院病患的主治醫師，而且您還要復健，一定是非常忙碌，只是，我認為能夠拯救這孩子的人只有您了。」

我拚命地解釋，袴田醫師雙手抱胸，一臉為難地陷入沉思。

沒辦法了嗎？我是不是對分身乏術的袴田醫師提出了無理的要求？就在我以祈求的心情等待答案時，中年護理師小跑步地跑了過來。

「那個，識名醫師，」護理師在我耳邊小聲說，「警方的人來了，說想和您談談。」

我一轉身，兩名男性不知何時站在稍遠一點的位置，雖然他們都身穿西裝，但全身散發出與上班族涇渭分明的危險氣息。

「抱歉打擾了。」

身材肥壯的男人大步走近，將看起來像是黑色票夾的東西堵到我面前，上面寫著「巡查部長 園崎伸久」。

「我是警視廳搜查一課的園崎，他是練馬署的三宅。」

「警視廳……」

我盯著警察手冊直看。大醫院的急診部送來身涉案件的病患並不稀奇，因此經常有機會和警方打交道，只是刑警，而且是警視廳搜查一課的刑警，這是之前從來沒見過的。

「我們收到消息，說有一名全身是血的男孩被送到這裡來，所以前來詢問事情的經過。」

園崎刑警看似有禮實則無禮地說道。

「這個……那名男孩施打了鎮定劑現在正在沉睡……」

「哎呀，是這樣嗎？看起來他已經醒了啊。」

園崎刑警指著我的後方，我回頭一看，男孩的眼睛正半開著，大概是鎮定劑的藥效減弱了吧。

「不過他現在仍然因為鎮定劑的影響而昏昏沉沉，沒有辦法接受問話。」

「不問問看怎麼知道呢？也許他聽到有關案件的問題就清醒了。」

園崎刑警打算從我身旁走過時，不久之前，男孩恐慌發作的景象在我腦中復甦，我急忙往園崎刑警面前一站，擋住他的去路。

「……不好意思，可以請您借過一下嗎？醫生。」

字面上雖然有禮，但園崎刑警的語氣裡隱含著要脅的意思，被一個體重似乎超過自己兩倍的男人威嚇，讓我雙腳不住顫抖。就在我忍不住想要讓路時，傳來白袍被微微拉動的感覺，我轉頭看向身後，男孩輕輕抓著白袍的衣襬，抬頭看著我，他的臉上浮現出求助的神情。

看見倒映在男孩溼潤眼眸中的自己後，腳上的顫抖止住了。

「不可以！」我從丹田出力說道。

「……不可以是什麼意思？」園崎刑警的聲音低沉且模糊。

「他今晚受到了強烈的驚嚇，現在沒有辦法接受問話。」

「醫生，妳覺得我們在調查什麼案件？」

刑警冷酷的臉忽地湊近我面前。

「是連續殺人案喔，超過十人以上的受害者，在這附近被分解得支離破碎的獵奇殺人案，而那個孩子可能目擊到了今晚發生的案件，他也許看見了兇手的樣貌，所以我們必須現在就問那個孩子，您要是聽懂了，就讓條路吧。」

我揮開想要抓著我肩膀推開我的園崎刑警的手，他氣得齜牙咧嘴，幾乎都可以看見牙齦了，那個神情，彷彿是露出獠牙的肉食獸。

「這和你們在調查什麼案件沒有關係，我現在不能准許你們問這孩子和案件有關的事。」

「有需要獲得妳的准許嗎？」

「當然，我是他在急診部的主治醫師，他在這裡的治療我要負起全責。」

「如果不快點問他，也許會因為記憶逐漸淡忘而無法獲得重要情報，這樣妳擔得起責任嗎？」

「如果現在強行問他那個案件，大腦可能會刪除成為壓力源的記憶，不僅如此，還可能對他的精神造成致命性的傷害，這樣的話，你擔得起責任嗎？」

「唔。」園崎刑警無可反駁，我沒有放過這個機會，繼續試著說服他。

「他身上所有的東西我們都有留下來，你們今天就先把東西帶回去，之後等他的狀況穩定了，再來問今晚發生的事，你覺得呢？」

園崎刑警依然歪著嘴，思考了十數秒之後，他擠出聲音：「……我知道了。」

「謝謝您的理解。」瞬間鬆了一口氣的我，有氣無力地道謝後，園崎刑警揚起了一側嘴角。

「那麼，明天我會來接這男孩，請先做好事前準備。」

「什麼？」我眨了好幾下眼睛，「來接他是什麼意思？」

「就是這個意思，明天我會讓他轉到警察醫院去。」

「不可以！」

我反射性地抗議，園崎刑警倏地瞇起眼。

「不可以是什麼意思？他很可能是殺人案的目擊者，為了安全起見，也應該讓他轉到警察醫院，在那邊接受治療不是理所當然的嗎？」

合情合理的言論讓我一瞬間感到退縮，但我拚命地反駁。

「他需要靜養，以他現在的狀況，身為主治醫師我無法給予轉院許可。」

如果轉院到警方轄下的醫院去，這個刑警一定會強硬地問話。

「妳是急診的主治醫師吧？一旦住院就會有其他人擔任主治醫師，不是嗎？」

「……是。」

這男孩需要的是精神方面的治療，身為神經內科醫師的我無法成為他的主治醫師。

「這樣的話，我應該不需要妳的許可，明天，我會請他的主治醫師做判斷，看能不能轉院。」

園崎刑警洋洋得意地這麼說。他很有自信吧，認為他可以用為了解決震驚社會的案件為由，說服男孩的主治醫師。

我的腦海中閃過了在這家醫院工作的精神科醫師的臉，裡面沒有一個人可以堅持拒絕刑警強硬的要求。我再次回頭看向男孩，他抓著我白袍的小小手掌用力得失去血色，指節泛白。我突然伸手抱住男孩纖弱的身體。

「還是不行！他應該要留在我們醫院接受治療！」

「那妳說，這是出於誰的判斷？」

「是我的判斷。」

就在園崎刑警不耐煩地咂嘴時，傳來橡膠與地板摩擦的聲音。

推著輪椅切進我和刑警之間的袴田醫師，以宏亮的聲音說道。園崎刑警皺起眉頭：「你是？」

「我叫袴田，是這間神研醫院的院長，而且……」

袴田醫師瞄了我一眼，向我眨眨眼。

「也是這名男孩的主治醫師。」

我大大地屏住了氣息。「你嗎？」園崎刑警滿是懷疑地問。

「對，沒錯，我是為了確認自己負責的病患狀況怎麼樣才過來的。」

「……醫院院長會親自擔任病患的主治醫師嗎？」

「我是PTSD的專家，對於像他這樣因為可怕的遭遇導致心靈受傷的病患，我比任何人都有經驗，我想，還是由有經驗的醫師擔任主治，才能獲得更好的治療吧。」

袴田醫師稍微傾身向前，抬眼盯著園崎刑警。

「那麼，我重新說明我的診斷。這個男孩受到嚴重的內心創傷，現在正處於驚嚇狀態，如果在這個狀態下強迫他回想讓他受傷的遭遇，他的精神恐怕會崩潰。目前的首要之務就是絕對的靜養，等待他從驚嚇狀態中恢復，所以身為主治醫師，我無法准許問話或轉院。」

「……你有什麼根據主張這個診斷是對的？」

園崎刑警從緊咬的唇齒間擠出滿是怒意的聲音。

「我以精神鑑定醫師的身分，接下許多來自警方或檢方的鑑定委託，因為這層關係，我和警方高層都有不錯的交情，例如相當於你的主管的警視廳搜查一課課長或是刑事部部長，如果你對我的能力有疑問，就請去問問他們吧。」

袴田醫師從下方直勾勾地看著臉色越脹越紅的園崎刑警。園崎刑警只是緊握拳頭，卻不再繼續辯駁。

「身為主治醫師，我會好好進行治療，隨時確認這男孩復元的情況，慢慢詢問他今晚看到的事，請放心，這些資訊我都會適時轉達給專案小組。」

園崎刑警一臉不悅地點點頭，「那就拜託了。」之後便帶著年輕的刑警往出口走去。看見他們的身影消失在門的那頭之後，我深深地吐了一口氣。

「謝謝您，袴田醫師。」

我低下頭，袴田醫師露出若有似無的笑容。

「因為妳拚了命地想要幫助這孩子啊，妳看看他的臉。」

袴田醫師這麼一說，我低頭看抱在我懷裡的男孩。上星期他出現時，以及剛剛被救護車送來之後，一直像彈珠般沒有感情的那雙眼睛深處，閃現出些許的光芒。

「沒事了，已經沒事了喔。」

我這麼對他說，男孩的嘴唇微微地動了一下。

「什麼？你想說什麼？」我的耳朵靠近他的嘴邊。

「蓮……人……」

「蓮人？難道這是你的名字？」

我看著他的眼睛問道，男孩，蓮人輕輕地點了點頭。

「這樣啊，你好呀，蓮人。我是愛衣，識名愛衣，請多指教囉。」

蓮人的表情看起來似乎柔和了一些。

4

身體好沉重，血液像是全被換成了水銀般，全身懶怠。

結束急診值班的我，搖著極重的大腦走進醫師辦公室，將自己拋進了辦公桌的椅子裡。目送交給袴田醫師負責的蓮人從急診部被推到病房之後，連續好幾名重症病患被送過來，就在我因緊急處置而忙得團團轉，連閉上眼睛瞇一下都不可得時，就迎來了早晨。我將體重壓在椅背上，放鬆全身肌肉瞪著天花板瞧，靈魂彷彿都要從口中飄了出去。

我忽地將視線轉向窗外，劇烈的暴雨簾幕幾乎遮蔽了景色，看來昨晚的雨似乎仍不減其勢。

「……最近真的是，老是在下雨。」

我帶著半夢半醒的意識喃喃自語，伸手拿起放在桌上的手機，按下電源鍵，上面顯示著「您有一封新訊息」。

是誰傳給我的？我打開訊息應用程式，寄件人的欄位寫著「爸爸」。

爸爸傳簡訊給我？還真稀奇。

我以指尖輕觸平滑又帶著一點溫度的螢幕之後，出現了簡訊的內容。

「時候差不多了，做好準備。」

我揉著疲憊的眼睛，一邊盯著浮現在畫面上的文字。

時候差不多了？這是什麼意思？我從通話紀錄中選取爸爸的電話號碼，按下通話鍵，卻只傳來「您撥的電話沒有回應，如要留言……」的語音轉接。

他已經在工作了嗎？我將手機放回桌上，斜眼看向掛鐘，指針正指著早上八點多，九點一定要去白天的巡房，可以的話希望能在那之前小睡片刻，可是……

我雙手拍了拍臉頰，在小睡之前有一件事想去確認一下。

我離開辦公室，搭電梯前往蓮人住院的十三樓病房，經過護理站前方朝走廊前進，來到了目標病室門口。

我的手放在胸前，幾次深呼吸之後，敲了敲房門。

「蓮人，早安，你醒了嗎？」

我拉開拉門進入病室小聲地問道。這是三坪大小的樸素個人病室，蓮人正躺在窗邊的病床上，眼睛雖然是睜開的，卻沒有看向這邊。毫無反應，面無表情，那不自然的樣子有如蠟像躺在床上。

我輕手輕腳地靠近病床，小心不要刺激到蓮人。

「你有睡著嗎？」

我露出微笑，他的眼球微微地移向我的位置，無邊無際的深沉幽暗眼眸，讓我有一種被那無底沼澤般的瞳孔吸進去的錯覺。

「這裡很安全，我們都會保護你喔。」

我輕輕地將手貼在蓮人的額頭上，掌心傳來了人偶不會有的溫度。

「那大姊姊要先走了，你好好休息，我下午再來看你喔。」

這孩子的心裡才剛受到了極大的創傷，在傷口還不停流血的時候，必須讓身心都好好休息，就像那時候的我一樣……

我向蓮人微微一笑，往出口走去。這時候，我感覺到空氣些許的震動，我回頭一看，蓮人的嘴脣微弱地蠕動。

「怎麼了嗎？你想要說什麼？」

我急忙將耳朵湊向他的脣邊。「爸爸……」帶著乾啞的聲音。

「爸爸？你的爸爸怎麼了嗎？」

我輕撫著蓮人的頭，一邊以緩慢的語氣問道。蓮人的身體開始顫抖，彷彿彈簧玩偶般忽然坐起上半身的蓮人在床上縮成一團，像是在抵禦寒冷一樣抱著自己的雙肩。

「爸爸和媽媽！是爸爸和媽媽做的！」

蓮人發出夾雜著尖叫的大喊，身體的顫抖越來越劇烈。

爸爸和媽媽做的，這是在說他的父母虐待他嗎？讓他的內心崩潰的狠毒虐待。

蓮人的病人服敞開，露出了烙印著虐待痕跡的皮膚，我雙手用力抱著他的身體，一邊不停說著：「不要害怕，已經沒事了。」經過數十秒之後，顫抖逐漸減弱，最後平息，我低頭看著懷中虛脫的蓮人，他的雙眼緊閉，像是睡著了一樣，我輕輕將他放回床上，避免吵醒他，觀察數分鐘之後，確認他已經安穩睡著了，便往門口走去。

他的內心果然比我想像的受傷更深更脆弱，如果不謹慎治療，甚至會輕易破碎，但是由袴田醫師擔任主治醫師的話就可以放心了，袴田醫師一定會溫柔地療癒並修復蓮人那幾乎崩潰的心，就像醫師為我做的那樣。

我走出病室，眼前站著一名小女孩，像老太婆一樣彎著腰。無憂無慮的笑容，滿是好奇心、有些往斜上吊起的大眼睛，是在這層樓病房住院中的久內宇琉子。

「早安，愛衣醫生。」

宇琉子「唰」地舉起一隻手，我也跟著她舉起了一隻手。
「早安，宇琉子，怎麼了嗎？怎麼站在這裡？」
「我聽說有新來的孩子住院，所以想和他打聲招呼。」
宇琉子走過我身旁，正打算拉開門時，我連忙阻止她，「等一下。」
「為什麼？」宇琉子別有風情地微歪著頭。
「住在這間病室裡的孩子，現在還在睡覺。」
「在睡覺？可是已經早上了耶，要把他叫起來。」
孩子特有的天真回答，讓我苦笑了起來
「妳說得沒錯，早上了就要起床，但是這間房間裡的孩子身體不好，很沒精神，所以要再多睡一下，才能恢復精神。」
宇琉子的手抵在嘴邊思考了一下，那個姿態彷彿貓咪在舔肉球似地。
「知道了！」宇琉子開朗地說，「那等他有精神了我再來打招呼，在那之前我就先等一下吧。」
「謝謝妳，宇琉子。」
「不會啦，不用在意。那我走了，愛衣醫生。」
充滿朝氣地說完便離開的宇琉子，停下腳步轉過身。
「愛衣醫生也差不多該清醒囉！」
看來連小孩子都看出我剛值班完的眼皮有多沉重。我對著再次走遠的宇琉子小小的背影說：「不可以在走廊上跑步喔！」之後往電梯廳走去。

正當我要走過護理站前時，有人出聲叫我：「唷，識名醫師。」我一看，護理站裡出現了坐在輪椅上的袴田醫師。

「袴田醫師?!怎麼了嗎？這麼早就到病房來。」

「當然是來幫我負責的病患巡房啊。」

「難道您昨晚住在醫院裡嗎？」

「這不是理所當然的嗎？畢竟內心受到重傷的病患，初期治療可是非常重要。」

「對不起……讓您勉強接下主治醫師一職，明明您除了院長的工作，還要忙於復健。」

「妳在說什麼啊？」袴田醫師誇張地打開雙手，「我反而還很感謝妳呢，不管是文書工作或是斯巴達式的物理治療師的復健，我都已經受不了了，果然還是治療病患才是醫師的本分。而且，那名男孩如果不是我，大概無法醫治吧。」

「我剛才正好去看過蓮人，結果他的恐慌又發作了，雖然很快就平靜下來，並且睡著了。」

「恐慌嗎……」袴田醫師雙手抱胸，「那時候他有沒有說什麼？」

「有，他說『是爸爸和媽媽做的』之類的……我想應該是在說他的父母虐待他的事吧。」

「大概是這樣吧。」

「如果能夠盡早知道他的全名，知道他的身分，或許就可以逮捕虐待他的雙親了……」

「我本來也打算今天問他，不過也許還是再多等幾天比較好，經過殘忍的虐待，以及昨天的遭遇，看來他受到的心靈創傷比想像的還要嚴重，必須謹慎治療。」

「不過警方會為了能夠早日問話，而來要求盡早治療吧。」

「這沒什麼大不了。」袴田醫師揚起嘴角，「醫師對病患的治療擁有優先裁量權，只要我不點頭，他們連和患者說話都不可以。我已經習慣和警方、兒少保護機構，還有其他各種政府機關打交道了，就交給我吧。」

內心裡蔓延的不安逐漸消失，我猛地低下頭：「那就拜託您了。」

「不過呢，我也不是不懂警方的感受，已經有超過十個人被殺害，現在卻仍然無法逮捕兇手歸案，來自社會輿論的批評應該是超乎想像吧。如果蓮人真的目擊到犯罪行為，他們大概想要證言想得都快瘋了吧。」

聽了袴田醫師這番話，我想起昨天的事。

「那個，袴田醫師，我有一點事想請教您……您知道住在特別病房最裡面那間病室的病人嗎？」

「特別病房？不，我不知道，怎麼了嗎？」

袴田醫師往側邊倒了倒頭，這個舉動看起來似乎有些刻意。

「沒有，華學姊……杉野醫師負責的ＩＬＳ病患應該就住在那裡，但是卻沒有顯示在電子病歷上。」

我操作著身旁的電子病歷，果然沒有出現特別病室裡的患者姓名。

「會不會是系統出了問題？」

「不，不是的。我本來也是這麼想，而打算直接到病室去，結果用我的識別證沒辦法打開特別病房的自動門。而且不只如此，連病室都裝上了電子鎖，之前明明還沒有那種東西。」

我一口氣說完，袴田醫師卻不發一語。

「之後，杉野醫師出現，叫我不要探查特別病室裡病患的事。不過，只是一名員工的杉野醫師應該沒有辦法新設電子鎖，那一定是和醫院高層的人有關才對，例如……」

「例如我，是嗎？」

我以沉默回答袴田醫師半開玩笑的這句話。

「妳似乎認為我是這間醫院的老大，但根本沒這回事，我不過是受人雇用擔任院長罷了，在我之上還有這間醫療法人的理事長及理事們，其他還有……」

「您和這件事完全無關對吧？」

我尖銳地打斷他，袴田醫師露出了帶有些許哀傷的微笑。這樣就足以說明了，袴田醫師果然也在隱瞞住在特別病室裡的第四名ＩＬＳ病患的真實身分。

「住在那間病室裡的人是誰？為什麼每個人都要隱藏那個人？」

袴田醫師沒有回答。華學姊，以及袴田醫師，我覺得自己被一向很尊敬的兩人背叛了，內心越來越混亂。

「請回答我！袴田醫師！」

「愛衣醫師。」袴田醫師以無盡溫柔的聲音對我說話，那曾經拯救我於崩潰邊緣的溫柔聲音。

「這個世界上有些事不知道會比較好，所以……妳就忘了吧。」

我愕然無言，無法相信從袴田醫師的口中會說出這樣的話。

「……打擾了。」

我咬著唇低頭行禮之後，轉身離開護理站，直接快步沿著走廊前進。驚愕並沒有隨著時間減少，不僅如此，內心反而越來越不平靜。

來到目標的個人病室之後，我沒有敲門便拉開了門。房間裡面的病床上，正躺著第三名ＩＬＳ病患加納環小姐。

看見環小姐的睡臉，原本激動的情緒漸漸平穩了下來。我來回幾次深呼吸，一邊往病床走近，仔細看著她的臉。這是我負責的第三名ＩＬＳ病患。

飛鳥小姐、佃先生，然後是環小姐。我負責的這三名病患在陷入昏睡之前，被人找去同一個地方的可能性很高，而在場的另一個人十分有可能就是住在特別病室裡的第四名ＩＬＳ病患。完成瑪布伊谷米，看過環小姐的記憶之後，也許能夠找出和第四名ＩＬＳ病患的真實身分有關的線索。

去進行環小姐的瑪布伊谷米，現在馬上。

經過之前的兩次瑪布伊谷米，我已經累積了身為猶他的經驗，一定可以再次完成瑪布伊谷米拯救環小姐。

然後，一定也可以得知在事件背後蠢動的黑暗的真面目。

我的手貼在環小姐的額頭上，開始唸出已經是第三次的咒語。

「瑪布雅、瑪布雅，烏提奇彌索利。」
身體從內側發光的感覺。我感受著「我」經由貼在額頭上的手掌漸漸流入環小姐體內的感覺，同時閉上眼睛。

5

「唷，愛衣。」
張開眼睛，眼前兔耳貓正揮動長長的雙耳飄在空中。穿著白袍的我只是小聲「嗯……」地回答。
「哎呀，心情很不好呢。發生什麼事了嗎？」
「庫庫魯不是知道我經歷過的事情嗎？那你應該知道我為什麼不高興吧？」
「嗯，其實我知道唷。」庫庫魯乾脆地回答，「妳對杉野華和袴田隱瞞了某件事感到不滿……或者說不安，對吧？」
「沒錯。第四名ＩＬＳ病患很可能和連續殺人案有關，這麼一來，跟那個人一同陷入昏睡的我的病患，也許和那起案件也有關係。背後一定有什麼不對勁，絕對是發生了什麼可怕的事，可是大家卻想要隱瞞這件事！」
「不過這也不是需要這麼激動的事吧？」
「為什麼?!他們可是有事瞞著我！」
「不洩漏病患的資料給其他人，就某種意義上來說不是理所當然的事嗎？」

被堵了個措手不及，我發出「……咦？」的呆愣聲。

「所以啦，醫生不是有保密義務嗎？不是不能和其他人說病患的隱私嗎？」

「但、但是……我也是醫生啊，為了治療互相交流資訊……」

「他們經過判斷，認為比起交流資訊的好處，走漏消息的壞處更大吧，畢竟那麼可怕的連續殺人案的關係人住在醫院裡，要是媒體們都湧到了醫院事情可就糟糕了，所以當然會要求謹慎再謹慎。」

「就算是這樣，連電子鎖都裝了……」

「我想，這部分可能是做過頭了，只是，如果住在那裡的是連續殺人兇手的話，應該就會做到這種地步吧。」

「不可能是兇手，因為在病患陷入昏睡的這兩個月內，還是持續有兇案發生。」

「喔喔，妳這麼說倒也是。」

庫庫魯依然飄在空中，一下一下地抽動鬍鬚。

「不管怎麼樣，既然杉野華都說了會找個時機告訴妳，妳就相信她再等一下吧，我是覺得不需要這麼氣呼呼的啦。」

這麼一說似乎的確是如此，為什麼我會這麼焦躁呢？

是因為值班睡眠不足的關係？不，不是。從昨天我想溜進特別病室開始，不，是從更早之前開始，不明所以的焦躁感就一直在逼迫著我，雖然緩慢，但那股感覺確實越來越強烈，讓我倍感煎熬。

我漏掉了什麼。我覺得我忘記了某件很重要的事。

「不要這樣皺著眉頭嘛，」庫庫魯舔著我擠出皺摺的鼻根，「可惜了這麼漂亮的一張臉。」

「客套話就免了。」我擦著鼻子。

「這才不是客套話，愛衣是世界上最可愛的女孩子。」

「知道了啦。」

過度的讚美讓我脖子一陣發癢，但卻不知為何，我並不反感，本來帶刺的情緒漸漸和緩了下來。

「總之，先集中精神在環小姐的瑪布伊谷米上吧。看了環小姐的記憶，也許可以找出ＩＬＳ和連續殺人案之間有什麼關係的線索。」

「就是要這樣。」

庫庫魯離開我的眼前坐到我的肩膀上，視野一下子開闊了起來。

「那我們就先從觀察這個夢幻世界開始吧，必須好好瞭解這裡是什麼樣的世界，又以什麼樣的規則在運作。」

說得沒錯，我太過氣急攻心，連這麼基本的事都忘了。

我輕輕地甩了甩頭，看著這個夢幻世界。

我正站在寬約三公尺，無限延伸的「道路」上，以白色為基調，不時點綴有黑色突起物的這條路，總覺得好像在哪裡見過。我大幅轉動脖子，視線看向周遭。

漆黑的空間裡有好幾條「道路」存在，像是緞帶一樣柔軟地彎曲、扭轉，一陣陣波浪似地飄浮在空中，光是在可見範圍之內，就有超過十條「道路」，不過它們都飄在遙遠的遠方，似乎很難跳到那邊去。

「總之，沿著這條『道路』前進應該可以吧？」

「好像是這樣。」

庫庫魯從我的肩膀上跳下來，肉球在觸碰到「道路」的瞬間，發出了像是撥動繃緊的粗線般悅耳的聲音，周圍短暫地變得明亮。

「什麼?!」

我和庫庫魯連忙環顧四周，但是那裡只有一整片的黑暗空間。

「剛才是不是變亮了？」庫庫魯抬頭看我。

「對，而且也許是我的錯覺，不過總覺得我們站在一片草原上。」

「我也這麼覺得。」

我們互相看了一會兒之後，我輕輕抬起一隻腳，在鞋底落到「道路」上的瞬間，響起了「聲音」，原本籠罩在黑暗中的空間充滿了光亮，柔和、溫暖的光芒照耀著青翠的草原。

「聲音」的餘韻消失了，廣闊的草原也跟著消失，四周再次被黑暗籠罩，回復成空無一物的空間。

「我好像知道這裡的運作機制了。」

庫庫魯挺起覆滿淡黃色毛髮的胸膛，以一種裝腔作勢的動作邁出步伐。「聲音」第三次響起，四周出現了草原，肉球每一次踏在「道路」上便隨之響起的「聲音」一個接一個，開始演奏出「樂曲」，那是一首開朗輕快之中蘊含壯闊音色的樂曲，是充滿生命光輝的曲調。

「春……」

我震懾於「道路」響起的美妙旋律之中喃喃自語道。

安東尼奧．韋瓦第所創作的《四季》協奏曲第一首，這是一首頌讚洋溢著新生命的季節的名曲，而這首曲子現在正響徹在這個空間、這個世界裡。

「真是的，愛衣，妳在發什麼呆啊，我要丟下妳囉。」

被庫庫魯這麼一說，我急忙追在牠的身後。

春天明豔的陽光灑落在「道路」左右兩旁綿延不絕的草原上，遠方遼闊的森林樹梢長滿青翠的綠葉，徐徐吹來的涼風留下清爽的嫩葉香氣拂身而去。

十數隻色彩斑斕的小鳥從染上一片濃綠的森林中飛出，在萬里無雲的空中自由自在地飛翔，牠們飛過的地方如飛機雲般畫下與身體顏色相同的淡淡軌跡，在天空畫布上描繪出複雜的圖案。

流經森林旁的小溪裡有無數魚兒飛躍至半空，彷彿跳舞般扭動著身體，宛如珍珠散發出光澤的鱗片不規則地反射陽光，浮現出一道道立體的彩虹。

「看來只要走在這個『道路』上，就會響起『樂曲』，並出現一個與曲子相符的世界呢。」

庫庫魯跳著小碎步般輕快地擺動四足，沉醉在四周廣闊壯麗風景中的我忽然看向腳邊，意會到剛才感受到的異樣感究竟是什麼。以白色為基調，不時點綴有黑色突起物的道路，好像在哪裡見過的這條道路……

「……琴鍵。」

庫庫魯轉過頭往上看著我，「嗯？妳有說話嗎？」

「琴鍵啊，鋼琴的琴鍵。這是由巨大的鋼琴琴鍵所組成的『道路』。」

「喔喔，妳這麼一說的確是，所以才會每次踩下去都能聽見聲音嗎？也就是說，走在這條『道路』上，同時也是在演奏樂曲吧。」

庫庫魯一邊配合節奏搖擺身體同時腳下仍持續不停走著。

左右兩旁的草原隨著我們前進的步伐，綻放出豔麗的花朵，鋪成一張色彩濃豔的地毯，幾乎令人喘不過氣的花香包圍著全身。

林木的枝葉婆娑聲、小溪的潺潺流水聲、小鳥的婉轉鳴叫聲，這些聲音與腳邊奏響的協奏曲交織成一首美妙的樂音，一點一滴滋潤了全身。

「感覺好舒服啊，愛衣。」

「就是說啊，庫庫魯。」

我們沉浸在壯麗的夢幻世界中一路沿著「道路」前進。前方有一座帶著紅光的小水池，我發現水面正在晃動，便凝神細看，這時候一陣強風吹來，與此同時，水池被高高吹起。

不，那不是水池，是一整群幾千、幾萬隻的蝴蝶。

一大群蝴蝶拍動閃耀著玫瑰色的翅膀，在我們前進的「道路」上搭起了如紅寶石般炫麗的拱橋，我和庫庫魯一邊抬頭欣賞，一邊鑽過那晶亮閃耀的拱橋下方。

「不過呢，景色雖然很漂亮，但繼續沿著這條路走下去，似乎也找不到加納環的庫庫魯，接下來我們跳到那邊的『道路』去試試吧。」
庫庫魯有節奏地走著，忽然抬起了頭，上方有另一條彎曲扭轉的「道路」從天空延伸而來，和我們現在走的這條「道路」距離近得幾乎觸手可及。
我對這個優美的世界還有些留戀，但仍然點點頭，「知道了。」不久，我們來到兩條「道路」最接近的地點停下腳步，響徹四方的協奏曲停止了，原本展現在周遭的美景也同時消失，只有幾條「道路」浮現於再次充斥著黑暗的空間裡。
「可是就算跳過去，那條路是上下顛倒延伸的，根本沒辦法走嘛。」
我看著頭上由琴鍵鋪成的「道路」。
「嗯……也是。看來情況不對的時候，只能像片桐飛鳥的瑪布伊谷米那時候一樣，長出翅膀飛了。」
「這麼麻煩……」
我一邊唸著，同時輕輕跳起，想要伸手去摸位在上方的「道路」，就在這一剎那，上下反轉了過來，重力逆轉，身體往頭部的方向掉下去。
面對越來越近的琴鍵，我趕緊以雙手保護臉部，手臂受到了撞擊，身體像裝飾於寺廟屋簷、虎頭魚身的鯱鉾一樣向後彎曲，然後跌落，我的背部重重地摔在琴鍵「道路」上，發出了沉重的聲響。
「啊哈哈，看來這個世界的重力是往『道路』的方向產生的呢。是說，妳沒事吧？愛衣。」
庫庫魯在我眼前著地，但是擴散到整個背部的疼痛讓我沒有餘力回答。

「就說啦，這裡是夢幻世界，疼痛什麼的都只是看妳怎麼想而已。」

庫庫魯的雙耳輕撫著我的背部，痛楚像是融化般逐漸消失。

「謝謝你，庫庫魯，得救了。」

「好啦好啦，妳也差不多該停止依賴我，自己一個人想辦法了。」

庫庫魯以母親對孩子恨鐵不成鋼的口吻說道。

「別說這個了，看起來這條『道路』似乎就算發出聲音，也不會出現什麼景象呢。」

「不，沒這回事。」庫庫魯搖著一隻耳朵。

「可能是因為妳用身體後彎的有趣姿勢跌倒所以才沒發現，不過在聽得到聲音的那段時間內，是有浮現出某些東西的喔。」

有趣姿勢這個用詞讓我很不爽，我嘟起了嘴巴，「某些東西是什麼？」

「與其用口頭說明，不如用看的比較快。好啦，身體不痛了的話就快點站起來吧。」

庫庫魯的臉頰在我的臉上磨蹭，富有彈性的粗硬鬍鬚搔得我發癢。

「知道了啦，你不要一直催我。」

我站起身，輕輕地邁開步伐。銀鈴般清爽的聲音有節奏地傳來，是莊嚴，但又帶著一絲透明感的旋律。

「《動物狂歡節》……」

卡米爾．聖桑創作的組曲，一共由十四首小品組成。

「妳好熟喔，愛衣。」

「嗯，因為我以前練過鋼琴一段時間。」

如果是著名的古典樂我還知道個大概，只是已經超過二十年沒碰鋼琴，那些知識都生鏽了。從那一天開始，我就一直避著鋼琴，因為會想起溫柔地教我彈鋼琴的那個人。

胸口傳來銳利的疼痛，我緊咬牙根。就算不翻開襯衫確認，我也知道發生了什麼事。是傷痕，在這個夢幻世界裡，有一道傷痕從我的胸口劃到側腹，是那道舊傷在疼痛吧，我看向剛才壓在胸口上的手掌，上面並沒有血跡。

一開始，在飛鳥小姐的夢幻世界裡想起那個人的時候，傷口裂開並嚴重出血；而在佃先生的夢幻世界裡也是，結痂剝落，滲出血來；不過這次雖仍然感受到痛楚，卻不見其流血。

也許是在夢幻世界裡四處奔走，幾次完成了瑪布伊谷米，讓那一天的心靈創傷變得輕微了一些，這正是我所期望的。

完成三名病患的瑪布伊谷米，克服不斷折磨著我的痛苦記憶，這是我的其中一個目標，但與此同時，我總覺得這也代表了我會完全忘記那個人，因此心情很沉重。

我一邊喚醒布滿塵埃的記憶，一邊輕輕地動動雙手的五指，已經超過二十年沒有碰過琴鍵的手指，動作僵硬得連自己都覺得好笑。

「哎呀，那裡好像有什麼東西。」

聽見庫庫魯說的話，我停下了手指的動作，「咦？在哪裡？」

「就在妳的正後方啊。」

「後面？」

我轉身一看，不禁瞪大了雙眼，巨大的獅子正朝我襲來，我有預感自己會被鐮刀般的利爪給撕裂，因此緊緊閉上眼睛，然而並沒有任何疼痛傳來。

我害怕地稍微睜開眼睛，獅子的身軀穿過了我的身體。

我回頭，看著漸漸走遠的獅子，仔細一瞧，浮在空中的獅子身體如同全像術一樣半透明，頭上戴著似乎是王冠的東西。

「〈序奏和獅王進行曲〉……」

我自然地脫口說出《動物狂歡節》組曲第一首的曲名。鬃毛威風凜凜地隨風飄蕩，獅子，不，獅子王悠然地漫步在黑暗的空間中。

「不只是獅子喔，妳看。」

為了不讓曲子中斷，在原地不停踏步的庫庫魯這麼一說，我便回過頭，「哇！」的聲音從口中流洩而出。

雞、驢子、大象、袋鼠，出現在《動物狂歡節》曲名中的動物們，半透明的身影在空中前進，隱隱約約可以看見身體另一側的動物們，看起來就像賦予了玻璃製作的精巧模型生命一般。

我陶醉在這充滿神秘氛圍的景象中，再次走了起來，與在空中昂首闊步的動物們一同沿著琴鍵的「道路」前進，感覺自己也成為了遊行隊伍中的一分子。

「這感覺像是要直接走進諾亞方舟裡的氣氛呢。」

就在庫庫魯開玩笑地這麼說時，旁邊有魚兒游過，牠們的身體通透，可以看見內部的骨頭散發出有如翡翠般的祖母綠光芒。起初是一大群沙丁魚或竹筴魚等小型魚類橫穿而過，接著是鮪魚或鯊魚等巨大魚類游過來，最後為可能是鯨魚的巨大生物優雅地通過。

「不要只是盯著上面，也看看下面吧。」

庫庫魯這麼一說，我從「道路」輕輕地探出身往下看去，那裡有著和魚群一樣發出祖母綠光芒的骨骼正在列隊行進，不過牠們身上並沒有透明的肉體，而且每一隻都巨大得足以和鯨魚匹敵。

是恐龍化石的遊行。暴龍的骨骼在最前方，劍龍、三角龍，最後甚至看見或許是腕龍的巨大蛇頸龍目恐龍的骨骼。

這時候，遠方出現一道閃著純白光芒的牆壁，那道牆緩緩地向我們靠近。

「那個牆壁是什麼啊？」

我一指，庫庫魯便豎起一隻耳朵左右揮著。

「妳看仔細一點，那不是牆壁喔。」

「不是牆壁。」

轉身往後看的我頓時一句話也說不出來，那裡有一隻尺寸超乎想像的天鵝浮在空中，幾乎要突破天際的大小，簡直有如一座高山聳立。

天鵝像以牠那散發出光輝的羽翼圍成一道圓，溫柔地環抱所有遊行中的生物，翅膀形成的峭壁逐漸迫近的景象太過壯觀，讓我嘆為觀止。

「雖然是很棒的景象，不過這條『道路』上似乎也沒有加納環的庫庫魯喔。即使有點捨不得，我們還是到下一條路去吧。」

庫庫魯指著前方，那個地方有另一條大幅高低起伏的「道路」，並排在《動物狂歡節》的「道路」旁邊。我來到兩條「道路」最接近之處，雖然覺得依依不捨，還是一個小跳步，跳到了隔壁的「道路」上。

「好啦，這條『道路』是什麼感覺呢。」

庫庫魯和我一踏出步伐，便響起無盡光明、帶著一點喜劇般的輕快曲子，與之前的「道路」演奏出的厚重音樂截然不同。

踩到貓兒，踩到貓兒，不小心踩到貓兒……

在我腦海中浮現歌詞的同時，四周亮了起來，出現無限延伸的平面，種類五花八門的貓，正在上面一蹦一蹦地跳來跳去。

仔細一看，也有用俗稱為「鸚鵡螺」的姿勢捲成一團舒服地在睡覺的貓，但牠那蓬鬆毛髮包覆的尾巴馬上就凹了一塊下去，全身貓毛倒豎地跳了起來，想來是被看不見的什麼東西給踩到尾巴了吧。雖然很對不起牠們，不過數不清的貓咪富有節奏地彈飛上天，那個樣子太過可愛，讓我嘴角勾了起來。

「……我不太喜歡這首曲子。」庫庫魯一臉不滿地左右擺動圓圓的尾巴。

「為什麼？這首曲子不是很歡樂很好聽嗎？」

我一邊走一邊彎下腰，用指尖捏了一下庫庫魯那搖曳的絨球般的尾巴。庫庫魯發出「喵嗚?!」的叫聲，同時往上跳了約三十公分高。

落地後，庫庫魯回頭，以飽含責難的眼神瞪著我。

「對不起，對不起，不要那麼生氣嘛，我只是一時玩興大發。」

「……算了，趕快找出下一條路換到那邊去。」

一隻三花貓發出鬼叫，從煩躁地說著的庫庫魯頭上飛過。

6

我和庫庫魯走過了好幾條「道路」。

在《女武神》的那條「道路」，我們和騎在天馬上橫越天空的九位美麗女武神的隊伍並行，以極近的距離欣賞她們與怪物作戰的英姿。

在《展覽會之畫》的那條「道路」，和我們搭話的「蒙娜麗莎」及「梵谷的自畫像」、不停反覆著盛開與枯萎的「睡蓮」和「向日葵」、發出詭異叫聲的「吶喊」、可以聽見尖叫聲的「格爾尼卡」，以及耶穌基督與弟子們相談甚歡的「最後的晚餐」等等，美術館的走廊上掛著注入了生命的名畫，我們在那不停地走著。

在像是螺旋階梯般綿延無止境的《卡農》「道路」，半路上我們彷彿迷失在視覺錯覺畫中，搞不清楚自己究竟正在往上走或往下走而一陣暈眩。

「哎呀，這種的感覺真平靜啊。」

庫庫魯翹起尾巴，優雅地向前進，我看著正面，回道：「是啊。」那裡有著一輪現實中不可能出現的巨大藍色滿月浮在半空中。

向著滿月筆直延伸的琴鍵「道路」，湧出德布西作曲的《月光》那柔和靜謐的旋律。「道路」的四周是無限廣闊的湖泊，綿延直到遠方的地平線，平靜無波的水面，反射深藍色的月光，彷彿湖泊本身在發光。

我們沉醉在《月光》的旋律中朝著月亮走了很長一段時間，卻始終沒看見其他「道路」，不過，在吸入這個空間裡清冽的空氣後，紛雜的情緒也如同周遭的水面般平靜了下來。

我看著琴鍵道路，腦海中不停思考，連續殺人案與患者們之間的關係、住在特別病室裡身分不明的病患，還有，隱匿該名人物的華學姊與袴田醫師……

「抱歉打斷妳想事情，不過好像看到什麼東西了喔。」

原本低著頭的我，因為庫庫魯的聲音而抬起頭。從遙遠的遠方，滿月之下的水平線處，漸漸出現建築物的影子。

「……城堡？」我不停地眨著眼睛。那是一座西洋風情的巨大城堡。

「看來這條『道路』是對的呢，說不定加納環的庫庫魯就在那裡面。」

我和腳步輕盈了起來的庫庫魯一起往前走，從遠方看起來很迷你的城堡，慢慢變得越來越大。我們來到靜靜地矗立在湖水中的白堊岩宮殿前，連接到入口大門的階梯是由木琴打造而成，輕輕踏出步伐，原本沉穩流洩的《月光》樂音消失，廣闊的湖泊與靜靜照耀其上的月亮也消失了，取而代之的是木琴階梯響起了明快活潑的旋律。

是柴可夫斯基的《胡桃鉗》。階梯左右，穿著紅色制服、戴著深藍色高帽的可愛人偶衛兵列隊出現，手上拿著喇叭高昂地吹奏。

「還真是盛大的歡迎啊。不過無論是鋼琴琴鍵的『道路』，或是木琴的『階梯』，加納環的人生中還真是充滿了音樂呢！」

庫庫魯隨著喇叭的節奏搖擺身體，一邊走上了階梯，跟在牠後方的我突然停下腳步，手放在耳邊。微微地，雖然只是非常細微地，但我好像聽到了某種雜音，一種像是昆蟲拍動翅膀的聲音。

耳鳴嗎？我轉動脖子，視線往我覺得聽到雜音的方向看去，距離數百公尺遠的漆黑空間中，似乎可以看到一片霧靄，我以為是自己的錯覺，而揉了好幾次眼睛，但是那片黑色霧靄依舊沒有消失。

「妳在幹嘛啊？快點過來啊。」

「嗯、嗯。」我被庫庫魯這麼一催，腳下便動了起來。走到階梯最上層之後，前方聳立著一扇門，比我的身高還要高上數倍的圓形大門，仔細一看，那是由巨大的銅鈸製作而成。

銅鈸大門發出宏亮的聲響，當我和庫庫魯正因為那震盪了全身細胞的聲音而向後仰時，大門從正中央往兩旁打開。

我小心翼翼地走進城內，寬敞的大理石走廊綿延，寬幅至少可以規劃三線道的地板，打磨得幾乎光可鑑人，立於左右的廊柱上刻有精巧的雕飾，足足超過十公尺高的拱型天花板上則繪有美麗的宗教畫。

大門關上，同時也不再聽見《胡桃鉗》的旋律了。

「那些線是什麼？」

我指著前方，走廊上由上而下等距拉著數十根半透明的線，我走近如同蕾絲簾幕般柔軟的那些線，輕輕伸出手摸了摸其中一根，指尖幾乎沒有什麼觸感，反而是走廊上蕩漾起無限清澈的聲音。

「……豎琴？」

還聽得見些許餘韻的那個聲音，絕對是豎琴的音色沒錯。

我穿過線，不，豎琴的琴弦簾幕，隨著身體毫不費力地走過，空間裡洋溢著寶石般優美的聲響。

「哦～好好玩喔。」

庫庫魯說完，在大理石地板上一蹬往前飛奔，那小小的身體每一次穿過琴弦簾幕，就響起一陣樂音。

「等一下啦。」

我急忙跟在庫庫魯身後跑了起來，豎琴的悅耳音色開始演奏出一首曲子，與此同時，也若有似無地出現了銅鈸大門關上之後就消失的交響樂演出。

《花之圓舞曲》。

這是芭蕾舞組曲《胡桃鉗》裡最後也最有名的曲子，出現在序幕的豎琴曲調，不論聽眾願與不願，都會被其挑起對接下來恢宏演奏的期待。

在開始聽見清晰的旋律時，我們來到了走廊的盡頭。

我的手搭在裝飾著小提琴雕刻的門上，視線看向腳邊的庫庫魯，庫庫魯挺起胸膛，強而有力地點了點頭，我踩穩雙腳，手上一個用力，沉重的門扉緩緩地被推開，門縫間，流洩出交響樂團壯麗的演奏。

我被門裡展現的景象給震懾住了，只能呆立當場。

目測約有足球場大小的音樂廳裡，可愛的人偶們正在跳舞。

身高大概在我腰際的木雕人偶們，各自跳著自己想跳的舞，除了經典的華爾滋，日本舞蹈、烏克蘭民族舞蹈哥薩克舞、肚皮舞、騷莎、探戈、踢踏舞，甚至也有人偶激烈地跳著街舞的地板動作，他們身上穿的服裝也是，從西洋禮服、和服到中國服，各國的傳統服飾包裹著那些小小的身軀。

音樂廳最深處，是一塊高起的舞台，人偶組成的交響樂團正激昂地演奏著《花之圓舞曲》。

天花板傳來「喀喀喀」的聲響，我抬頭一看，那裡有十數隻響板像蝴蝶一樣四處飛舞，每一次拍動翅膀就會發出輕快的聲音。

彷彿來到童話世界般的景象讓我著了迷，我像是被吸進去似地走入舞池，腳步因比想像中更有彈性的地面而有些不穩，鞋子下陷後，馬上就有一股反彈的力道讓身體微幅跳動，感覺就像走在彈跳床上一樣，且從地面傳來「咚」的清脆聲響。

「地板似乎是太鼓呢，妳看。」

庫庫魯靈巧地以四足踩踏，敲出一段節奏。

洋溢著音樂的空間，聲音的洪水振動了全身的細胞。

「妳還呆站在那裡幹嘛？愛衣也來跳啊。」

「跳什麼？跳舞嗎？」

「當然啊，在之前的夢幻世界裡不是已經學到了嗎？必須好好融入現場的情境，才能找出被困在那個世界裡的庫庫魯。」

「但是我沒有跳過舞……」

「差不多就可以了啦，重要的是樂在其中，妳看，就像這樣。」

庫庫魯輕快地踩著步伐，我邊看邊學，踏著腳步發出聲音，忽然身體失去平衡，撞到了旁邊正在跳舞的人偶。

「別在意，妳要更大膽地做動作，像我這樣。」

庫庫魯以後腳站立，漂亮地轉了一圈。

「……很難想像這是貓會做的動作。」

「因為這裡不是現實世界，是夢幻世界，只要妳願意想像，就什麼都做得到的世界。」

庫庫魯朝我眨了眨眼，我也在牠前方舞動手腳，搖擺著身體，一開始並不是很順利，但習慣了以後，身體的擺動也就能配合一波一波傳來的節奏了。

「很好，感覺不錯呢，那麼接著，來點應用篇吧。」

庫庫魯停下動作，以裝腔作勢的模樣敬禮，我也跟著低下頭後，庫庫魯朝著我伸長了雙耳。在跳著華爾滋的人偶一對接著一對經過身旁的律動中，我疑惑地問道：

「咦？要做什麼？」

「就說啦，要跳舞啊。妳抓著我的耳朵，我們一起跳華爾滋吧。」

「華爾滋，這我怎麼會跳……」

我正想拒絕，柔軟的耳朵便輕巧地纏上我的手，當我發現時，身體正在旋轉，由右往左飛逝的景象與離心力讓我一陣驚慌，「放輕鬆啦。」庫庫魯揚起鬍鬚埶露出笑容，長長的鬍鬚在顫動。

「就算你這麼說……」

「好啦，妳就相信我吧。」

庫庫魯溫柔地這麼說，不安沒來由地消退，原本緊繃的身體忽地放鬆了力氣，腳步開始有了節奏，庫庫魯的耳朵輕柔地引領著我的動作。

雖然生硬但也跳起了舞的我，被庫庫魯帶著進入了人偶們的華爾滋圓圈中，第一次體驗難免不知所措，但隨著身體的舞動，原本幾乎要絆在一起的腳下動作，也變得不再那麼僵硬了。

我和庫庫魯一邊跳著，一邊在舞池移動，女性人偶身上穿著的各國鮮豔民族服飾，像走馬燈一樣滑過視野，在經過交響樂團旁邊時，高分貝的音量讓細胞都起了雞皮疙瘩。全身汗流浹背，情緒越來越高漲，臉部肌肉自然地放鬆了下來。

和庫庫魯無拘無束地跳著舞的我，忽然發現舞池中央擺著一台鋼琴。那是一台已有歲月痕跡的平台鋼琴，四處都有塗層脫落，而且積了一層薄薄的灰塵，與華麗的舞會場合不相稱的破舊外觀，讓我的眉間起了皺摺。譜架上則放著一本泛黃的舊樂譜。

當我的注意力被老舊的鋼琴吸引時，《花之圓舞曲》的旋律裡混入了些許的雜音，是進入城堡前聽見的，昆蟲振翅般的嘈雜聲。

又是耳鳴嗎？我一隻手放在耳邊。

「嗯？怎麼了嗎？」

停止跳舞的庫庫魯，回到四足著地，我以一隻手按著耳朵，另一隻手豎起了食指，比到嘴唇前方。我們身旁的人偶們還在繼續跳著舞。

雜音一點一點，但又確實地越來越大聲。

「庫庫魯，你有聽見嗎？像是昆蟲振動翅膀的聲音。」

「振動翅膀的聲音？」

庫庫魯雙耳「咻！」地垂直立起，和碟型天線一樣地慢慢旋轉，牠的身體顫抖了一下，絨球般圓形的尾巴「砰！」地膨脹了起來。

「聽見了，像是羽蟲在飛的聲音。」

「你也有聽見的話，就不是耳鳴了，聲音傳來的方向是……」

我和庫庫魯同時轉頭，看往同一個方向，剛才我們走過的一扇大門。翅膀的振動聲越來越大聲，即使在交響樂團的演奏中也可以清楚聽聞。

原本愉快地跳著舞的人偶們，動作漸漸停了下來，掛在木製臉上的笑容消失了，他們開始盯著與走廊相連的大門，那扇「咔噠咔噠」不祥地細微晃動的大門。

一部分純白的門扉突然變成了黑色。

不，不是，並不是顏色出現了變化，而是那一部分破裂了，被像是黑色霧靄般的東西給啃食的。

令人不快的雜音瞬間放大，擾亂了舞池的空氣。啃穿門扉後入侵的黑色霧靄飛升到天花板附近，暫時聚集停留後，一口氣衝向仍在舞台上演奏的人偶交響樂團進行攻擊。

演奏停止了，指揮的人偶全身包覆著黑色霧靄，從轉變成球形的霧靄中，傳出痛苦的呻吟聲，不久後，聚集成團的霧靄膨脹變薄，裡面已經不見指揮的身影了。

霧靄接著馬上襲擊一位又一位的交響樂團成員，小提琴、大提琴、小號、長號、銅鈸……演奏這些樂器的人偶們接連被霧靄啃食後消失。吃完了交響樂團的霧靄，再次飛升到天花板，開始以緩慢的動作旋轉，簡直就像在挑選獵物一般。

剛才還在跳舞的數百具人偶陷入恐慌，發出奇異的叫聲四處竄逃，數十具人偶為了逃離舞池而湧向門口，然而霧靄卻像在等待這一幕似地急速下降到門前，開始攻擊人偶們。

我抱頭蹲在彷彿人間煉獄的舞池中，身旁穿著禮服的人偶發出尖聲驚叫，下一秒，霧靄纏上了小小的身體，我只能顫抖地看著人偶揮動四肢拚命抵抗的畸形舞姿，這時候我終於發現了霧靄的真面目。

那些都是蟲子，大量的黑色小羽蟲，一整片蟲子正在我的眼前貪婪地啃食人偶，就在我因為那殘酷且噁心的景象幾乎尖叫出聲時，彷彿長絨圍巾般柔軟的東西遮住了我的嘴巴。

「安靜。」庫庫魯在我的耳邊小聲道，「妳看，發出聲音的人偶都被襲擊了。」

庫庫魯一隻耳朵指著被襲擊的人偶群。就像牠說的，霧靄……一整片的蟲子正在襲擊發出尖叫的人偶。

「那些蟲子大概是對聲音有反應而進行攻擊，所以要安靜，懂了嗎？」

庫庫魯從我的嘴邊收回耳朵，我微微地點了點頭。光是聽到庫庫魯的聲音，恐懼就消散了許多，在屏氣凝神的我身旁，人偶們一個接一個地被啃食，然後消失，短短數分鐘之內，舞池只剩下我和庫庫魯，以及一大群的蟲子。

幾乎吃完所有獵物的蟲子們再次聚集到天花板附近，又開始盤旋了起來，迴盪著令人不快的振翅聲的舞池中，我和庫庫魯緊張地互相靠在一起。

不久後，蟲子們或許是為了尋找新的獵物，而從啃破的門扉縫隙飛了出去。

我吐出積壓在肺部裡的空氣，盡可能小聲地和旁邊的庫庫魯說話。

「那是什麼啊？」

「這個嘛，我也不知道，也許加納環非常討厭蟲子吧。別說這個了，我們要在牠們回來之前快點去找加納環的庫庫魯。」

環小姐的庫庫魯……我將視線移往放置在舞池中心的平台鋼琴。

「那個，有件事我有些在意。」

「是那台鋼琴吧，以放在這座宮殿裡的東西來說，有點太過破舊了呢。」

我和庫庫魯小心地不要讓太鼓做成的地板發出聲音，拖著腳步移動到舞池的中央，我看向譜架上老舊的樂譜。

「《命運》……」

第五號交響曲，C小調，作品六十七，俗稱《命運交響曲》，是貝多芬創作的第五首交響曲。

「也許是要我們彈這首曲子喔。」

庫庫魯跳上鋼琴，肉球按下琴鍵，琴槌無力地敲在繃緊的琴弦上，發出「咚」的聲音。雖然並不是很大聲，但也許是音樂廳的迴響效果太好，空氣持續震動著。

「庫庫魯！」

我壓抑著聲音叫道，「對不起！」庫庫魯以雙耳摀住自己的嘴巴。我們如同關節生鏽般以僵硬的動作轉頭看往大門的方向，幾群蟲子從哨破的縫隙入侵，像是在觀察情況。

我們看著大門四周飄浮的黑色霧靄，屏住了氣息。琴鍵上的庫庫魯壓低了身體，抬起膨脹開來的尾巴，進入完全的戰鬥姿勢。成群的蟲子在大門周邊飛了數十秒之後，再次飛出門扉縫隙，我和庫庫魯同時大大地吐出一口氣。

「看來總算是得救了呢。」

「不要講得一副事不關己的樣子啦，很可怕耶。」

我們壓低了音量交談，庫庫魯垂下雙耳，「對不起。」

「那一點聲音都能讓蟲子飛過來的話，就不可能彈琴了吧。」

我這麼說完，庫庫魯交叉起垂下的耳朵。

「不過光是躲著情況只會越來越糟。吶，對那台鋼琴妳有什麼感覺？」

「那台鋼琴……」

我重新看著眼前已帶有歲月痕跡的平台鋼琴，和華美宮殿不相稱的破舊樣貌，不知為何散發出一股幾乎要滿溢而出的存在感。

「我覺得有什麼特別的東西。」

「妳覺得如果用這台鋼琴彈樂譜上的曲子，會有什麼事發生嗎？」

我在些許遲疑後，點了點頭，「大概吧。」

「那我們就彈彈看吧，身為猶他的妳有這種感覺的話，彈了這台鋼琴之後一定會發生某些事。」

「你在說什麼，這麼做的話那一大群的蟲……」

「別擔心，」庫庫魯討人厭地眨了眨眼，「在妳彈鋼琴的時候，就由我來保護妳。」

「但是……」我看著泛黃的樂譜，畫在譜面上的音符浮現在空中，讓我產生了它們就要向我襲來的錯覺。已經超過二十年不曾彈鋼琴了，自從那個人不在了以後，我的手指一次也不曾碰過琴鍵，而且，一旦坐在鋼琴前面，一定會回想起那個人，溫柔地教導我如何彈鋼琴，以及告訴我彈琴樂趣的那個人。

「一直待在這裡也不是辦法，還是妳想停止瑪布伊谷米？」

「不可以！」

我搖著頭。如果不繼續環小姐的瑪布伊谷米，找出她的庫庫魯並看過牠的記憶，就什麼都解決不了，既不能將環小姐從昏睡中救醒，也無法得知ＩＬＳ的成因，以及特別病室裡的病患的真實身分。

「那妳就彈吧，這樣的話一定能打開一條路。」

被庫庫魯這麼一催促，我帶著猶豫在鋼琴前方的椅子上坐下，將微微顫抖的手放在琴鍵上。指尖傳來堅硬冰冷的觸感，睽違了二十三年的感覺，讓我的心跳加快，同時那個人的回憶也在腦海裡復甦。

輕輕地搭在我手上的掌心的溫度與柔軟觸感、「沒錯，彈得真好。」在我耳邊細語的溫柔聲音、無限柔和看著我的眼神，幸福的記憶讓我的體溫緩緩上升，然而下一秒，就像切換了電視頻道一樣，腦內的畫面變了。

尖叫著四處逃竄的人們、用力抱緊我的雙臂、臉上溫暖黏稠的感覺、鮮紅地反射陽光的刀子，以及比刺入我體內的刀子還要冰冷銳利的視線。

我想起那天看著我的雙眸，感覺彷彿被人從頭倒了一盆冷水。完全不帶一絲情感的眼睛，像是被巨大爬蟲類瞪視的那個經歷。

顫抖從身體深處湧現，放在琴鍵上的手在晃動。一定要抹去，一定要馬上將那個記憶從腦海中抹去，我越這麼想，那一天發生的事就顯得越鮮明。

胸口傳來一陣痛楚，我一看，從襯衫的胸口到側腹，紅黑色的汙漬正慢慢地擴散開來。傷口又裂開了吧，和在飛鳥小姐的夢幻世界裡發生的一樣。

我用力咬著嘴脣，虎牙刺穿皮膚，傳來銳利的疼痛，但我並不理會，仍然繼續往下施力。

和一開始徘徊在夢幻世界裡的那時候不一樣了。為了拯救病患，為了克服那一天的記憶，為了戰勝奪走我重要東西的那個男人，我完成了瑪布伊谷米。

沒問題的，我應該已經可以自己一個人做到了。

下定決心的我，抬起雙手，接著手指敲在琴鍵上，但是響起的扭曲音調卻與《命運交響曲》莊嚴的序幕旋律完全不相像。

彈錯了嗎?!看著樂譜打算重新再彈一次的我僵住了。破破爛爛的老舊樂譜上，音符正在蠕動，那幅景象彷彿小蟲子到處爬來爬去，我的背後一陣戰慄。

用力甩了甩頭的我，視線從樂譜移往手邊。在放棄鋼琴之前，我雖然彈得並不好，但也時常彈經過改編的兒童版《命運交響曲》，即使不看樂譜我應該還是彈得出來。

指尖再次敲擊琴鍵，不過響起的卻依然只是不成調的雜音。

「來了……」

庫庫魯在腳邊說道。我抬起頭，嘴裡發出細微的驚叫。

蟲子第三次從門扉的縫隙湧現，看起來像黑色霧靄的一大群飛蟲，一邊發出響亮的振翅聲一邊往上飛，聚集在天花板附近，數量明顯比剛才啃食人偶時還要多了許多，與其說是霧靄，反而更像是天花板上籠罩著一片黑色雷雲。

蟲子馬上就要來襲了，牠們會覆滿我的全身，連內臟都被啃蝕殆盡。庫庫魯以被恐懼束縛而動彈不得的我的大腿為跳台，跳到鋼琴頂蓋上。

蟲子們急速下降，就像從雷雲中拉出一條黑色鞭子一樣，我倏地以兩手保護臉部，坐在鋼琴頂蓋上的庫庫魯仰起頭看著天花板，張開了大口。

「喵嗚嗚嗚嗚！」

伴隨著咆哮聲，庫庫魯從嘴裡噴出像花灑水柱般的金黃色光芒，光芒覆蓋鋼琴形成半圓形，化為長鞭的成群蟲子前端在碰到光芒的瞬間，便發出「滋滋」的聲音燒了起來。

長鞭一個大迴轉先拉開距離以後，再次向籠罩著我們的光之障壁衝過來，但是結果仍然相同，碰到光芒的蟲子們在燃燒之後消失。

「我已經建立起屏障了，這樣可以爭取一點時間，趁現在。」

庫庫魯一臉嚴肅地瞪著蟲雷雲這麼說。這次從雷雲裡伸出數條長鞭，鞭打著光之障壁，蟲子燃燒的聲音此起彼落，聽起來像是畫面出現雜訊雪花的電視發出的雜音，蛋白質燃燒的不快氣味掠過鼻尖。蟲鞭攻勢停止後，被鞭打過的部分光芒薄弱了少許，庫庫魯再次「喵嗚嗚嗚！」咆哮著吐出光芒修補那個部分，不過在所有地方都重新補好之前，黑色長鞭又再次鞭打著障壁。

就像庫庫魯所說的，這只不過是爭取時間罷了。我的氣息紊亂，雙手再次回到琴鍵上，然而，我卻無法彈奏，指間失去感覺，沒有辦法敲擊琴鍵。

我必須想個辦法，必須快點做些什麼，我越是著急，身體就越是沒有感覺，簡直就像自己不再是自己一樣，意識與身體已經分離了的感覺。

在我的視線不經意地從琴鍵往上看的瞬間，全身寒毛直豎。不知不覺間，眼前的鋼琴變成了完全不同的東西，鍵盤蓋長滿了有如刀子般的尖牙，琴框、頂蓋及琴腳則長出灰鼠色的硬毛，在我腳邊的踏板則化成了巨大的鉤爪。

一道視線貫穿了縮成一團的我，那是放在譜架上的樂譜浮現出的銳利大眼射過來的視線。

我對那雙不帶絲毫感情的眼睛有印象。二十三年前的那一天，砍殺了我重要之人的那個男人的眼睛，手中拿著染成紅色的刀子，直勾勾地盯著我看的那雙眼睛。

不行了……我因為絕望而瀕臨崩潰。
我以為可以透過完成瑪布伊谷米來戰勝那個男人，可以不再受困於那個男人自由地活著，然而，這是不可能的。
我這一生，都無法逃離那個男人了。
我想要移開視線身體卻動彈不得，靈魂要被浮現在樂譜上的雙眼給吸走……然後吞噬。我要被眼前的怪物給吃了……
「愛衣！」
尖銳的聲音喊著我的名字，同時兔耳貓跳進了我和樂譜之間，朦朧的意識也恢復了清醒。
「庫庫魯……」
「別怕，有我陪著妳。」站在譜架上的庫庫魯向我露出笑容。
「可是我已經……」
我的舌頭在顫抖，無法順暢說話，庫庫魯的耳朵輕輕地搭在我的手上。
「別怕，有我陪著妳。」
庫庫魯重複著同樣的話，羽毛般的觸感讓我緊繃的身體逐漸放鬆。
「可是鋼琴變成怪物……」
「怪物？哪裡有那種東西？」
庫庫魯以輕鬆的口吻說完，從譜架上跳起回到了頂蓋。浮現在樂譜上像是爬蟲類的巨大眼睛消失了，鍵盤蓋上的尖牙，以及琴框和琴腳上茂密的毛也不見了，腳邊的鉤爪也恢復成踏板的樣子。

「愛衣身為猶他已經擁有足夠的力量了，因此在夢幻世界裡，妳想像的東西都會對周圍產生影響，懂了嗎？」

我含糊地點頭。意思是如同我透過想像，身體就長出了翅膀，或是變身成獵豹那樣，是我將鋼琴變成了怪物嗎？

「所以，不要被恐懼束縛，不要想著自己一個人戰鬥，不要忘了，我會一直陪在妳身邊。」

庫庫魯的話語，一字一句都溫暖了我冰冷的身體。沒錯，我不是一個人。我大大地吐出一口氣，庫庫魯的耳朵還搭在我的手上，我直接伸手拍了拍臉頰。

「妳沒問題吧？可以彈吧？」

我用力點頭，手指放在琴鍵上，我的手已不再顫抖。

「加油喔。」庫庫魯說完，便瞪著擴散到幾乎要覆蓋整個天花板、萬頭攢動的群蟲。受到群蟲鞭打的光之障壁一看就知道已經受到損傷了。

不知道牠們是不是打算一決勝負，從蟲雷雲裡伸出來的黑鞭纏繞在一起，粗細如一根木頭，蟲子組成的木頭筆直地朝我們延伸。

「喵嗚嗚——」

隨著咆哮聲，庫庫魯從口中噴出如同雷射砲的光線往木頭射去，木頭和光線在半空中劇烈撞擊，舞池裡布滿了大量的煙。

我將意識集中在雙手上。庫庫魯會替我抵擋那些蟲子，所以我必須集中精神在演奏上。

我輕輕地、綿長地吐出一口氣，原本在耳邊嗡嗡作響的振翅聲已經聽不見了，蟲子燃燒產生的惡臭現在也聞不到了。

一種世界逐漸往自己聚合的感覺，我靜靜地閉上眼。

眼裡倒映出那個人溫柔的笑臉，我張開眼睛，雙手敲擊著琴鍵。

《命運交響曲》的開頭，無限厚重、震撼人心的旋律撼動了整個空間。

我心無旁鶩地動著手指，剛開始有些克制，接著力道越來越強，彈奏著貝多芬在苦惱中譜寫出的曲子。我搖晃上半身，讓手指帶著這股動力不斷地敲著琴鍵。

憤怒、哀傷、絕望，然後是希望，從鋼琴湧現出來的旋律飽含著各式情感擴散而去。

即使是每天都在彈琴的那段時間，我也無法演奏出這樣的水準，但是現在，鋼琴像是成為身體的一部分，我可以隨心所欲地彈奏。

忽然，我感覺到手指似乎黏在了琴鍵上，定神一看，手指就像受熱後的起司一樣融化，流到了琴鍵上。但感覺並不討厭，和鋼琴融合為一體甚至讓我感到舒暢。

下一秒，地板突然破裂。在鋼琴頂蓋上驅退蟲子的庫庫魯發出「喵嗚?!」聲音瞪大了眼睛，身體下墜的感覺讓我有一瞬間停止了演奏。

「繼續彈！」庫庫魯攀趴在頂蓋邊大聲說道，「這樣就可以了，這樣我們也許能到加納環的庫庫魯所在之處，所以妳要繼續彈下去。」

「嗯！」

我帶著氣勢回答之後，不停動著連手肘附近都和鋼琴融為一體的手臂，琴槌敲在琴弦上的振動和心臟的跳動節奏漸趨一致。

《命運交響曲》的莊嚴旋律成為自己的一部分，自己成為曲子的一部分，我帶著這樣的感覺持續墜落。

忽然之間聽不見曲子了。閉著眼睛融入樂音中的我突然回過神，不知不覺間我已經站在地板上，應該和我一起墜落的鋼琴卻不見蹤影，庫庫魯在我的腳邊眨著眼睛。

「這裡是……」

我在一個天花板低矮、光線昏暗的空間，氣溫雖低，但空氣卻相當潮溼地黏在皮膚上，濃烈的霉味讓我忍不住想咳嗽。

從天花板低落的水珠在凹凸不平的石地上彈開。

「看起來像是個地下室呢。」庫庫魯跳到我肩上坐著，壓低了音調。

「不過感覺不是普通的地下室就是了。」

「咦？什麼意思？」

「妳仔細看看這裡的東西吧。」

藉著放在地上的蠟燭微弱火光，掛在牆上的粗糙斧頭及劍浮現了身影。

「武器庫？」

「不是那邊，是放在另一邊的東西。」

庫庫魯雙耳夾著我的臉，硬是將我轉向旁邊，看見映入眼簾的東西之後，我以一隻手摀住了嘴。

「斷頭台……」

這是為了砍斷人的頭顱而發明的工具，斬斷頭部的巨大刀刃不祥地反射著蠟燭的火光。

「不只有那個喔。」

聽見庫庫魯說的話，我環顧四周，從喉頭發出喘息般的咻咻聲。鐵處女、電椅、黃銅牛、絞刑台……各式各樣的行刑用具排列在那裡。

「看來要稱為是刑場才正確呢！不過大型城堡的地下，有這樣的地方也不奇怪吧。」

「你不要說得這麼冷靜！為什麼會有……」

庫庫魯用耳朵摀住了在陰森的空間裡高聲大喊的我，牠倏地立起一根爪子，移到嘴巴前。

「不可以發出那麼大的聲音，妳仔細聽清楚。」

「聽……」

我將意識集中在聽覺上，全身竄過一陣戰慄，從天花板那裡可以聽見些微的振翅聲傳來。

「這個聲音是……」

「沒錯，是蟲子大軍。這裡是城堡的地下室，蟲子還在上面，所以不要發出太大的聲音，可以嗎？」

我點頭如搗蒜，庫庫魯收回了摀在我嘴上的耳朵。

「不過夢幻世界裡有這麼陰森的地方，從這點看來，加納環應該是受到了相當大的打擊。」

「不過只是受到打擊，會創造出這樣的地方嗎？」

這個地方比起先前看過的夢幻世界，都還要來得充滿瘴癘之氣，環小姐究竟遭遇到了什麼事？

「找出加納環的庫庫魯，看過牠的記憶之後，一定可以知道詳細狀況，那我們就在蟲子攻進來之前快點找吧。」

「在這裡找嗎?!」我又差點驚叫出聲，趕緊用雙手摀住嘴巴。

「這不是當然的嗎？好啦，沒時間了，動作快點吧。」

庫庫魯從肩上跳下，推著我的小腿，無奈之下，我只好一一確認那些光是想像這樣的形狀該怎麼使用都覺得恐怖的機器暗處。縮著身子來回探索數分鐘之後，我停下腳步，架在牆壁上的大型十字架底端，有一個大小約雙手環抱的立方體盒子，像是被藏起來似地放在那裡。刻有可愛圖案的那個盒子，在只有蠟燭微弱火苗的這個地下室裡散發出淡淡的光芒。

就是這個！先前的經驗讓我相當確定環小姐的庫庫魯就沉睡在這個盒子裡。

「庫庫魯。」我招招手，坐在電椅上的庫庫魯輕快地走了過來。

「有了嗎？」

「嗯，應該是。」當我指著盒子時，手背上停了一隻蚊子大小的蟲，那隻蟲張開像天牛一樣的下顎，用力刺進我的皮膚，尖銳的刺痛讓我臉都歪了。

「愛衣！」

庫庫魯迅速揮耳打死了蟲，我皺著臉用白袍衣襬擦去沾在手背上的黏稠體液。上方傳來的振翅聲很明顯地越來越大聲。

「看來被牠們發現了呢。」

庫庫魯斜眼瞪著天花板這麼說。我急忙跪在盒子旁邊，石地板的冷硬觸感透過長褲的布料傳到膝蓋，我慎重地摸著盒子，打開蓋子，由微弱的金屬音演奏、富有透明感的旋律洋溢在地下室中。

「音樂盒？」

我喃喃自語著看向盒子，音樂盒的內部。那裡有著像是藍色雷射光的東西繞成了一顆小球狀，細微搖晃的光線隨著音樂隱隱約約地變大變小，如同心臟跳動般。

「是個相當有個性的庫庫魯呢。」庫庫魯伸長脖子看著音樂盒說。

「這就是環小姐的庫庫魯嗎？」

「應該是吧。看了這個夢幻世界，對加納環來說，音樂應該是非常重要的東西，所以她的庫庫魯也許不是某個物質，而是『聲音』本身具象化之後的東西。不過現在似乎沒有時間慢慢思考這種事了。」

庫庫魯抬起頭，採取戰鬥姿勢，黑色的霧靄從石造天花板細微的縫隙中，像是滲了出來般地湧現。

「愛衣，快點進行瑪布伊谷米！」

「知道了！」我回答完，便輕輕地伸手進音樂盒裡。

在指尖觸碰到鼓動的雷射光團塊的瞬間，記憶的洪流流進了我的腦海中。

7

抓著音符狀的項鍊，深吸一口氣，手指搭在琴鍵閉上眼睛，視覺受到阻礙之後，從指間傳來的琴鍵冷冽觸感更加鮮明了。

暫停呼吸以後，世界就只剩下自己和鋼琴了。

鋼琴是自己的一部分，自己是鋼琴的一部分，這種感覺無可言喻地舒暢。

睜大眼睛的同時，加納環彎曲雙臂，力量傳遞到指尖，琴槌用力地敲擊內建在平台鋼琴裡的琴弦，瞬間振動並逐漸擾亂了演奏室裡的空氣。

環搖晃著身體，因重心移動而產生的力量從軀幹、肩膀、手臂，然後傳遞到手指，彷彿每一根都擁有自我意識的生物般複雜擺動的十指，將傳遞過來的力量敲擊在琴鍵上，以轉換成聲音的藝術。壯闊的旋律連內臟都受到振動，似乎只要一個不留神，就連「自我」這個存在都會被滿溢整個房間的音樂洪水給吞噬。

沒問題！這樣就可以讓所有人俯首稱臣了。

當她想要傳遞更強的力量到指尖，而無意識地從椅子上抬起臀部的瞬間，「不是這樣吧！」怒吼聲振盪了鼓膜，手指的動作亂了套，原本完美和諧演奏的曲子轉變成了不協調音。

「要說幾次妳才懂！」

歐斯底里的斥喝聲迴盪的演奏室裡，原先熱切的心溫度一口氣冷了下來。

「速度太快了。妳不能自己彈自己的，要更仔細地看著樂譜彈才能得到評審的高分！」

母親加納淳子脹紅著臉怒聲說道，環淡漠地看著她的那個樣子，有口無心地道歉，「對不起，媽媽。」

「能不能獲得推薦，就看下個星期的比賽了，妳要認真一點。」

「嗯，我知道。」

環依舊空洞地點頭之後，「那就從頭開始。」淳子指示道。環照著指令，像是一一跑過樂譜上的音符般地彈奏，不帶靈魂，空虛的旋律從鋼琴裡吐了出來。環斜眼看著聽見這樣的樂音而滿意點頭的母親，內心嘆了一口氣，就是因為只有這種程度，所以媽媽才沒有辦法成功。

環在懂事之前就接觸鋼琴了，她接受前鋼琴家的母親指導，彈奏曲子，手指在琴鍵上跳躍，以音樂描繪藝術是件快樂的事，幼稚園、小學，每次參加比賽都能獲獎感覺非常愉快，所以她拚命地練習，淳子也竭盡全力指導她。

只是，大概從環升上高中開始，理想的親子關係逐漸出現扭曲，在各式比賽中得獎的環，開始有知名音樂大學來談推薦入學，從那之後，淳子的指導就變得出奇嚴格。

「妳這樣是沒有辦法成為職業鋼琴家的！」

「不能只是自己彈得開心，彈琴時要更注意觀眾的存在！」

環開始動輒遭到這樣的斥責。最初她還感到疑惑不解，但在幾次受到情緒性的言詞責罵之後，她漸漸看懂了母親的憤怒之下昭然若揭的真正意圖。

媽媽想要讓我代替她完成她自己的夢想。

淳子和環一樣，從小時候就生活在鋼琴圍繞的環境中，她在私立音樂大學畢業後雖然成為了鋼琴家，卻沒有辦法只靠演奏維生，結果便在結婚時順勢放棄鋼琴事業，現在是家庭主婦，每週三天會到附近的超市打工。

媽媽將自己沒能實現成為一流鋼琴家的夢想硬塞給我。當環發現這件事時，對母親抱持的敬意便一口氣減少，也不再聽得進她說的話了，不知道是否察覺了女兒這樣的變化，最近淳子的指導越來越流於情緒性的內容。

媽媽已經沒有東西能教我了。環機械性地動著手指，內心喃喃自語，就鋼琴家這個身分來說，已經是我贏了，我會在下一次的比賽證明這一點。

不知道從什麼時候開始，對環來說，「演奏」的意思等同於「戰鬥」，要以敲擊琴鍵所產生的旋律來打倒對手。

媽媽也被我的演奏給震懾而害怕了吧，因為已經超越她所能理解的範圍了，所以才會要求我按照樂譜機械式地彈琴，她想要把我往下拉到她自己的水準去。

這樣可不行。在下一次的比賽中我要彈出只有我做得到的詮釋，讓審查員都為我傾倒，然後得到第一志願的音樂大學推薦入學，這樣的話，媽媽就不能再說什麼了，到了音樂大學也會在和對手的競爭之中勝出，然後成為世界級的鋼琴家持續獲勝。對未來的光明想像減輕了環的煩躁，沒有感情地動著手指的行為，也變得不再那麼痛苦。

環的嘴角微微揚起，忽然她覺得有些異樣而往旁看去。淳子一臉不可思議地貶著眼睛，她沒有發出聲音，以唇語問道：「怎麼了嗎？」「沒什麼。」環也只用嘴形回答，繼續彈琴。

花了十數分鐘演奏過一遍之後，淳子輕輕地拍了拍手。

「感覺很不錯啊，這樣一定可以在比賽中排入前幾名。」

這種不帶情感的演奏，怎麼可能贏得了其他的參賽者，而且我對晉級前幾名沒有興趣，除了第一名，所有人都是輸家。

「謝謝。」環冷淡地回道，同時視線往左右移動。

「怎麼了？」

「這個房間裡是不是有蚊子？」

「蚊子？」

「對啊，我聽到類似蚊子在飛的聲音。」

環閉上眼睛，將意識集中在聽覺上，雖然只是隱隱約約的，但可以聽到像是拍動翅膀的聲音。

「妳聽，真的有，我聽到蚊子在飛的聲音。」

「我沒有聽到啊……」淳子一臉疑惑地看了看整間房間。

媽媽的耳力果然只有這種程度而已嗎？環輕輕地哼了聲，同時聳聳肩。

「那可能是我的錯覺吧。別說這個了，妳是不是差不多該去打工了？」

「是啊，我要出門了，妳會好好練習嗎？比賽之前可不能鬆懈了。」

「不用擔心啦，妳真的該出門了。」

環用一種像是在趕她走的語氣說完，淳子的眉毛皺成八字形，走出了演奏室。聽著門關上的聲音，環的嘴角勾了起來，這樣終於可以進行「真正的練習」了。

環調整呼吸，面向鋼琴，瞬間從椅子上抬起身體，手指敲上了琴鍵。

聽見他人的演奏了，平凡且無趣的演奏。

穿著小禮服在舞台翼幕等待的環，以指尖輕觸從小學開始就當作護身符戴著的音符項鍊，前方數十公尺處，沐浴在舞台聚光燈下，同年齡層的少女認真嚴肅地彈著鋼琴。這是在都內的某個音樂廳舉辦的鋼琴大賽，參賽者都是高中生，而環是下一位演出者。

為什麼程度會這麼差啊！差點弄亂了美髮師梳好的頭髮，環急忙停下了手。

以學生為參賽對象的比賽，就算是知名度數一數二的大賽，參賽者的演奏水準也太糟糕了，前面演奏的每一個人都不時偏離音程，會犯下這種初學者錯誤的人，真不懂為什麼可以參加這個比賽。

讓人搞不懂的還有觀眾的反應。即使是水準低落的演奏，當一曲彈畢，演奏者從椅子上起身敬禮時，座無虛席的觀眾們竟然給予熱情的掌聲。

是因為以學生來說很努力了嗎？這種寬容的反應一點也不好，畢竟還有我這種將人生賭在這場演出上的人。

不，他人和我沒關係，我要集中精神在自己的演奏中。環來回幾次深呼吸，讓躁動的情緒平靜下來，焦躁很可能會干擾到手指的運行。

在琴鍵上用力敲下「我」，轉換成旋律，撞擊在評審，以及在這音樂廳裡的所有人身上，我要讓所有人都心服口服地認為我是第一名。

手撫在胸口上的環耳邊，掠過了雜音。

蟲子？環看往聲音傳來的方向，但是卻沒有看見蟲子在飛，這次從另一個方向傳來翅膀拍動的聲音，環連忙轉頭，結果還是沒看到蟲子。

舞台翼幕的照明並不多，有些昏暗，很難找出小小的蟲子。

偏偏在這種時候……就在注意力被擾亂的環發出咂嘴的嘖聲時，演奏結束了。額頭冒汗的少女在舞台上露出滿臉笑容，向觀眾席低下頭，瞬間迸發的熱烈鼓掌聲蓋過了翅膀拍動的聲音。

明明好幾次都偏離了音程，為什麼還能露出那麼滿足的表情？就在環的驚訝中，少女往對側翼幕走去。

那麼，輪到我了。環微微低下頭，瞪視般看著放在舞台上的平台鋼琴，心臟的鼓動越來越強烈。

「加納環小姐。」司儀唸到了名字。環小心注意著不要踩到小禮服的裙襬，一邊往舞台走去，她抬頭挺胸，慢慢地朝鋼琴前進，聚光燈和觀眾們讓她湧起了鬥志，舒暢的緊張感包覆著全身。

環彎身坐下，抓著項鍊閉上眼睛，深深地將肺部吸滿空氣，這是演奏前的例行儀式。

就在即將開始演奏時，環又聽見了拍動翅膀的聲音，被打斷的環張開眼睛看往發出聲音的方向，但是依然沒有看見蟲子，振翅聲還在持續響著。

為什麼會在這時候！環有那麼一瞬間陷入了慌亂，但是又不能揮手把蟲子趕走，就算演奏還沒開始，評審也已經開始評分了。

區區振翅聲沒什麼關係，只要開始演奏，這麼微弱的聲音就會被我彈奏出的壓倒性旋律給蓋過去。定下心來的環拱起身體，雙手用力敲在琴鍵上。

不知道究竟發生了什麼事，鋼琴響起的重低音，音程有些微的偏離，就和之前演奏的幾個人一樣。

即使感到恐慌，已經與鋼琴磨合了數千小時、數萬小時的身體自己動了起來，繼續敲打著琴鍵，然而從鋼琴傳出來的旋律，還是有雖然輕微，但又確實的音程偏移。

鋼琴的調音失敗了，所以才會出現這種聲音。就在環咬緊了牙根時，曲子忽然聽起來回到了正確的音程上。

修正了？就在這麼想的下一秒，音程再次開始偏移，一點一點，但又實實在在地越偏越遠。

環終於察覺到發生了什麼事，不論是鋼琴的調音，或是其他參賽者的演奏都沒有什麼問題。

有問題的是我的耳朵，我的耳朵沒有辦法掌握正確的音程了。

氧氣似乎在瞬間變得稀薄，呼吸開始困難了起來，即使如此，環依舊拚命地動著雙手。

音程在我耳裡聽起來會變得比較低，如果彈琴時考慮到這部分的偏差，也許可以彈出正確的旋律，只是，該做到什麼程度的調整才能夠補正？

越是思考越是混亂，感覺彷彿身陷在無底泥淖之中，越是掙扎整個人越是往下沉淪。

視線失去了遠近距離感，畫在樂譜上的音符看起來就像浮在半空中。

救救我！誰來救救我！就在完全不知道自己的演奏聽起來如何之中，曲子迎來了高潮段落，環的下巴向前抬起，一邊喘著氣，一邊和平常一樣將全身的重量灌注在雙手上敲向琴鍵。

迴盪在空氣中的樂聲聽在環的耳裡，是一陣扭曲的不協調音，簡直就像野獸的嘶吼聲，在環的眼中，面前的這架鋼琴看起來就是一隻露出獠牙，想要吃掉自己的怪物。

恐懼擅自驅動著身體。「呀！」環發出尖叫，整個人往後退，身體因此失去平衡而倒了下去，下一秒，後腦勺一陣劇烈的撞擊。

……照明燈……從天花板垂吊下來，散發出刺眼光芒的照明燈。

環有一種飄浮在游泳池中的感覺，接著因為炫目的光芒而閉上眼睛。

這裡是哪裡？為什麼我會躺著？

地板的冰冷溫度透過小禮服傳來，讓蒙上一層霧靄的思考逐漸變得清明。

環的眼眶幾乎要迸裂地瞪大眼睛，上半身彈坐起來，觀眾們正在看著自己，那個舞台上一個人在聚光燈的照射下倒下的自己。

幾百雙視線刺向全身，帶著疑惑的交頭接耳在具備良好回聲功能的音樂廳牆壁，形成一道道回音，那些聲音，聽起來就像無數隻蟲子在四處爬竄。

「不要——！」

環蜷縮成一團發出尖叫。

雙手摀住的耳邊，只聽見狀似羽蟲在飛的聲音。

耳硬化症，這是侵襲環的耳朵的疾病名稱。

比賽後就診的耳鼻喉科醫生說，這種病發生的原因是耳朵內部一塊名為鐙骨的小骨頭硬化，造成聽覺障礙、耳鳴，以及暈眩等症狀。

「手術之後，大部分的人都可以改善症狀，還是可以繼續彈鋼琴喔。」

環相信主治醫師的這句話，接受了雙耳的手術，音程聽起來高低偏離的症狀確實是改善了，然而耳鳴卻沒有完全消失，平常生活時並不會特別在意，但如果一個人靜靜待在房間裡，便會隱隱約約聽見像是羽蟲在飛的聲音，而最嚴重的是，環沒有辦法再次彈琴。

只要坐在鋼琴前，手指碰到琴鍵的瞬間，那場比賽的景象就會再次閃現。不過一開始，環還會壓抑著痛苦及反胃的感覺努力想要敲擊琴鍵，只是肌腱彷彿硬化了一樣，手指一動也不動，跳著僵硬舞蹈的十指，只能產出不忍聽聞的混亂旋律。而在彈琴時，耳鳴聲，那個振翅聲，便會在耳邊響起，音量大得似乎想要蓋過琴槌敲在琴弦上的聲音。

淳子看不下去女兒連接近演奏室都開始感到害怕的樣子，於是帶環到精神科看診，得到的診斷是PTSD，環拚命詢問該怎麼做才能治好，精神科醫師解釋，除了透過諮商等方式，有耐性地治療以外，沒有其他方法，但無法得知什麼時候能治好，某些情況甚至再怎麼治療可能也沒辦法痊癒。

引發PTSD的其中一個原因，是太執著於一定要就讀知名音樂大學的這個目標，聽完說明的淳子，為自己不該將環逼迫到這個地步，而情緒潰堤地向她道歉了好幾次，然而淳子的道歉，並沒有傳到已經情感麻木的環的內心。

於是，環不再彈鋼琴了。加納家接受了精神科醫師的建議，認為接近造成心靈創傷的源頭不是一件好事，便在自家的演奏室門上，鎖上了冷硬的掛鎖。不知何時起，「音樂」從身邊消失了，總是掛在脖子上的音符項鍊，也塞進了抽屜深處，眼不見為淨。

原本安排用來練習鋼琴的時間空了出來，所以和學校朋友相處的時間便增加了，不知不覺間，下課之後變成和同學一起逛街，或是在速食店閒聊度過，但是不論多想要和朋友一起開心遊玩，空虛總是像淤泥般沉積在內心深處。

已經不知道自己為什麼還活著了。自己的眼睛是為了看譜而存在，自己的腳是為了踩踏板而存在，自己的手是為了在琴鍵上飛舞而存在，「加納環」是為了將聲音編織成藝術而存在。

彈奏鋼琴這件事，才是自己存在的理由，那麼，在失去了音樂這項展現自我的方式之後，為什麼自己還活在這個世界上？環經常有這樣的疑問。

與媽媽之間的關係也有了很大的變化。也許是基於將女兒逼得太緊了的罪惡感，淳子開始過度小心翼翼對待環，就算晚上出門玩到很晚才回家，淳子也不再說什麼，而被當成易碎品看待的感覺太痛苦了，因此環也漸漸不願和媽媽說話。

從此，只有時光在流逝，環和同齡的學生一樣接受了入學考試，進入都內的女子大學就讀，隨波逐流地度過大學生活，參加就業活動，畢業之後在還算有名的企業就職，擔任一般員工，搬離老家開始一個人生活，也漸漸習慣了工作。

之後也許就是繼續忽視在內心深處蠢動的空虛，和某個人結婚、生小孩，年歲漸長，然後結束一生了吧。她是這麼相信的。

出社會後大約第三年的冬天，環收到了國高中同學會的邀請，本來覺得麻煩而想拒絕的環，對於在公司裡只能和年長者來往已經感到疲憊，轉念一想，和許久沒見的同學們見個面也不壞，便決定參加。

在大眾居酒屋舉辦的同學會比想像中還要熱鬧，包含環在內的男女大約十個人打算到下一間續攤，但當時是尾牙旺季，一直找不到還有空位的店家，只能大冷天在戶外排隊等待。就在這時候，其中一人單手拿著手機這麼說。

「我打工的酒吧還有位子，現在剛好沒有客人，店長說這個人數可以讓我們包場。」

那是名為久米的男子。環的母校是國高中直升的學校，似乎是在國中一、二年級時曾經和他同班，只是他好像因為雙親發生交通意外過世還是其他原因，在升上國三之前就轉學了，還有就是因為他以前很安靜，不太醒目，所以對他沒有留下什麼印象，今天會找他來，也是由於擔任主辦人的男同學在國中時代算是和他比較要好的關係。

待在體感溫度零度以下的氣溫中，沒有人有理由反對久米的提議，於是便往坐落在鬧區外圍的酒吧前進。走下通往地下的樓梯，推開在樓梯盡頭的沉穩木製大門之後，擁有十來席座位的小巧精緻的酒吧映照在間接照明之下。

「歡迎光臨，不用拘束，玩得開心一點。」

吧檯內正在清洗玻璃杯的中年店長親切地說道。環跟在同學們身後，踩著因為酒力而有些不穩的腳步進入店內，當她看見店裡的角落時，血液裡的酒精彷彿蒸發了。那裡孤零零地放了一台鋼琴。

環想著要不要離開，可是被後方陸續進來的同學推著推著，竟然就被帶到了酒吧內。

環想辦法占據離鋼琴最遠的沙發座，點了黛綺莉一飲而盡，她想要以蘭姆酒的酒精稀釋恐懼感，然而不管酒醉的感覺再怎麼強烈，都只是更想吐而已，鋼琴散發出來的壓迫感並沒有消失。

「店長，那台鋼琴是、是怎樣啊？」

進入酒吧後過了大約一個小時，坐在吧檯的主辦男同學指著鋼琴，大著舌頭說。一直感到害怕的話題，讓環拿在手裡的高腳雞尾酒杯晃了晃，灑出了些許內容物在裙子上。

「喔喔，我們有時候會舉辦爵士樂現場演出。」

「今天沒有嗎？爵士太有型了我很想聽聽看啊。」

「雖然您這麼說，不過今天鋼琴家不在呢。」

店長苦笑著，這時坐在環隔壁的女性友人興奮地舉起手。

「要鋼琴家的話這裡有喔！」

玻璃杯幾乎要從手中滑落，環連忙將杯子放回桌上，友人露出純真的笑臉看著環。

「環，妳以前彈過鋼琴對吧？」

「那是……以前的事了……」環結結巴巴。

「國中的時候妳不是還說過『將來要成為鋼琴家』嗎？多少可以彈一些吧？」

友人硬是拉著環的手臂站了起來。

「哦！有什麼關係，加納，妳就彈嘛，彈點氣氛不錯的。」

主辦人以爽朗的聲音說著，同時拍起手來，前同學們也配合著主辦人，開始一起拍起了手，有人推著環的背，將她帶到了鋼琴前面。

心臟的跳動強烈得幾乎可以感到痛楚，從全身的汗腺裡湧出像冰水一樣的冷汗，拍手聲迴盪在頭蓋骨中。

「好啦，環，坐下吧。」

剛才還坐在旁邊的女性友人壓著環的雙肩，環像是跌進椅子般地坐上了放在鋼琴前方的座椅。

口中的水分急速喪失，胃的周邊傳來一種被勒緊的鈍痛，在環的眼中，發出光澤的鋼琴，如同一隻擁有滑溜皮膚的巨大兩棲類生物。

「好啦，快點。」

在友人的催促之下，環以緩慢的動作抬起指尖細微顫抖的手，就在手指碰到琴鍵的瞬間，她聽見了那個聲音，像是羽蟲在飛的耳鳴聲。

那股雜音越來越大聲，甚至蓋過了同學們的拍手聲，環所在的地方已經不是深夜的爵士酒吧了，而是改變命運的那場比賽的舞台。

那天的記憶閃現，聽在耳裡的不協調音、彷彿油料用盡而動彈不得的手指、充滿困惑與憐憫的視線雨，以及大量蟲子四處飛竄的聲音。

就在環幾乎嘔了出來而雙手摀住嘴的瞬間，從旁邊伸出來的手放在了琴鍵上，環側眼往旁看，久米正站在那裡，視線對上他時，他微笑著若有似無地點點頭。

「喂，久米，你不要干擾加納同學啦。」

主辦人舉起倒滿拉格啤酒的酒杯。

「我一直瞞著大家，其實我也滿會彈鋼琴的喔。」久米搞笑地說著。

「什麼啊，你的意思是你比加納同學彈得還好嗎？」

「當然啦！本來呢，是要請你們付演奏費的，不過看在大家以前同學一場，今天我就免費演出吧。」

久米挑釁似地勾起了唇角。

「喔！你都這麼說了就去彈啊，我就來聽聽看，可以吧，大家？」

主辦人舉起酒杯，喝醉而嗨了起來的前同學們發出歡呼聲，久米說完「好，看我的」以後，便將手指放上琴鍵，酒吧裡頓時一片寂靜。

久米的手指敲在琴鍵上，與此同時，單調卻又無盡開朗的旋律傳遍了整個空間。

「踩到貓兒，踩到貓兒，不小心踩到貓兒被抓了一下。」

久米站著搖晃身軀，嘴裡哼著走音的歌曲，同學們全都一臉呆滯地愣在當場，過了好幾秒之後，爆笑聲充滿了整間酒吧。

「你在彈什麼啊，久米，那種東西我也會彈啊！」

主辦人笑著這麼說，一口氣喝乾了啤酒。

「看來你無法理解我這高級的演奏呢，好啦，那就大家一起合唱吧。踩到貓兒，踩到貓兒……」

在久米的鼓動下，前同學們都開始唱起了《踩到貓兒》。音準越來越偏離旋律的合唱，聽在環的耳中卻格外舒暢。

頭好痛……環甩了甩像是有小矮人在頭蓋骨裡跳舞的頭之後坐起身，她發現自己剛才躺在皮革沙發上。

這裡是?也許是戴著隱形眼鏡睡著的關係，視線歪歪扭扭，在眨了好幾次眼以後才終於對到焦，世界回到直線的模樣。眼前是間接照明柔和照射下的酒吧。

環想起了在同學會續攤時來到位於地下室的酒吧，不過卻不見那十幾人的前同學們，吧檯裡男子背對著這個方向，正在擦拭擺滿了一整面牆、上面收納著酒瓶的酒架。

「那個……店長?」

環小心翼翼地出聲叫喚，男子轉過身。

「喔喔，加納小姐，妳醒了啊。」

男子輕輕舉起拿著布巾的手，他不是店長，而是存在感薄弱的國中時代的同學。

「久米同學？為什麼我會……？」

無法理解發生了什麼事的環壓著太陽穴，不過腦袋裡還殘留著酒精，所以沒辦法好好思考。

「妳還記得哪些？」

「哪些……我們續攤來到這間店，然後……」

說到這裡時，同學們起鬨硬是拉她在鋼琴前坐下的記憶跳了出來，一陣激烈的反胃感襲來，環急忙站起身，跑向位在店後方的廁所，門也沒關頭就貼近了馬桶。

灼燒般熱燙的東西從腹腔往喉頭直衝而上，一張開嘴，黃色的液體便奔洩而出。環反覆吐了好幾次，胃裡已經空空如也，然而就算已經沒有東西可以吐了，噁心的感覺還是沒有消失，環持續乾嘔著，腦海裡剛才坐在鋼琴前的影像，以及造成心靈創傷的比賽記憶被攪拌混合在一起。

忽然，一隻溫暖的大掌貼在背後。

「還好嗎？」

久米輕撫著環的後背，擔心地看向她的臉，環用手背擦去沾著胃液的嘴邊，同時垂下眼，被沒什麼交情的男性看見這麼不堪的樣子實在很難為情。

「給妳，總之先用這個漱漱口吧。」

環接下久米遞出的裝了水的杯子，照他說的做，侵襲口腔的苦味及黏膩漸漸被洗去，想吐的感覺也淡了下來。

「不管再怎麼會喝，喝了那麼多杯，也難怪會那樣。」

撐著手站起來的環歪了歪頭。

「對不起，那個……我，怎麼了嗎？」

「我們在唱《踩到貓兒》的時候，妳突然直接從椅子上掉下來，所以大家才會把妳抬到沙發上。妳好像是喝太多完全喝茫，結果失去意識了。」

過度攝取的酒精確實也是其中一個原因，不過更大的原因應該是不用彈鋼琴而放下心來鬆了一口氣的關係。

「其他人呢……？」環看了看店內四周。

「喝了一堆以後說要去第三攤唱卡拉ＯＫ就走了，還真是有精神呢。」

久米讓環坐在吧檯席之後，再次擦起了酒架。

「所以你留下來照顧我呀。」

「關門時間到了以後，店長說『你帶來的客人由你照顧』就回去了，還真是無情的雇主啊。」

「咦？現在幾點了？」

「已經是首班車發車的時間了，妳等酒醒一點，再回家好好休息吧，反正今天是星期六，不趕時間吧？」

看了久米指著的掛鐘，環嚇了一跳，似乎已經在這裡睡了將近五個小時了。「對不起，給你添麻煩了。」環低下頭。

「該道歉的是我，因為是我帶你們到這家店來的。雖然大家喝醉了沒有發現，不過妳討厭鋼琴對吧？大家鼓譟妳去彈琴的時候，妳的表情看起來非常害怕。」

「……所以你才代替我彈啊。」

他為了幫助我，自願當個丑角，環現在完全明白了這件事。

「抱歉，我彈得很爛。」

「沒這回事！你彈得非常棒喔！」

環大聲說道，久米睜大了眼睛，「謝、謝謝。」

就技術層面來說的確是很笨拙，不過那首曲子在環的耳中，聽起來卻是前所未聞地暢快。

「那個……我是在高中時變得再也無法彈鋼琴的……」

環自然地說出了這句話。至今為止，從來不曾和朋友說過關於造成心靈創傷的那件事，但是現在，她卻有一股想要久米聽她訴說一切的感覺。

環鉅細靡遺地說著，她怎麼開始彈鋼琴、怎麼磨練自己的技術、多麼努力以鋼琴家為目標，以及受到了多大的挫折。這段時間內，久米以認真的表情，時不時給予回應地聽著。

花了整整超過一個小時說完來龍去脈的環，深深地喘了一口氣。她不知道為什麼要和久米說自己悲慘的回憶，也許是酒精還殘留在體內，等到酒醒了之後，她可能會為此感到後悔，不過現在心情卻很舒暢，感覺像是終於取出了一直卡在喉嚨裡的異物。或許是說太多話了，正當環覺得口渴時，久米將裝了柳橙汁的杯子放在吧檯上。

「謝謝。對不起，讓你聽了無聊的話，喝完這個我就走了，費用是多少？」

環一飲喝盡杯子裡的液體，留在舌頭上的清爽酸味讓她眼睛瞇了起來。久米不發一語地走出了吧檯。

「久米同學？」

久米走過環的身邊，環看到他前進方向上的東西，原本澄淨的心情突然開始鬱滯了起來。久米坐在位於店內角落的鋼琴前，打開鍵盤蓋。

「你要……做什麼……？」

「耳硬化症。」

聽見侵襲自己的病名，心臟大大地跳了一下。

「這個我記得是貝多芬生的病吧？」

「……什麼？」

「雖然貝多芬因為這個病而難以聽見聲音，但他還是持續作曲，把臉直接貼在鋼琴上聽琴聲之類的。我小學聽到這個故事的時候，就覺得他喜歡音樂喜歡到願意做到這個地步啊。」

久米像在自言自語似地一邊說著，一邊單手有節奏地動著。

踩到貓兒、踩到貓兒……

幾個小時前聽見的活潑旋律振盪了酒吧裡的空氣。環只能看著生硬地敲著琴鍵的久米。

「加納同學，」久米不停地動著手說道，「可以的話，妳能不能教我彈鋼琴？」

「可是我……」

環擠出乾澀的聲音之後，久米大大地聳了聳肩。

「這是連我都會彈的歌曲喔，這種程度的話應該沒問題吧。好啦，快點，來我旁邊啊！」

環在催促之下站起身，搖搖晃晃地走近鋼琴，腳步就像踩在雲端一樣虛浮無力。總算移動到久米身邊的環，顫抖著雙手伸向琴鍵，這時候，她聽見了那個，有如羽蟲在飛的耳鳴聲。

「還是不行！」

久米空著的一隻手抓住了轉身就想逃的環的手臂，環因恐懼而全身僵硬。

「彈得比我還糟？」

久米的眼睛對上環的眼睛，她因為不懂這個問題的意思，而發出了「蛤？」的呆愣聲。

「就算不能彈得像以前一樣好，還是可以彈得比我好，不是嗎？」

環集中精神在久米的彈奏上，節奏忽快忽慢，也常常彈錯，完全就是外行人的演奏。

「應該吧……」環遲疑地回答。

「那就好啦。這裡不是評審兩眼冒出精光的比賽會場，這裡只有能彈得這麼糟糕的外行人，所以妳不用彈得很好，就算出了一點小差錯我也聽不出來。」

環屏住了呼吸。對環而言，鋼琴、音樂是用來競爭能夠彈奏得多麼優秀的工具，「妳可以不用彈得很好」，記憶中，從來沒有人這麼說過。

不，沒這回事……很久很久以前，在她懂事之前，好像有誰也曾經說過同樣的話，只是，她沒辦法喚起早已忘卻的遙遠記憶。

「好啦，就當作妳喝了那麼多杯雞尾酒的費用，拜託妳上課啦，加納老師。」

被久米半開玩笑地這麼說，環「嗯、嗯」，內心還帶著慌亂地坐到了鋼琴前方的椅子上，手碰到了琴鍵，卻不知為何手指並沒有發抖，久米彈奏的不成調的曲子在殘留著鈍痛的腦海中迴盪。

環抓準時機，單手輕輕地敲在琴鍵上。

踩到貓兒，踩到貓兒，不小心踩到貓兒被抓了一下。

手指順著單調的旋律彈下去，這首曲子的難度對曾經以職業鋼琴家為目標的環來說，只是在做手指準備運動的程度，曲子無限開朗的旋律飛進了耳朵裡。

沒有聽見羽蟲飛來飛去的聲音，每次看到鋼琴就會產生的耳鳴消失了。

環的另一隻手也放到琴鍵上，配合在旁邊笨拙彈奏的久米，開始以雙手彈起了旋律，心跳的速度越來越快，但卻不是因為不安或恐懼，而是因為興奮。

原本像是輕撫般小心翼翼按著琴鍵的十指，力道越來越大，僵硬的指關節運動也變得越來越流暢，氧氣灌進了身體深處尚未燃盡的餘灰中，燒成熊熊大火，熨燙了身體。

身體應和著旋律，漸漸擺動了起來，環將配合重心移動而產生的力量，往手指送去，一開始只是彈著制式的音階，但隨著內心的火焰越燒越烈，環加入了改編，為簡單的曲調增添了厚度。

「喔喔，很棒啊，很有爵士風呢。」

環看向這麼說的久米，露出了笑容，那是自從那場比賽以來便遺忘了的，打從心底綻放的笑臉。

「這麼一說，久米同學你不時彈錯，在某種意義上也算是爵士風格呢。」

「什麼啊，我不要繼續彈比較好嗎？」

「不要停下來，」環搖搖頭，「我想和你一起彈琴。」

久米瞬間眨了眨眼之後，笑著說：「那妳要好好配合我喔，老師。」

環發揮即興融入久米的演奏中，手指不停地在琴鍵上跳躍，束縛著內心的好幾重冷硬的鎖，一道一道逐漸解開。

「加納同學。」

環瞥眼看向出聲叫她的久米。

「我啊，國中的時候看過妳在學園祭時的演奏。」

「學園祭……？」

環探索著記憶。這麼說起來，國二學園祭的時候，曾經在體育館演奏過，校長知道自己在東京都主辦的鋼琴大賽中獲得大獎之後，拜託自己一定要上台。

「我對音樂雖然沒有興趣，但朋友約了就到體育館去了，在那裡聽到妳的演奏，該怎麼說呢……很感動，我那時才第一次知道，原來音樂是這麼棒的東西啊！」

「那個……謝謝你。」

直白的稱讚讓環感到不好意思，臉頰漸漸熱了起來。

「不過呢，音樂雖然很好聽，但更讓我印象深刻的是妳本人，在舞台上演出的妳看起來很幸福，妳一臉樂在其中地彈著琴。」

「樂在其中……」

「沒錯，所以聽了妳剛才說的話我就在想，只要妳回想起當時的快樂，一定就可以再次彈鋼琴吧。」

身體裡響起某種東西裂開的聲音，大概是捆縛著內心的鎖碎裂的聲音。

沒錯，彈鋼琴、音樂原本是件快樂的事。

在以一流鋼琴家為目標而奔跑的路上，不知不覺間便忘了最重要的事，不知道從何時起，竟將音樂誤認為是用來與他人競爭、讓他人臣服的武器了。

突然，腦海深處浮現出蒙了塵的記憶，在剛開始練習鋼琴不久時，媽媽淳子一邊講解入門知識，一邊溫柔地這麼說的記憶。

——環，沒有彈得很好也沒關係，比起彈得好不好，快樂地彈琴更重要。

啊——為什麼會想不起這麼重要的事呢？打從心底快樂地彈奏，將這份愉悅傳達給聽著歌曲的人們，明明這樣才是屬於我的音樂啊。

眼前的鋼琴看起來一片模糊，環溢出了嗚咽聲，沒辦法再繼續彈奏下去。

「來，給妳。」歪斜的視線中，久米遞出了手帕。

「……謝謝。」

環接過手帕擦擦濡溼的眼睛之後，暫時屏住了呼吸，就像以往在開始演奏之前所做的那樣。思緒清晰了起來，指出了現在應該做的事。

「對不起，久米同學，我有個地方要去。」

「嗯，加油喔。」

久米帶著不好意思的表情為環打氣。

離開酒吧的環，踩響著高跟鞋，穿過偶爾出現通霄喝酒、步履蹣跚的醉酒者的早晨鬧區，往車站走去，轉乘電車，花了大約一個小時回到老家的環，猛力打開玄關的門。

「媽媽！」

環大聲喊著跑進飯廳，正在用早餐的雙親看見沒有事先聯絡，突然就跑回家的獨生女紛紛瞪大了眼睛。

「怎麼了，環？怎麼突然跑回來。」

環走近不安詢問的淳子，在因為從車站跑回來而上氣不接下氣的喘息空檔中，抓起媽媽的手，「來這裡。」

「等、等一下，怎麼了？妳說清楚啊。」

環留下展開報紙愣在當場的爸爸，離開了客廳，拉著媽媽的手沿著走廊往裡走，或許是察覺她們正走向何處，淳子的表情越來越僵硬。

「把鎖打開。」

拉著淳子來到演奏室前的環，指著鎖上掛鎖的門。「但是……」淳子求助般視線四處飄蕩，「拜託妳，不會有事的。」環直勾勾地看著媽媽的眼睛，母女倆視線交會，淳子的表情慢慢地，從疑惑轉變為帶著決心的神情。

「……等我一下。」

小跑步離開的淳子，手裡拿著一小把鑰匙馬上又回來了，面帶緊張的淳子打開掛鎖後轉開了門，將近十年沒有人踏入的房間，放在中央的平台鋼琴蒙上了薄薄一層灰。

一步一步如同細細品味般走近鋼琴的環，輕撫著鋼琴的頂蓋，日光燈的燈光下，飄浮著細微的塵埃。

「對不起……」

環溫柔地小聲說著，打開了鍵盤蓋，手指輕輕按下琴鍵，日式庭院竹敲流水般的聲響劃開了空氣，在環聽起來，這就像是鋼琴的回應一樣。

她一直在等我，可是我卻……

環已經不知道為什麼以前會將鋼琴看成是怪獸了，明明現在放在面前的是一直在身邊守候著自己的好朋友。

「已經很久沒用了，不先調過音沒辦法彈吧。」

淳子打開頂蓋，看向內部這麼說著，環左右搖了搖頭。

「不用了，沒關係。就算音程有些跑掉也沒什麼。」

「環……？」

淳子一臉驚訝的表情看著環，環輕輕拍去椅子上的灰塵，坐在其中一側。

「比起那些，我現在更想和媽媽一起彈這台鋼琴，一定會很開心。」

環的手指搭上琴鍵，感覺好像從指尖的神經開始融入鍵盤，好像自己成為了鋼琴的一部分一樣。

環大大地吐出一口氣之後，一鼓作氣開始彈奏了起來，組曲《動物狂歡節》的第十三首〈天鵝〉，壯闊優美的曲調振盪著演奏室的空氣。

手指在跳躍，心是雀躍的，全身的細胞都在躍動。因為沒有經過調音，音程有時候會出現偏離，但是環並不在意這種事，只是陶醉在優美的旋律中。

「媽媽，坐我旁邊。」

環沒有停下手上的演奏，向驚訝得呆立一旁的淳子說道，理解了她的意思的淳子，戰戰兢兢地坐上環身旁的空位，她的手以緩慢的速度抬了起來。

「一起彈！」

在環的呼喊下，淳子的手也開始敲起了鍵盤，起先帶著猶豫，但在環的引領下，她的動作也越來越圓滑，母女兩人的聯彈開始孕育出強而有力的旋律。

孩提時代兩人經常這樣一起彈琴，那段時光比任何時候都還要來得幸福。

「很開心呢，媽媽。」

環這麼說，淳子緊繃的表情漸漸扭曲了起來。

「對不起……環，都是因為我才會發生那種事。」

數年前不曾產生任何漣漪的媽媽的道歉，如今在心中迴響著。

「不要道歉，那不是媽媽的錯，別說那個了，現在好好享受彈琴的樂趣吧。」

環帶著哭聲說完，淳子吸著鼻子「嗯、嗯……」地點了好幾次頭。

兩人手指的運行，以及內心的情感逐漸同調，已經不再需要言語贅述，滿室的樂音溫柔地包覆兩人，讓她們恢復為對彼此充滿愛意的一對母女。

環閉上眼睛，將自己交給了樂曲。

從那天起，環不再聽見耳鳴聲。

8

週末結束之後，環馬上就向公司提出了辭呈，對於突然想要離職的環，前輩們都感到很驚訝，嘲諷與揶揄聲不絕於耳，但環一點也不在意。

因為她察覺到自己真正想做的事、自己真正應該做的事。

離開公司的環，在一間小小的音樂教室擔任鋼琴老師，開始教授孩子們鋼琴，雖然薪水很少，員工福利和先前的公司一比也相當貧乏，但環並不在乎，因為她知道，傳達音樂的樂趣給孩子們，這才是自己的天職。

她和久米在那之後也不時見面，在居酒屋等處一邊喝酒一邊報告彼此的近況，久米雖然有些俗氣，但個性沉穩，和他說話時感覺很快樂，環發現自己在不知不覺間，對他的感情轉變成了愛戀，但是他們已經當了太久的朋友，於是環一直沒有說出藏在內心的想法，只有時間兀自流逝。開始新的工作過了大約五年後，環的公司在靜岡縣的濱松市設立了新的教室，並詢問她是否願意以主要職員之一加入該教室。

要離開從小生長的東京讓環感到抗拒。與母親和解之後，她開始頻繁探望雙親，加上朋友也都在東京，再說不知道能不能適應新環境讓她感到不安，而且不能再和久米見面也讓她猶豫不已。然而另一方面來說，那也是一個機會，只要新教室上了軌道，就可以獲得公司的信賴，往將來自己開設教室，向更多孩子傳達音樂美妙之處的夢想也就更近了一步。

考慮到最後，環接受這個機會，開始了在濱松的生活，她不只是單純教授鋼琴，也必須以教室負責人之一的身分，處理招生、招募與教育新進人員、收支管理等工作，每一天都忙得團團轉。剛搬到濱松時，她還頻繁地與久米聯絡，後來次數也漸漸減少了，之後又大約過了兩年，某一天環久違地寄了電子郵件給久米，但或許是他換了信箱，信沒能寄出，雖然也試過打電話，但久米連電話號碼都改了。

無法和久米取得聯絡當下，環的內心湧起了深沉的哀傷，但她也不想硬是透過朋友重新聯繫上他。

不願告訴自己新的聯絡方式，代表對久米而言，自己只是這種程度的存在。因為他將自己從音程不正常的世界裡救了出來，所以自己對他懷有特別的情感，但是就他的角度來說，他只不過是給了許久不見的同學一點微小的親切。

幸好沒有說出埋藏在心中的情感，如果說了，溫柔的他大概會煩惱該如何拒絕吧，這麼說服著自己的環，將對久米的淡淡愛戀情愫與感謝之情，一起收進了內心深處的抽屜中。

斷了與久米的聯絡之後隔年，環再次收到國高中同學會的通知。一開始，環並不打算參加，濱松到東京距離很遠，而且學生比預期的還要多，教室忙得不可開交，讓環對請假一事感到歉疚。

但是，也許可以見到久米同學。每次回到自己住的大樓，看到放在餐桌上的邀請函時，這份期待都會閃過腦海，她無法阻止應該已經消失在內心深處的情愫燃起些微的火苗。

經過反覆煩惱以後，環請了特休前往同學會，從位於濱松市內的住家搭計程車，抵達可以眺望航空自衛隊基地以及濱松城的濱松車站，再從那裡換搭新幹線往東京前進，這段時間內，環也不停地想著久米。

時隔三年或許可以再見到他，這讓環感到緊張。

就算久米同學參加了，其實也不一定要和他說話，可以遠遠地看著他，確認他很有精神就夠了，環一直這麼告訴自己。

進入會場的餐酒館，來到位子上的環看了四周一圈，以為久米沒有出席而湧起一股混雜了失望與鬆了口氣的情緒，但是，就在同學會開始，環與朋友聊著過去的回憶正在興頭上時，坐在稍遠位子上低垂著頭的男子落入環的視線中，她不禁懷疑起自己的眼睛。

那個人是久米，下巴長滿鬍碴，頭髮長得幾乎及肩，臉色蒼白毫無生氣，但那是拯救了自己的男子不會有錯。

久米舔舐般喝著啤酒，不時露出無力的客套笑容，那個樣子悲慘得令人不忍卒睹。

同學會結束，大部分的參加者都打算前往第二攤的會場時，久米搖搖晃晃地離開人群，消失在小巷中。環並不打算和他說話，只要能夠見到他一眼就很滿足了，原本她是這麼想的，但是雙腳搶在思考之前動了起來。

「久米同學！」

在微暗的巷弄中追上久米的環出聲叫道。「咦……？」久米發出微弱的聲音轉過身來，他的雙目混濁，感受不到生氣。

「是我啊，加納環，你還記得嗎？」

環抓著久米的兩肩搖晃，他虛無的眼睛漸漸聚焦。

「加納……同學？」

「沒錯，加納。我說久米同學，接下來我們兩個人自己去喝一杯吧。」環抓著久米的手往前走。

「那、那個……為什麼？我和女性單獨相處就糟了……而且今天是週末，這時節沒有預約的話幾乎所有的店都客滿了。」

這的確很有可能，既然如此……在搬到濱松之前都住在這附近的環稍微思考了一下以後，便指著附近微高的小山丘。

「那座山丘的神社，我們去那裡喝吧。」

位於小丘半山腰的神社，有一部分開放給市民做為瞭望台使用，是賞花及年輕情侶的約會地點。「但是……」環拉著不情不願的久米的手，在附近的便利商店買了大量酒精飲料，便往神社前進。不能這樣放著久米，那個拯救了自己的恩人不管，這樣的想法，讓環採取了強硬的行動。

環拉著久米的手，踏上通往神社的長階梯最後一階，一鞠躬之後穿過鳥居，往瞭望台走去。興許是微冷的季節，街燈照耀下的瞭望台並沒有其他遊客，環選了一張可以俯瞰市街夜景的長椅和久米並肩坐下，從超商塑膠袋中拿出兩罐啤酒，一罐硬是塞給了久米。

「所以，發生什麼事了？」

環打開拉環，喝了一口啤酒之後，從包包裡拿出了本來要帶回老家當伴手禮的鰻魚骨仙貝，打開包裝，從裡面捏出骨仙貝放入嘴中，沒有裹粉油炸的鰻魚骨用臼齒一咬，就會有一股剛剛好的鹹味和鰻魚鮮味，伴隨著「咔滋咔滋」的口感在嘴中擴散。

「就算妳問我發生了什麼事……」久米低下頭，連啤酒罐也不開。

「你和之前見面時根本完全變了一個人，臉色很差，而且還瘦得誇張，看起來很像病人。」

「病人……嗎……」久米自虐地說，「也許我真的是病人呢……最近完全沒睡覺……身體一直覺得疲倦無力。」

「你有去醫院做檢查嗎？」

該不會是生了什麼嚴重的病吧？不安緊緊揪住了胸口。
「去醫院也沒有用，有問題的不是身體，而且……我也知道原因是什麼。」
「原因?!原因是什麼？」
對於環的問題，久米只是無力地搖搖頭，那副不乾不脆的態度讓環感到煩躁，她在啤酒流入喉嚨深處後，粗魯地以外套袖子擦拭嘴邊。
「大約一年前，突然聯絡不上你也是相同的原因嗎？」
久米還是一樣什麼也不回答，將沉默當成是肯定答案的環傾身向前。
「女朋友？是你的對象把你變成這樣的嗎？」
「為、為什麼……」久米像是跳了起來一樣身體大幅震動。
「說到斷絕和女性聯絡的原因，大概也就只有這個了吧，而且你剛才也說你和女性單獨相處就糟了。」
環抬頭看向夜空，「呼」地吐出一口氣，心裡越來越痛。
「我問你，你的女朋友是這麼可怕的人嗎？如果被她知道我現在和你單獨相處，事情就慘了嗎？」
環為了掩飾對久米有女朋友一事感到震驚而半開玩笑地這麼說，結果他的臉色卻瞬間刷白，身體開始「喀嗟喀嗟」地顫抖。
「喂，等等，冷靜一點，這裡只有我和你而已，不會被其他人發現。」
慌張的環將手貼上久米的後背，顫抖傳到了她的掌心上。
「沒事的，沒事的喔。」

環輕撫著久米的後背，同時在他耳邊不斷輕聲說著。顫抖漸漸停了下來。

「你的女朋友是什麼樣的人？」

看他恢復平靜之後，環這麼問。

「……很漂亮的人……非常漂亮的人。」

除了女友的外表什麼也沒提，讓環有一種異樣的感覺。

「這樣子啊，既然那麼漂亮，就讓我看看照片吧。」

「我才沒有什麼照片。」久米自暴自棄地說。

「咦？女朋友的照片耶，一張也沒有嗎？」

「嗯……因為看到就覺得痛苦。」

環懷疑起自己的耳朵，有一瞬間，她以為是在開玩笑，但是久米忍耐著痛苦的表情告訴她他是認真的。

「那個，久米同學，」環舔舐乾燥的口腔溼潤內部，「為什麼你不分手？」

「分……手……？」

久米像是無法理解這句話的意思一樣，僵硬地問道。

「是啊，如果和她交往這麼痛苦的話，分手不就好了？」

雖然慫恿心上人分手讓環產生一股罪惡感，但她還是非說不可，因為將她從無止盡的苦惱中拯救出來的恩人，現在正在她的眼前受苦。

我不是想要搶走他，我只是想要拯救他罷了。

就在環的內心為自己找藉口時，久米的臉恐怖地扭曲，然後搖了搖頭。

「這種事我哪做得出來！」

「為什麼不行？因為你愛她嗎？」

「我才不愛她！」

久米坐挺了起來。這是他今天第一次，言詞裡充滿了力道，然而他就像洩了氣的皮球一樣，雙肩垂下，再次低下頭。

「我才……不愛她，可是也沒辦法分手……她不可能饒過我的。」

環很確定，久米和他的對象之間，擁有的不是戀愛關係，而是接近主從的扭曲關係，久米完全受到女友的控制，簡直就像奴隸一樣。

從之前的往來中，環知道久米雖然溫柔，但也有懦弱的地方，這樣的他大概是「容易控制的人」吧，而抓住這個弱點的人，束縛久米並折磨著他。該怎麼做才能拯救他呢？環抿緊了嘴唇思考著。

情報，首先要蒐集情報。這麼決定之後，環筆直地看進久米的眼睛。

「我問你，久米同學，你能不能告訴我有關你和女朋友之間的事？」

久米做出類似猶豫的動作，幾秒鐘之後，他打開啤酒罐的拉環，一口氣喝乾了內容物。

「……就是像這樣。」

久米大大地嘆了一口氣，將空啤酒罐排在長椅上。花了將近一個小時全盤托出和女友之間關係的久米，或許是吐出了積在內心的鬱悶，而浮現出些微滿足的表情，相反地，環則因為盤旋在胃部附近的噁心感而皺起了眉頭。

環的體質本來對酒精的耐受度很強，平常的話，這種程度的量並不至於喝醉，但是和啤酒一起吞下肚的久米關於女友的一番話，就像劣質燒酎一樣引發了宿醉。

「我說，你女朋友會不會太超過了？」

連自己都感到驚訝的帶刺聲溢了出來，環已經沒了斟酌用字的從容，對久米的女友，不，支配者的怒氣，在腹部蒸騰翻滾著。

「……對不起。」久米擠出話來。

「為什麼是你道歉？不對的人是她吧？」

久米雖然不解地歪著頭，但還是再次道了歉，「對不起。」久米會卑微至此，絕對是受到支配者的影響，他一定有很長一段時間，被灌輸了自己是個沒有價值的人，這已經是可稱之為調教或是洗腦的行為了。

環將殘留在罐底的少許啤酒倒進嘴裡，已經沒了氣泡且退冰的液體滑下食道，舔去留在唇上的苦澀味之後，環深吸了一大口氣。

「久米同學，你還是和她分手吧。」

「……咦？」抬起頭的久米發出呆住的聲音。

「我叫你馬上和女朋友分手，那個人對待你的方式實在是太過分了。」

「可是那是因為……沒辦法按照她說的話去做，是我不對。」

「沒這回事！她要你去做一些不合理的事，是在虐待你。」

沒錯，就是虐待。久米的女友對他的態度，除了說是身心虐待之外沒有其他解釋。

「不是，是我做得不好，她是希望我更努力，為我著想……」

久米每一次貶低自己，都讓環的內心揪了起來。他平常就是被這麼說，被這麼虐待的吧，久米的心已經在不知不覺間相信了那就是事實。

環比任何人都更清楚要從這種狀態中恢復有多困難，因為她有過為此所苦的經驗，不能再彈鋼琴的自己是沒有價值的存在，這麼深信的幾年之間，她持續地感到痛苦。

「不要覺得是自己不好！拜託你，和你女朋友分手吧，不分手的話，有一天你會壞掉啊！」

環不知道該怎麼辦才好而大喊出聲之後，久米的嘴角垮了下來，一隻手摀著眼睛垂下頭的他，肩膀開始不停抖動。

「……我知道啊，我也知道繼續這樣下去有一天我會壞掉。」

「那就……」環的手搭上久米的肩，他卻粗魯地揮開了。

「但是不可能的！我沒辦法和她分手啊！」

「為什麼?!為什麼沒辦法分手?!」

環大聲喊道，久米擠出了乾啞的聲音，「我很害怕……」

「我最害怕的就是被她拋棄，如果不再是她的男友，那我也沒什麼價值了，這件事讓我害怕到不行。」

環驚愕地看著抱頭不放的久米。久米受到的洗腦比想像中還要更惡劣且根深柢固，本來就自信心薄弱的久米或許是容易受到他人影響的類型，但是到底該怎麼做才能洗腦到從根本改變價值觀？環第一次對久米的支配者感到恐懼。

久米的腰際處響起了陰鬱的電子樂音，一臉驚醒的久米迅速從口袋中拿出手機，看著環微微地搖頭。明白他意思的環將放在嘴唇上的手指往橫向滑動，做出拉拉鍊的動作。

「喂……佐竹？」

像是抱著手機般雙手捧著的久米，以畏怯的聲音開口說話。

「嗯，還在同學會……對不起，我本來想第一攤結束就回家，但是氣氛很熱烈所以留到第二攤……嗯……沒有，不是的，對不起，我沒有這個意……」

額上滲出汗珠，拚命說著話的久米，那副樣子讓環看了實在難受。

「嗯……知道了，我馬上就去……嗯……對不起。」

久米低了好幾次頭道歉，彷彿對方就在眼前，之後他結束對話。

「對不起，加納同學，我女友找我，所以我必須馬上過去。」

「過去？已經這麼晚了耶？」環看著手錶，指針顯示已經超過晚上十一點。

「和幾點沒有關係，就算末班電車已過，只要她找我而我沒有馬上過去，她就會暴怒。那就這樣了，加納同學，好久沒見面今天很開心喔，謝謝妳。」

久米緩緩站起身，他無力地笑著的表情，在環的眼裡看起來就像在哭一樣。

環忽然抓住打算抬腳離去的久米的夾克衣襬。

「不可以！」環大聲對愕然無語的久米喊道，「你絕對不能去！」

「可、可是，如果不去的話她……」

「沒關係！因為你要和那個人分手！你要從那個人手中解脫！」
環在大叫的同時情緒越來越激動，視野漸漸模糊了起來。
「……加納同學，」久米雙膝著地，對上環的視線，「謝謝妳這麼擔心我。」
久米的臉上浮現出微笑，不是哭泣的笑臉，而是非常自然的微笑，在酒吧拯救了環的笑容。環吸著鼻子說：「那……」久米哀傷地搖搖頭。
「但我還是沒辦法和她分手，因為只有她一個人在乎沒有至親的我，不管她是以什麼方式，如果沒有她，我就會變成『消失也沒關係的人』，我活著的意義，就只有身為她的戀人這件事。」
久米以沒有絲毫迷惘的語氣訴說，這樣的他讓環絕望，他的心已經被支配者五花大綁，深信不疑自己沒有價值，就像過去無法再彈鋼琴的自己一樣。
那時候，是他帶給我救贖，所以這次換我拯救他了。但是，該怎麼做……
環緊咬牙根，拚命地動著頭腦，然而，卻想不出答案。
「再見。」久米說完，再次打算站起身，這時，環的身體搶在思考之前動了起來，她飛撲上前抱住久米的脖子，兩人勾著雙雙倒向冰冷的地面。
環壓在久米身上，死命地擠出聲音，「沒這回事！」
「絕對不是沒有人在乎你，我一直很在乎你，就算我們斷了聯絡，我也一直……」
「加納同學……」被按倒在地的久米一臉愕然的表情抬頭看著環。
「是你拯救了因為無法再彈鋼琴而絕望的我，如果沒有你，我現在依然只是機械性地在生活，是你讓我醒來，是你將我從惡夢之中拯救出來。」

環拚命地訴說著。

「所以不要說自己沒有價值，因為你對我來說……是特別的人。」

從眼中落下的淚珠，滴在久米的鼻尖後彈開。

「我是特別的……」

環從久米的表情，看到背後靈似乎一點一點地脫離。

「沒錯，所以你可以不需要再繼續傷害自己了，你可以不用再忍受她對你的虐待了，因為你就算不是她的戀人，對我來說也是特別的人。」

從久米身上離開的環擦著淚水濡溼的臉，綻開滿臉的笑意。

久米不發一語地盯著環瞧，他的表情浮現出強烈的糾結。

還差一點，再加把勁，糾纏在他全身的詛咒就能解開了，這份期待讓環全身發燙。

「吶，」久米的嘴唇微微掀動。

「對妳來說，我是特別的什麼人？」

心臟大大地震動了一下，半張的嘴裡吐出「特別的……」之後，便接不下去了。

這一句話攸關是否能夠拯救久米，這股預感讓環起了雞皮疙瘩。

把我從黑暗中拯救出來的人，而現在需要我拯救的人，對我來說，這個人是什麼樣的存在？環閉上眼睛思考，萬籟俱寂的神社中，只有環與久米的呼吸聲互相交織響起，環慢慢地張開眼睛。

「你是我特別的……朋友喔，不論發生什麼事，我都是你的好朋友，陪在你身邊。」

這不是她真正期望的關係，但如果想要讓久米和他的女友，那個控制著他的女性分手，那麼就沒有其他選項。

「好朋友……嗎？」

久米仰頭看著滿月高掛的天空，「呼」地吐出一口氣，彷彿是吐出鬱積在心中的毒氣一般，照耀在藍色月光下的他，表情上的緊繃逐漸消退。

「這樣啊……就算不再是她的男友，我還是我嗎……我不會因此而消失不見嗎……為什麼如此理所當然的事我之前沒有察覺呢？」

手撐著雙腿站起身的久米，向環伸出手，環握著的那隻手，和讓她能夠再次彈奏鋼琴的那個時候有著相同的溫度，他用力地拉起環，面向站起身的環，露出溫柔的笑臉。

「謝謝妳，加納同學……那我走了。」

環沒有問他之後打算做什麼，即便不問，只要看了找回自己的他的臉就知道了。

「……我可以陪你一起到附近嗎？」

環說完，久米露出些許驚訝的表情，之後害羞地點頭。

離開神社的兩人，一語不發地走著，不需要交談，光只是並肩前進，內心就像燃起小小的火焰般溫暖。

走了大約三十分鐘之後，久米在一棟大樓前停下腳步。

「謝謝妳陪我過來，有妳陪著讓我很安心，不過……接下來必須由我一個人做出了斷。」

「是嗎……這個你拿著吧。」

環解下掛在身上的音符項鍊遞給久米，這是她從久米那裡獲得救贖之後終於能夠再次戴上的東西，只要帶著這個，遇到緊要關頭時久米就可以鼓起勇氣，沒來由地，環這麼覺得。

「這是？」久米目不轉睛地看著接過來的項鍊。

「類似護身符的東西，只要帶著這個就可以產生勇氣，所以你就放在口袋或是哪裡吧。那，已經很晚了，我先回家了。」

環小心不讓不安和留戀顯現在臉上，露出微笑拍著久米的肩膀，「加油喔。」

「謝謝。」他說完轉身，便走進了大樓入口，環向進到電梯裡的他揮手，之後沿著剛剛走來的路返回。

這樣就好了，他一定可以因此獲得救贖，總算可以回報數年前他拯救了自己的恩情，然後我們會……成為好朋友。

環再次將對他的淡淡情愫埋藏進內心深處的抽屜中，鎖上，不讓自己再度打開。

冷風從潮紅的臉頰上吹去體溫。

同學會結束，回到濱松之後，又開始了日常的生活。

只是有一件事改變了，那就是久米開始和環聯絡。

關於那夜的始末，久米並沒有說什麼，不過能夠再次聯絡，代表他逃離了支配者的咒縛。

環和久米會定期互通電話，交換雙方的現狀等資訊，與他閒聊的瑣碎對話有一種幸福的感覺，有時候從久米的言語中似乎隱隱約約帶著些微好感，不過環決定裝做沒發現，雖說是為了救他，但畢竟是自己要他和女朋友分手的，她不能原諒自己上位取代，她如此堅持著。

所以即使濱松的教室已經上了軌道，公司問她要不要回到東京？她也拒絕了，如果再和久米見面，再頻繁地和他見面，環很篤定內心抽屜的鎖就會壞掉，橫亙在濱松與東京之間的距離，可以穩定兩人的好友關係，環這麼想。

然而同學會之後大約過了半年，令人無法置信的新聞跳進了環的眼裡，久米因為殺害前女友的嫌疑遭到逮捕。環雖然馬上請了特休去到東京，但是既非家人也非律師的她無法會見久米，只能沮喪地回到濱松。

當環從新聞看到久米承認殺人時，腦貧血讓她差點昏倒，也許是因為自己要他分手，所以事情才會演變至此，環受到罪惡感的苛責，持續著無法成眠的夜。只是雖然新聞不斷播放著一副已經確定久米就是兇手的內容，但環的腦海一隅還是這麼想，久米不可能殺人。

他雖然有懦弱不可靠的地方，但卻是比任何人都更溫柔的人，即使曾經被人傷害，但他卻無法去傷害別人，這個想法，在數個月之後轉變為堅信。

在久米的判決下來的那一天，環就在旁聽席。之前她也好幾次想要旁聽久米的審判，但都落選了，不過這一天她運氣很好抽中了籤，於是在旁聽席角落，彷彿自己是被告一樣，緊張地等待宣判。

審判長斥責久米犯下自私且殘忍的罪行之後，宣判他處無期徒刑，因為重刑而呆立當場的久米，在法警要帶走他時，死命地陳述自己的清白，他說是律師勸誘他，如果不在法庭上爭辯，而是展現出自己反省的態度，就可以獲判輕罪，所以他才在不得已之下承認殺人，但實際上他並沒有殺人。

現場沒有任何人願意聽進久米說的話，只有一個人除外，那就是環。

相信久米清白的環馬上採取行動，她留職停薪回到東京的老家之後，便拚命思考救他的方法，經由認識的人的管道，以及靠著網路資訊搜尋的結果，得知了佃三郎這名以冤案為主接受委託的律師，並立刻前去拜訪，委託他為久米辯護。和久米會見之後，佃接下了委託，透過佃，環也和在看守所的久米取得了聯繫，告訴他自己絕對會救他，在看到久米充滿感謝話語的回信時，環熱淚盈眶，甚至無法再繼續讀下去。

環自願協助沒有雇用助手的佃，擔任他的左膀右臂盡全力工作，而佃也相信久米無罪，拚命地為他辯護，就在高等法院宣告判決的命運之日，在旁聽席雙手交握祈禱的環耳中，傳來了「被告無罪」的審判長宣讀。

在一片譁然的旁聽席中，因太過強烈的心安及歡喜而動彈不得的環，與坐在應訊檯上回頭的久米視線交纏，他一臉幸福地微笑，無聲說出「謝謝」，看見這樣的他，那一瞬間內心的抽屜似乎打開了鎖。

環與無罪判決後獲得釋放，成為自由之身的久米自然而然地開始交往，即使有罪惡感，但對他的感情已經膨脹到無法壓抑的程度了。

老家的雙親一開始雖然面有難色，不過在接觸到正式至家中拜訪的久米，瞭解他的人格以後，便同意兩人以結婚為前提交往，只是有附帶條件，必須最高法院的無罪判決確定之後才可以登記。

復職回到東京音樂教室的環，開始與久米在一間小華廈中同居，辭去大學教職的久米，預計在贏得最高法院的無罪判決之後展開求職活動，因此暫時只能打工，生活雖然不輕鬆，但卻是幸福的時光。

這樣的生活持續了大約三個月的某日午後，結束工作的環在車站前的超市買完東西踏上歸途。

晚上小酌用的無酒精啤酒可能買太多了，環一面對陷進手掌裡的塑膠袋提把感到無計可施，一面走在路燈照射下的小巷道。目前居住的地方租金雖然便宜，但離車站有一段不小的距離，而且途中還必須經過人煙稀少的巷弄。

可以感受到冬天腳步的時節，日照時間越來越短，每一次走過這附近，就會升起些微的恐懼。

不，可怕的不只是道路昏暗，環呼出的氣息中帶了少許的白色。從數個星期前開始，身邊就不斷發生可疑的事，首先是手機出現未知的號碼打來的無聲電話，一開始環以為是打錯電話，但好幾次之後她發現是惡意騷擾，於是設定拒接未知號碼的來電，結果對方轉而頻繁打到工作的音樂教室，要求轉接給環，但她一接起電話對方就馬上掛斷。更糟糕的是最近她總有一股被人尾隨的感覺，走在夜路上突然聽見相機快門聲，或是緊追在後的腳步聲，但是在她受到驚嚇而回頭確認時，卻找不到對方的身影。

這並不是多麼值得在意的事，無聲電話是常見的騷擾，被人尾隨也不過是自己多心了，只是隨著最高法院的審理日越來越近，變得神經質罷了。

最高法院的審理中，檢方的上訴一定會被駁回然後宣判無罪，佃已經先這麼保證了，但即使如此，還是沒辦法抹去一股不安，再加上輿論對久米的無罪判決持否定態度，也在在消耗著環的精神。

宣判無罪之後，出現了大量批評警方的言論，但並不是因為警方逮捕了無辜的人且將之起訴，而是怪罪警方杜撰搜查內容，導致無法將久米定罪。雖然法院判決無罪，但並不能篤定久米沒有殺害佐竹優香，真正的兇手尚未遭到逮捕，因此大半輿論都是這麼認為的。

沒關係，只要最高法院的無罪判決下來，警方就會重啟調查，那時一定可以抓到真正的兇手，完全證明久米的清白。環一邊這麼說給自己聽，一邊走著，忽然察覺到背後傳來腳步聲。

又是我多心了嗎？這麼想著回頭查看的環，嘴裡發出打嗝般的短促「噫」聲。前方十數公尺處，路燈與路燈之間黑暗飄蕩的空間，有一名男子站在那裡。

他身穿長外套，頭上戴著棒球帽，因為大尺寸的口罩，以及不在乎天色昏暗而依然戴著的太陽眼鏡，因此看不見那個人的長相。

從太陽眼鏡後方射出的視線穿透了環，她轉身邁開步伐。雖然打扮怪異，但也不代表他在跟蹤我，或許是某個路過的行人。環壓抑著恐懼快步走路的同時豎起耳朵仔細傾聽，腳步聲跟上來了，完全配合環的步調走路的腳步聲，環喘著氣，漸漸加快了速度，從背後傳來的走路聲也配合著加快了腳步。

不會錯的，那個男人在追我，他想要對我下毒手，這麼相信的環放開手中提著的塑膠袋，腳下踏出聲音地跑了起來，同時，腳步聲也瞬間加快了速度。

環雖然害怕跑步，但可能被男子抓住的危機感更加強烈。

她在昏暗的巷道內奔跑，被後方的腳步聲追趕，環拚死命地不停跑著。

跑了數十秒之後，平常沒有在運動的身體馬上就發出抗議，側腹一陣緊繃，肺也越來越痛，肌肉僵硬腫脹的腿絆在一起，環失去了平衡。

眼看地面越來越接近，環一瞬間扭轉身體，雙臂抱著腹部蜷縮成一團，肩膀撞在柏油路面上倒地，或許是已經瀕臨極限，因此奔跑的速度不快，撞擊力道並不是太強烈。環忍著肩膀摩擦在柏油路上的痛楚，帶著外套男隨時會襲擊而上的恐懼回頭一看，然而，那裡一個人也沒有。

環愣愣地盯著街燈照射下綿延不斷的巷道。

耳邊瞬間掠過羽蟲在飛的聲音。

「……我回來了。」

回到家中走進客廳之後，坐在餐桌前看著形似文件的紙張的久米，慌張地將紙張塞進褲子口袋裡，他露出有些不自然的笑容，「妳回來啦」才說到一半，看見環以後便瞪大了眼睛。

「怎麼了?!」

久米跑向環的身旁，伸手摸她撞到地面而泛紅的太陽穴。

「不小心……跌倒了。」

恐懼還未完全退去，聲音在顫抖，久米臉色一變。

「跌倒？沒事吧?!」

「嗯，不用擔心，只是肩膀和臉撞到而已，身體沒事。」

「是嗎……」久米微微地呼了一口安心的氣息，「不過妳臉色蒼白，發生什麼事了嗎？」

環在久米的支撐下，拖著無力的身體坐到沙發上，猶豫著該不該告訴他剛才發生的事，是否真的有那名男子的存在，又或是因恐懼而產生的幻想，環自己也不知道。也許是感受到環的遲疑，久米握住了她的手，原本降到冰點以下的情緒稍微回暖了一些。

「我們很快就是一家人了，不論什麼事都希望妳告訴我。」

的確如此，不應該對家人有所隱瞞。「知道了。」環點點頭，開始說起剛才遇到的事。

花了幾分鐘解釋之後，久米一臉嚴肅的表情雙手抱胸。

「跟蹤狂……」

「不是啦，沒有那麼嚴重，可能只是我多心了。」

環在胸前揮動著雙手，不過久米的臉部肌肉依然緊繃。

「不過最近不是有奇怪的電話打來嗎？也許是還在懷疑我是殺人兇手的傢伙打來

的騷擾電話。」

「可能是這樣吧……」

看到久米一臉凝重地陷入沉思，環勉強擠出了笑容。

「我說，現在不要再想了吧，反正又不可能馬上得到結論，比起這個，我肚子餓了，我們來吃點東西吧。」

「可是……」久米本想提出反駁，但或許是察覺到環努力想要掃去陰暗的氣氛，於是點了點頭。

「確實是這樣呢，那就吃完晚飯後再想吧。」

「啊，可是對不起，我把晚餐的食材弄丟了，如果是杯麵的話倒還有……」

「吃杯麵太沒有營養了，我記得冷凍庫裡還有之前剩下的一些配菜，我們就熱那些來吃吧。」

「嗯。」就在環打算走到廚房時，久米抓著她的雙肩，溫柔地讓她坐在餐桌前的椅子上。

「我來弄就好，妳休息吧，不可以勉強自己的身體。」

「但是……」

環覺得過意不去，想要去幫忙而正要站起身時，又轉念一想，現在的確必須保重身體，於是再次坐回椅子上。

放空看著久米探頭進冷凍庫的背影，占據內心的恐懼便漸漸淡了下去，再過不久，就可以和他成為真正的家人了，這是非常幸福的一件事。

希望能夠永遠和他在一起，環一邊這麼想著，一邊看向擺在桌上的傳單及信件，忽然發現旁邊的垃圾桶裡隨意地插著一個捲成筒狀的咖啡色信封，收件人寫著「久米隆行先生」，看來剛才久米藏起的文件，就是裝在這裡面寄來的。再仔細一看，以讓人產生危機感的紅色文字寫著「緊急 請速確認！」的紙張也被丟在裡面，這會是什麼呢？

「吶，桌子上的這些，是今天從信箱裡拿出來的嗎？」

「啊……對啊。」久米的聲音裡蘊含了些許類似警戒的反應。

「寄來的信件，全部都在桌子上了嗎？」

隔了幾秒之後，久米沒有看向這邊，回問道：「對啊，怎麼了嗎？」

「……沒有，沒什麼。」

環搖搖頭，再繼續追問也許會後悔，本能這麼告訴她。

帶著混亂的情緒，環將成堆的傳單一張張抽出來看，一封長形的咖啡色信封夾雜在超市特賣傳單中出現，上面沒有寫收件人，也沒有貼郵票，看來是直接投進信箱裡的。

難道是社區管理委員會寄來的？環沒有多想，打開信封將開口朝下，從裡面掉出了便條紙及數張照片。

環將掉在桌上背面朝上的照片翻正以後，不停地眨著眼睛，她不明白那張照片想要表達的意思，上面拍攝的是並肩走路的環與久米。

為什麼是我們的照片？環將其他照片統統轉正，那些全部都是環與久米的照片，很明顯是從遠方偷拍的照片。

「這是……什麼……」

從腹部深處竄起一股寒意，環的雙手抱著下腹部，正以微波爐解凍配菜的久米問道：「怎麼了嗎？」環卻沒有心力回答。

她顫抖的手指伸向摺起的便條紙，腦中響起了警告聲，但卻無法停止手上的動作。打開摺成三摺的便條紙後，像幼稚園兒童字跡般又大又扭曲的文字躍然於眼前。

當難以閱讀的文字所代表的意思滲入腦海中時，環發出「噫！」的驚叫站了起來，椅子向後傾倒，產生極大的聲響。

「怎麼了?!」

久米跑了過來，環微微痙攣的指尖指著攤開在桌上的便條紙。

「我知道 你就是 殺人兇手
下地獄吧 殺人魔！」

血液般的紅黑文字在便條紙上寫了這句話。

為什麼事情會變成這樣？

環躺在床上，盯著天花板自問，然而卻沒有答案。

發現裝在信封裡的恐嚇信當天，環就回到了老家，然後現在已經過了一個星期以上，仍然沒能回去與久米同居的房子。

其實她很想將久米一起接到老家來，但是久米認為和他在一起可能會有危險，於是拒絕了，環的父母也暗示了暫時與久米保持距離比較好。

環和久米每天晚上都會通電話，他現在似乎住在便宜的商務旅館中，但是不知道為什麼，只有昨晚他沒有打電話來，就算環打給他，那一端也只傳來「您撥的電話沒有回應……」的語音轉接。

房間裡的掛鐘聽起來格外大聲。他還好嗎？現在是否平安？秒針每往前推進一格，不安便一點一點地增加體積。

一個星期前，在夜路中尾隨自己的奇怪男子，久米會不會遭到那個男人的毒手了？環想要確認他的安危，卻苦於沒有方法而坐立難安。

她也想過要和警方聯絡，不過就算久米經高等法院判決無罪獲釋，他現在仍然是以殺人罪嫌起訴中的身分，而且久米在遭到逮捕時曾被逼供，因此極度厭惡警方，所以也不能報警。

「別擔心，很快就能解決一切了。」

前天的電話裡他這麼說，但他的語氣傳達出一種想勉強自己這麼相信的味道。「真的嗎？」當環以懷疑的聲音詢問時，久米半開玩笑地說：「當然啦，我有好好帶著護身符。」

在久米決定和佐竹優香分手時環給他的那條音符項鍊，他將項鍊放進護身符袋中，現在也隨身攜帶著，他說高等法院宣告判決無罪的那個時候，他也雙手緊緊握著項鍊。

「久米……應該沒事吧。」

喃喃自語融入房間裡的空氣，環的雙手摸在肚臍下方的位置，掌心傳來的溫度，讓內心稍微平靜了下來。

環從床上起身走到房外，一個人胡思亂想地煩惱，感覺身心都要腐朽了，這時候就應該轉換心情，思考接下來該怎麼做。

抓著扶手小心下樓的環，打開位在走廊深處的房間的門，看到坐鎮在那裡的平台鋼琴，身體似乎輕鬆了一些。

打開鍵盤蓋的環坐在椅子上，閉上眼睛反覆深呼吸，如同演奏前她每一次都會做的事。這時候，全身的毛髮似乎倒豎了起來。

振翅聲，以前聽見的那個耳鳴聲又出現了，環張開眼睛看向四周。

不是，那才不是耳鳴，是真的有羽蟲誤闖進來了。

然而不論怎麼找，都沒有發現蟲子，令人不快的振翅聲還在持續著。

環咬緊牙根，重新面向鋼琴，雙手搭在琴鍵上，就算是耳鳴也沒有關係，只要開始彈奏應該就會消失了。

懸浮在空中的手指往下敲擊琴鍵，但是卻沒有聲音響起，手指一動也不動，彷彿不再是自己身體的一部分。

「為什麼啊?!為什麼不動啊！」

環尖叫著，拚命地想在琴鍵上舞動手指，只是她越用力，手指的肌肉就越緊繃僵硬。

環使勁咬著嘴唇，幾乎就要滲出血來，痛楚解開了咒縛，手指用力敲在鍵盤上，然而想像中的音色並沒有擴散至整個房間，反而是有如要挖走靈魂的雜音在牆上反彈。

「為什麼……」深深垂下頭的環額頭抵在琴鍵上，雜音再次響起。

又一次無法彈鋼琴了，又一次失去了音樂，絕望漸漸爬上了心中。

敲門聲忽地響起，門被打開了，環猛地坐起上半身。媽媽淳子的臉從門縫探了進來。

「環……對不起，妳正在彈琴嗎？」

「沒有，沒關係，我剛彈完一首曲子，現在正在休息。」

環拚命想擠出笑容，但臉部肌肉卻僵硬得無法順利做到。

「這樣啊，那個……有客人說想要見妳……」

淳子吞吞吐吐說完，突然門被大大地打開，穿著西裝、氣質粗鄙的男子走進了演奏室裡。

「妳是加納環小姐吧。」

無法掌握狀況的環以乾啞的聲音回道：「嗯，對。」男子從懷中拿出一張文件，推到了環的眼前。

「上面核發了妳和久米住家的搜索票，接下來我們要進去搜索，請身為住戶的妳一起到場。」

別著上面寫了「鑑識人員」臂章的搜查人員在屋內來回穿梭，一房兩廳的房子裡塞進了超過十個人，讓環覺得很窘迫。

環望向站在身旁的男人，一個小時前將搜索票堵到自己面前的中年男子。說是警視廳搜查一課刑警的那個男人，催促著還處於混亂之中的環坐上警車，一句解釋也沒有，就將她帶到一個星期前她和久米同居的住家玄關前，已經有鑑識搜查人員以及社區管理員等在那裡了。

刑警宣讀他們根據法院核發的搜索票，要進入住宅中搜索之後，便催促惴惴不安的管理員以萬用鑰匙打開玄關的門。門打開了，環只能一臉茫然地看著搜查人員一副走進自家廚房一樣入侵生活空間。

搜查開始數十分鐘之後，因為衝擊而過度升溫的頭腦才漸漸冷靜下來。

「搜索的目的是什麼？」

環這麼問，刑警露骨地表現出一臉麻煩樣，答道：「目的是解決殺人案。」原本已經冷靜下來的頭腦再次氣血上湧，逼供造成冤案的警方又為了將久米入罪而強行尋找證據了，這種事絕不可原諒。

「法院不是已經證明久米不是殺人兇手了嗎？」

刑警只是輕蔑地鼻子哼了聲，看了他的態度，環從皮包裡拿出手機。

「妳想做什麼？」

「和律師聯絡，讓他阻止你們這種過分的行徑，還是說我不能打電話？」

「怎麼會呢，沒這回事，雖然這只是白費力氣。」

環皺起眉頭反問：「白費力氣？」刑警轉向環，勾起了一邊唇角。

「對，沒錯，因為律師也贊成這次的搜索，或者說，比較像是由他提出搜索要求的。」

環無法理解眼前的男人在說什麼。

「佃、佃律師不可能這麼做！說到底，久米根本沒有殺害佐竹優香！所以你們這麼做也沒有用。」

「小姐，我們在搜查的可不是佐竹優香案喔，而是今天早上發現的，一名中年男子在公寓房間中慘遭殺害的案子，是新的殺人案。」

「新的……殺人案……？」環結結巴巴地重複他的話。

「對，沒錯。昨晚久米打電話給姓佃的律師，說他殺了一個男人。」

「你、你在說什麼……？」

環感覺腳邊地板陷落，彷彿要將自己拽入永無止境的深淵中。

「從今天早上發現的殺人現場，找到了多枚久米的指紋，還有做為兇器的刀子。不僅如此，現場附近的監視攝影機也拍到了久米的身影，另外，聽說久米向佃承認自己是殺害佐竹優香的真正兇手，警視廳馬上就將久米列為重要參考人通緝，不過還沒找到他，所以為了調查他人在哪裡，就來搜索住家……」

刑警滔滔不絕的話語在環耳裡聽起來，就像完全聽不懂的外國語言一樣無法理解。這時候，一名鑑識人員拿著裝在透明袋子裡的文件過來，「請看一下這個。」

「加納小姐。」刑警在耳邊叫喚之後，環才回過神來。

「妳知道這份文件嗎？放在上鎖的抽屜裡。」

刑警將裝著縐巴巴的文件的袋子拿到環的眼前，環的腦海裡想起了一星期前，在她被奇怪的男子追趕後回到家時，久米慌張地塞進褲子口袋裡的文件。

那是出租倉庫的合約，立約人欄位寫著環的名字，另外保證人則是久米的名字。

「妳有和出租倉庫簽過合約嗎？」

環緩慢地搖頭，刑警摸著鬍子刮掉後呈明顯灰黑色的下巴。

「加納小姐，我們沒有關於這間倉庫的搜索票，所以不能馬上進去搜索，不過如果是簽約者妳的要求，管理公司一定會讓我們看看裡面，而如果妳答應，我們也可以進到裡面去。」

刑警頓了頓，一副獵物就在眼前般地舔了舔豐厚的嘴唇，臉頰湊了上來。

「怎麼樣？就當是省下不必要的手續，妳就答應讓我們搜索這間倉庫吧？」

文件上所寫的倉庫，位在大田區的灣岸地帶，廢棄工廠林立的角落一隅，水泥建造的長型建築上，等距離地排列著鐵捲門，每一個都代表了一間出租倉庫。

環按照刑警所說的和管理公司聯絡，或許是間管理相當鬆散的公司，讓人鬆了一口氣地很快就答應讓他們看看倉庫內部。

在刑警和鑑識人員一旁等待之下，管理公司的員工開了鎖，拉起鐵捲門，哐啷哐啷」的巨大聲響敲擊著鼓膜。

「請進。」員工說完，環戰戰兢兢地踏入倉庫，飄著塵埃的空氣入侵氣管，環輕輕咳了起來，時間已經超過晚上八點，倉庫裡一片黑暗。

員工按下入口旁的開關，從天花板上垂吊下來的裸燈泡亮了起來，環看著廉價橘色燈光照耀下的倉庫內部，感到一陣暈眩，腳步踉蹌。三坪大小的空間，牆壁上貼滿了照片及地圖，裡面的折疊桌上放著好幾樣兇器。

沒錯，那毫無疑問地就是「兇器」。刀刃應該有三十公分長的雙面刃、電擊槍、手銬、線鋸、圓鍬，甚至連容器上寫著「濃硫酸」的藥劑都有，這些很明顯就是用來傷人、殺人，以及隱藏屍體的東西。

鑑識人員彷彿圍攻獵物的野獸，成群湧向那些「兇器」，在後方雙手抱胸的刑警，一張一張仔細地看著牆壁上的照片。

「這張照片上拍的是佐竹優香吧。」

聽見刑警說的話，環再次看向照片，的確有將近一半看起來都是從遠方偷拍佐竹優香的照片，裡面甚至有透過窗戶拍攝的穿著內衣褲的優香。被佐竹優香拋棄的久米，執拗地跟蹤她，接著在復合被拒之後便殺了她。

法庭上檢方主張的內容在腦海中浮現。

不，不是的，環搖搖頭，甩去湧上心頭的不祥想像。久米受到佐竹優香虐待，是我將遭到佐竹奴隸般對待的他給救出來的。

沒錯，應該是這樣……一直以來認為的絕對事實，現在不知為何卻無法肯定了。

「照片裡的另一個人是……」

自言自語的刑警嘴角越來越上揚，環的目光轉向刑警盯著瞧的照片，上面拍到的是一名中年男子，不認識的男子。

年紀大概在[redacted]，[redacted]有點多，體型[redacted]。

「加納小姐，妳認識這名男子嗎？」

「不，我不認……」

我不認識，環正想這麼說時，話忽然梗在喉頭間。有一張照片是男子穿著外套，戴著口罩躲在電線杆陰暗處的偷拍照，男子的手上拿著太陽眼鏡及棒球帽。是一個星期前，在夜路追著她的男人。這名中年男子就是那個跟蹤狂嗎？

「這、這個人是誰？」

環呼吸紊亂地問，刑警壓低音量小聲道。

「是名叫[redacted]的人，今早被人發現成了遺體。」

「遺體……」

「沒錯，這名男子就是久米承認自己殺人的被害人。」

環再度感到暈眩，遠比剛才更加強烈的暈眩，影像在旋轉，上下左右的感覺消失，環忽地蹲下，四肢撐在土塊裸露的地面上，以免突然倒下。刑警的聲音從不知道是上方還是下方傳來。

「照片貼在這裡的兩人都被久米給殺了，也就是說，久米在這個倉庫擬定狩獵作戰計畫……」

刑警說的話漸漸被振翅聲蓋過，像是有幾千、幾萬隻羽蟲四處飛舞的劇烈振翅聲，蟲子在皮膚上細細爬動的異樣感從四肢往上竄，無數蟲子聚往全身，連內臟都要被啃食殆盡的錯覺襲來。

從喉嚨迸發的尖叫在振翅聲的混雜中聽起來微弱無比。

「因為他在保釋中失蹤，所以警方已經發出通緝令了，另外，預計這幾天也會以殺害[redacted]的嫌疑簽發拘票。」

三天後的下午，環在老家的客廳聽刑警這麼說，對方雖然表示是因為環協助搜索倉庫，所以才來通知她案件進度，不過真正的目的很明顯是為了確認久米有沒有和她聯絡。

「環，妳還好嗎？」

坐在隔壁的淳子將手放在環的肩上，「嗯，我沒事。」環的嘴裡溢出塑膠般僵硬沒有溫度的話語。

自從三天前進入那間倉庫之後，便一直覺得自己不再是自己，彷彿是從稍微高一點的位置俯瞰並操控著自己的身體。

這三天，喜怒哀樂，任何一種情感都幾乎不再湧現，或許是因為產生情感的迴路已經不堪過度負載而燒壞了。

「那麼，關於久米為什麼要殺害[redacted]，雖然還不完整但我們已經大致上瞭解了，所以我就一併說明，如果妳想到了什麼，還請告訴我。」

久米才沒有殺人。環連說出這句話的力氣都沒有，甚至沒有辦法繼續堅信他不是兇手。

見環含糊地點了點頭，刑警繼續說道。

「我們發現這次被殺的[redacted]其實是某一起案件的被害人。」

「他是被殺的，當然是被害人不是嗎？」

淳子的眉間隆起了皺摺，刑警搖搖手。

「不是的，加納太太，我不是指這個。[redacted]在二十三年前發生的重大案件中受到了嚴重的傷，而他正在追查那個兇手。」

「那起案件的兇手沒有被抓到嗎？」

淳子問完，刑警露出了苦笑。

「不，兇手是現行犯當場遭到逮捕，不過他還未成年，只有十六歲，而且精神狀態不穩定，所以進入矯正機關沒幾年就被放出來了，即使他殺了超過十條人命。」

「十條?!」

淳子驚叫出聲，環也半張著嘴。

「對，沒錯，之後兇手就銷聲匿跡了，他大概是整形又改名換姓，混入社會中生活了吧。」

「改名換姓，這種事做得到嗎？」

「當然可以呀，加納太太。沒有親人的孤單之人要幾個有幾個，找出這種人，買下他的戶籍，取代他的身分，這種事可不少見。」

「取代……那被取代的人會怎麼樣？」

刑警只是露出了意味深長的笑容，淳子刷白了臉。

「總之，這次被殺的[redacted]拚命在追查還這樣若無其事地生活的兇手，在他被殺害的房間裡，到處都是二十三年前案件的資料。」

環想起了投進信箱裡的恐嚇信，上面寫著「我知道你就是殺人兇手」，她原本以為這一定是指久米是殺害佐竹優香的兇手，不過，或許在夜路上追著她的那名男子，是想告訴她關於二十三年前的那起案件。

「知道[redacted]正在逼近自己真面目的久米，於是反過來找出他居住的公寓，然後……」

「請、請等一下！」

淳子尖聲說道。被打斷的刑警皺著眉問：「什麼事？」

「警方認為久米就是二十三年前那起案件的兇手嗎?!」

刑警眨了兩三次眼，微低下頭，以由下往上的視線看過去。

「對，我們在懷疑，久米就是二十三年前犯下震驚社會的隨機殺人案，在週末的遊樂園用利刃一個接一個刺殺遊客的兇手……」

刑警中途頓了頓，故弄玄虛地緩慢張口說出了一個名字，伴隨著有如振翅聲的耳鳴傳入環的耳中。

「俗稱『少年X』。」

9

「不要啊啊啊——！」

幾乎震破鼓膜的尖叫聲響徹在幽暗的地下室中，我甚至無法馬上察覺那是從我口中迸出來的聲音。

我往後坐倒在地，丟開原本拿在手中、發出淡淡光輝的音樂盒，那個裝有環小姐的庫庫魯的盒子。音樂盒在石地板上無力地滾動，開口朝著我停了下來，盒子裡像心臟跳動般反覆膨脹與收縮的球狀雷射光射出了一束光線，擦過我的額頭。

「不要！不要！不要……」我雙手抱著痛到簡直要裂開的頭。

「愛衣，妳怎麼了？」

從嘴裡吐出光線抵禦漸漸逼近的大量蟲子的庫庫魯，急忙向我跑來，但是我沒有心力回答牠。

「少年……X……」

以乾啞聲音說出口的瞬間，腦內閃現了那一天的樣貌，我發出細微的尖叫聲，鼠婦一般縮小身體捲成一團。

此起彼落的哀嚎與怒吼、陷入恐慌而四處竄逃的人群、流著大量的血倒在柏油路上的人們、被血液染紅的巨大刀子、微笑著緊抱住我的那個人的體溫，還有睥睨著我的眼睛，像是爬蟲類般不帶絲毫情感的雙眼。

這二十三年之間，我被數不清的閃現侵襲受到痛苦折磨，但是那一天的記憶從來沒有一次如此真實地復甦，我甚至可以感受到現場滿滿令人作嘔的血腥味。

久米先生也許是少年X？ＩＬＳ病患和少年X有關？有可能發生這種巧合嗎？巧合？這真的是巧合嗎？身為那起事件被害人的我，成為了三名ＩＬＳ病患的主治醫師；病患被捲入的事件與少年X之間有關聯；最後的ＩＬＳ病患也許就是現在仍然持續發生的連續殺人案的關係人。

從哪裡開始是偶然，從哪裡開始又是必然？

不知道，不知道，不知道……

「愛衣，妳到底怎麼了？要快點開始瑪布伊谷米才是。」

庫庫魯對我說。「沒辦法！」我抓亂了一頭髮絲。

「沒辦法啊！我做不到！久米先生也許就是少年X啊！」

我像是要下跪一般，抱著頭趴倒在庫庫魯面前。

「救救我……拜託你，救救我……庫庫魯……」

我已經不想回憶起那一天的事了，那種恐懼……那種喪失的感覺……

好希望自己可以消失……

就在我這麼想時，從胸口到側腹傳來一陣撕裂身體的劇痛，痛得我連哀嚎聲都發不出來，一看，白袍的胸口處紅黑色的汙漬正在擴散。

就像在飛鳥小姐的夢幻世界那時候一樣，那一天，烙印在我瑪布伊上的傷痕又裂開了吧，但是痛楚遠比之前還要強烈，而且出血量多得無法相提並論。

滲出白袍的血液「啪噠啪噠」地滴在石地板上，彷彿肌肉和肌腱被砍斷的可怕聲響振盪了鼓膜，痛楚越來越強烈，就如字面上所述的，身體被撕裂的劇痛。

身體無法使力，我在原地仰倒了下來。

再這樣下去，就要因為出血過多而死了，不，在那之前，身體會先裂成兩半。

與那一天感受到的相同的死亡恐懼，讓我的心漸漸腐爛。

「誰來……救救我……」

我在逐漸渙散的意識中喃喃自語，琥珀般的眼眸出現在我面前。

「沒事的，愛衣，放心吧。」

庫庫魯坐在我身上探向我的臉，以安撫嬰孩般的溫柔聲音說道，雙耳貼在胸前的傷口上，散發出淡金色的光芒，痛苦漸漸融化消失。

我想起還小的時候，被那個人抱著睡著的回憶，像是春日陽光下包覆在蒲公英棉絮裡的觸感，讓我不禁閉上眼睛。

「妳看，已經沒事了吧。」

聽庫庫魯這麼說，我張開眼睛，傷口的疼痛已經消失了，吸了大量血液而變成紅黑色的白袍也恢復了純白色澤。

「少年X……」

從我身上跳下的庫庫魯這麼說，那個名字讓我的心臟凍結。

「加納環的記憶裡，出現了關於少年X的事對吧？」

「嗯……」

我微微點頭，庫庫魯的雙耳「咻」地豎起。

「這並不是個不好的徵兆，走到這裡代表只差一點點了。」

「差一點點？差一點點是什麼意思?!」

「我想沒時間說明了。」

庫庫魯以下巴指了指，我看往那個方向，全身竄過一陣冷顫，庫庫魯吐出的光之壁外側的空間，已經擠滿了大量的蟲子。「喵嗚！」庫庫魯一聲大吼，再次吐出光芒，修復眼看就要壞掉的障壁。

「這麼做只是在爭取時間罷了，所以我們重新來過吧。」

「重新是什麼意思？」

庫庫魯沒有回答我的問題，雙耳夾著我的太陽穴，瞬間，視線一陣模糊。

「別擔心，不要抗拒。」

庫庫魯閉上眼睛，視線再一次模糊，似乎可以看見白色的房間。

揉著眼睛的我，察覺到光之壁的另一端發生了什麼事，全身寒毛直豎，擠滿了房間的蟲子停止攻擊光之壁，開始集中到同一個地方。

原本像是蠕動的黑色霧靄的群蟲，逐漸變態成一個生命體，如同盔甲散發出黑色光芒的身體、嘴角長出像極了兩根鐮刀的獠牙、銳利得幾乎可以刺穿石地板的八隻腳，以及前端附有長槍般粗壯的尖銳毒針的尾巴，那裡出現一隻如裝甲車般巨大的蠍子，那隻蠍子像鞭子一樣柔軟有彈性地甩著足足是人體大小的尾巴，前端的毒針刺進光之壁內，整個障壁都出現了裂痕。

「庫庫魯，障壁……」

「不會有事，妳集中精神。」

眼前又顯現出白色牆壁的房間了，我就站在那裡，手貼著躺在病床上的環小姐額頭上的我。

我終於明白庫庫魯的意圖了，庫庫魯正在將我從夢幻世界送回現實世界。

蠍子再次高舉尾巴，向光之壁甩了下來，光之壁隨著水泥牆碎裂的聲音瓦解。消除了障礙物的蠍子，「沙沙沙」地動著八隻腳向我們靠近，庫庫魯閉著眼睛說：「還差一點。」

已經將我們鎖定在攻擊範圍內的蠍子，大力揮起尾巴，巨大的毒針高速逼近的瞬間，我感覺到身體輕飄飄地浮起，視線染上一片純白。

當我回過神時，正站在病室裡，環小姐正睡在眼前的病床上。

啊——這樣啊……我的瑪布伊谷米失敗了。

我從環小姐的額頭收回手，站著一動也不動。

先前未曾經歷過的倦怠感襲擊了全身，我像是站在顛簸的小船上，樣腳下不穩，嚴重暈船的強烈嘔吐感充塞著胸口。

「少年……X……」

從嘴裡吐出這個名字的瞬間，視線上方降下一塊黑幕般的東西，全身的肌肉越來越無力。我知道這種感覺，是腦貧血，代表我的血壓降低，大腦缺氧。

我立刻按下裝在病床柵欄上的呼叫鈴，同時也無法再繼續支撐身體，我就像失去了脊椎一樣，猛地跌落在地上，沒有心力採取跌倒時的保護姿勢，頭部側邊撞到了堅硬的地板，發出一聲悶響，我什麼也看不見了。

從遠處傳來了聽見呼叫鈴的護理師們沿著走廊跑過來的腳步聲。

幕間3

「真是的，到底要躺到什麼時候啊！」

杉野華溫柔地輕撫著自己的醫師學妹，也是她現在負責的病患識名愛衣的額頭，閉著眼睛，發出微微鼾聲的愛衣眉間，隆起了深深的皺摺。

也許她正在做惡夢呢。

「快點起來吧，妳不在人手不夠，很傷腦筋呀。」

華在愛衣的耳邊說完，步出個人病室，往就在旁邊的護理站走去。雖然成為了失去意識的愛衣的主治醫師，不過檢查結果並沒有特別的異常狀況，因此只是為她打了點滴，讓她好好睡著。

其實是有什麼原因才會變成這樣的吧。

輕輕嘆著氣走進護理站的華，坐在電子病歷前，開始輸入愛衣的診療紀錄，當她專心打著鍵盤時，從背後傳來軋吱軋吱的金屬摩擦聲。

又來了……華厭煩地停下手指的動作，連人帶椅整個向後轉身。

「有什麼事嗎？」

「我來問問病患的情況。」

坐在輪椅上的這間醫院院長，雙手推著輪子滑了過來。

「識名醫師狀況怎麼樣？」同時探頭看向電子病歷。
「沒有什麼問題，我才剛看完診回來，她睡得很好。」
「這樣啊，檢驗數值都沒有問題吧？不過為什麼會發生這種事呢？很令人擔心哪！」
華以冷淡的眼神看著一臉凝重地雙手抱胸的院長，指著走廊深處的自動門。
「院長擔心的是在那扇門後方，呈現昏迷狀態的他吧？」
「是呀，當然會擔心他啊。」
院長的眼神銳利了起來。
「畢竟他是非常重要的人物呀，對妳來說也是如此吧？」
緊閉雙唇的華，腦海裡播放出有關他的記憶，他是位值得尊敬的優秀男性，但是根據刑警們所言，那樣的他是……
「吶，杉野醫師。」華正想起前幾天與名叫園崎的刑警談話的內容，卻在院長的叫喚下回過神來。
「最近刑警不是又來看他的狀況了嗎？警方到底為什麼要這麼做？妳身為主治醫師有沒有聽說什麼？」
院長抓著輪子的扶手，身體往前傾。
「……沒有，我什麼也沒有聽說。」
華臉上用力繃緊肌肉，不讓自己出現游移的表情。她已經和刑警說好了，絕對不會向其他人說出在特別病房裡昏迷的「他」或許和連續殺人案有關，不僅如此，他甚至還有可能是「少年X」。就算沒有約定，這麼重要的事她也不打算告訴無法信任的院長。

幾秒的視線糾纏之後，「是嗎？」院長坐回原本的姿勢，靈巧地將輪椅迴轉了一百八十度。

「妳要是知道了什麼，就馬上來告訴我。」

離開護理站的院長，往識名愛衣住院的病室門口靠近，華皺起了鼻子。

「……你要做什麼？那個人的病室在走廊盡頭的特別病房裡喔。」

「當然是要確認識名醫師的狀況啦。我不知道妳是怎麼想的，不過對我來說她可是重要的下屬，我擔心她去看看她的狀況也是當然的。」

院長惹人厭地眨眼，滑進了愛衣的病室，目送他身影的華粗魯地抓著燙鬈的頭髮。生理上接受不了那種做作的態度。他也許不是壞人，但每次和他說話都會覺得煩躁。

感到疲倦的華再次於電子病歷上輸入負責的病患的診療紀錄，在輸入完超過半數的病患紀錄之後，一陣低沉的聲音叫著她的名字，「杉野醫師。」

華猛地站起身回頭，護理站外站著兩名刑警。

小跑步靠近他們的華，抓著警視廳搜查一課的刑警園崎的西裝衣襬，「來這裡。」一便將人帶進了病房角落的病情說明室。

「又是這間房間嗎？怎麼了嗎？這麼慌張。」

門關上了以後，園崎重重地坐上鐵椅子。

「你們來醫院好幾次的事已經傳開來了，院長不時就要找我問話，如果被人看到你們剛剛那樣隨意叫我的畫面，他一定會追根究柢問我你們為什麼要調查他。」

「打死不認不就好了？」

「我們院長可是資深的精神科醫師，異常善於看穿人心，要是被那個人盯上會非常麻煩啊。」

「原來如此，為了不引起他人注意，所以才帶我們到這裡來嗎？今天我們只是來稍微看一下那個男人的狀況，不過既然都到這間房間了，那就來聊聊吧。」

園崎蹺起二郎腿，壓低臉頰，視線由下往上看向華，三宅也坐在他旁邊的椅子上。正合我意，華隔著桌子在對面的位子上坐好。

上一次在這裡談話時，聽到他可能是少年X之後，幾乎沒辦法問問題，受到強烈震撼是其中一個原因，但更多的是缺乏對於少年X的相關知識。不過這幾天，看過了各種網路及紀實書刊後，腦海裡已經吸收了關於少年X與二十三年前他引發的慘劇之詳細知識。

「那麼首先，就從我的提問開始吧。那個男人的狀況怎麼樣？有沒有從昏迷中醒來的徵兆？」

面對園崎的問題，華搖了搖頭。

「沒有，現在還是持續昏迷，什麼時候會醒來，還是不會再醒來了，就連身為主治醫師的我也不知道。」

與數天前相同的答案，讓園崎小小地嘖了一聲，趁著這個空檔，華反問道。

「你說那個人是少年X，這種事真的有可能嗎？是說那個人和少年X名字一樣嗎？」

「名字只不過是某種記號，只要冒名頂替他人的戶籍，就可以完全以另一個人的身分活下去。」

「做這種事不會被親人發現嗎……」

「所以沒有親人的人，孑然一身的人戶籍就很容易被盯上。我們認為大約在十九年前，少年X弄到了現在的戶籍，在官方紀錄中，那個男人很早就失去雙親，國中畢業後沒有繼續升學也沒有就業，一直過著關在家中的生活，監護權屬於唯一血親的祖母，只是祖母因為老人癡呆症住在療養院中，不過在他二十二歲時，突然參加了大學入學考試，而且以極為優秀的成績考進大學，並獲得了獎學金，這個時間點大概就是他身分被冒名頂替的時候吧。總之，住在療養院的祖母大約在五年前過世了，就算詢問國中時代的同學，也幾乎沒有人記得那個男人，所以無從確認起。」

「沒有留下少年X的指紋或是DNA嗎？只要和那個人的進行比對，不就可以確認他到底是不是少年X了嗎？」

華的提問讓園崎臉色變得難看。

「如果犯罪人未成年，基本上在判決之後這些紀錄就會全數銷毀。」

「就算是那麼重大的案件?!」

華瞪大了眼睛，園崎煩躁地抓了抓頭。

「我們當然也努力想要保留下來，不過那個男人的代理律師拿到這條情報，當成是人權問題洩漏給報社，結果紀錄就被消除了，所以還無法證明那個男人就是少年X。話說回來，杉野醫師，妳和那個男人似乎滿親近的嘛。」

「與其說是親近……我很尊敬他。」

「這樣的話，妳記不記得那個男人有沒有說過什麼關於過去的事？尤其是國中以前的事。」

華的手貼在嘴邊，反芻著與他之間的記憶。

「沒有，我沒聽過，他經常說到大學時期的事，但更早之前的事則幾乎沒印象有聽過。」

兩名刑警的笑容越來越深，這時候，華忽然察覺到某件事。

「等一下，如果二十三年前的紀錄完全沒有留下來的話，為什麼警方會認為這次的連續殺人案和少年X有關？」

園崎的臉頰抽動了一下，接近事件核心的反應讓華傾身向前。

「請告訴我，我已經答應讓你見他，而且也說了我知道的一切了。」

數十秒的沉默之後，園崎吐出一句：「是符號。」

「符號？」

「沒錯，二十三年前的案件中，少年X在被害人的遺體上刻下了特殊象徵的傷痕，就在犯下隨機殺人案之前殺害的雙親遺體上。而這次的連續殺人案中，被害人的遺體上也刻有那樣的形狀，根據鑑定的結果，那是同一個人刻下的痕跡沒有錯。」

華想起在關於少年X的紀實書籍中讀到的案件內容，嘴裡溢出了輕微的呻吟聲。

「看妳的表情，似乎知道少年X在他的父母身上做了什麼事吧。在遊樂園犯下隨機殺人案之前，少年X襲擊熟睡中的父母，殺了他們，之後花了一個晚上將兩人的遺體支解成小塊，只留下頭部，其他部分全都沖到汙水下水道去了。」

園崎平淡的口吻聽起來反而更生動，華咕嘟地吞下一口唾沫。

「犯罪現場的寢室裡，他父母的頭部排列在床上，看起來就像江戶時代被梟首示眾的罪人一樣，然後臉頰上有剛才說的符號，大大的叉叉劃在上面。媒體揭露了這個資訊，開始稱呼他為『少年X』，因為這個名稱太深植人心了，所以警方也跟著用這個名字來稱呼他。」

園崎眼角瞥了一眼緊繃著嘴巴的華，繼續淡淡地說下去。

「差不多中午時，少年X終於完成所有的作業，在浴室沖澡洗去沾在身上的血跡，之後將野外求生刀放在後背包裡離開自家，轉乘電車到處移動，然後來到人潮擁擠的遊樂園，突然拿出刀子，不發一語地刺殺周遭的人，直到被其中一名被害人壓制之前，少年X刺殺了三十人以上，其中有十一人失去性命。」

或許是說累了，園崎大大地吐出一口氣，凝重的沉默降臨在兩坪多的狹窄房間裡。

華按著劇烈跳動的胸口，從顫抖的脣間擠出聲音。

「那個人，果然不可能是少年X，犯下那麼殘酷且未經深思熟慮的罪行，那種窮兇惡極的人和那個人的形象差太多了。」

「話可不能這麼斷定。」園崎倏地瞇起眼。

「這是……什麼意思……？」

「在案發後的精神鑑定中，我們得知少年X擁有極高的智商。報告指出，他在學校的成績雖然不是很好，但那只是因為養育狀況有問題，只要將他放在合適的環境中，就能發揮良好的才華。關於他的犯罪行為，鑑定醫師也判斷那是他長年處於極為殘酷的生活環境，對人格的形塑產生莫大傷害，所以才引發的結果，因此可受治療。」

華微微點頭。從小受到殘酷虐待，導致人格毀壞而犯下殘虐行為的例子實在太多了。

「鑑定醫師的診斷只對了一半。」園崎以陰鬱的聲音說道。

「只對了一半？」華歪著頭。

「在矯正機關接受治療之後，少年X的攻擊性的確幾乎消失了，成績也馬上就遙遙領先同年齡的人，只是反社會人格無法被矯正，他對傷害他人不僅沒有罪惡感，反而還抱有快感，離開矯正機關時的資料上是這麼記載的。」

「這種狀態之下還讓他離開嗎?!」

「沒辦法啊，」園崎按著太陽穴，「已經到達少年法庭判決的收容期間上限了，而且就算有反社會傾向，他應該也不會實際去犯罪，這似乎是為他看診的精神科醫師的判斷。」

「這個判斷我不是很懂……」

「就是指犯罪並不划算，就算有傷人的欲望，高智商擅長分析利弊得失的少年X應該也會打消這個念頭。前幾天我去問過寫下這份報告的醫師，他還是主張自己的意見是正確的，他說就是因為這樣，所以在離開矯正機關將近二十年間，都沒有發生被認為是少年X犯下的案件，不過在我們看來，這根本是笑話，那個庸醫根本完全不解獵奇殺人犯。」

園崎咬牙切齒地說道。

「這是什麼意思？」

「意思就是，就算再怎麼恨，會把自己的父母肢解沖進下水道的變態，才不會因為分析利弊得失後就停止殺人，該怎麼做才能在不被抓的情況下繼續殺人，拚命思考這點才符合他們的個性。」

背後一陣惡寒，華全身顫抖。

「少年X也是這樣，他一直在不被任何人發現的情況下持續殺人。」

「在日本這個國家不被任何人發現地持續殺人，這種事怎麼可能……」

華勉強擠出一個僵硬的笑容之後，園崎搔了搔鼻頭。

「……醫生，妳知道他為什麼要犯下隨機殺人案嗎？為什麼不只是殺了他痛恨的父母，而是連沒有關係的人都一個一個殺掉？」

華微微地搖搖頭。她看過的資料裡，關於動機的部分雖然有各式各樣的推論，但卻沒有任何一個能讓她接受。

「他說想要拯救那些人。」

「拯救那些人？」華簡直懷疑自己的耳朵。

「沒錯，根據他所說的，這個世界充滿了痛苦，所以他想要藉由殺人來拯救那些人的靈魂。」

「這怎麼可能！」華的聲音倏地拔高，「因為，少年X不是對殺人有快感嗎？那種說法不過是一種狡辯。」

「讓靈魂從苦惱中解脫以拯救他人這件事很舒爽，這就是少年X的理由。」

這種自我中心的主張讓華感到想吐，她以一隻手摀住了嘴巴。

「還有啊，少年X在證詞中表示案件裡還有另一件事讓他擁有強烈快感。」

「……另一件事？」

「對，沒錯。」園崎用力地點頭，「過去被父母掌握了人生的一切，被父母毀了一切的自己，現在將他人的命運掌握在手中，這件事比起任何事都來得讓他感到愉悅，少年X是這麼說的。」

「太過分了……」

「那一天，少年X用利刃一個一個砍殺、刺傷在遊樂園裡四處逃竄的人們，忽然間他卻動也不動，然後其中一名遇刺而受重傷的受害者飛撲過來抓住了他。您知道他為什麼停下來了嗎？」

「不知道。」華搖頭。

「那時候，少年X的眼前有一名幼稚園女童，女童的母親被少年X砍傷之後，上前抱住女兒保護她，被渾身是血的母親緊緊抱住的女童沒辦法逃跑，只能呆站在那裡，少年X被那幅景象給迷住了而一動也不能動。」

「被迷住了……」

「沒錯，要讓女童生，或讓女童死全憑自己做主，那條稚嫩的生命就在自己手裡，他隨時都可以毀了她，一想到這一點，他的全身便竄過一陣射精般的快感，少年X在訊問時這麼供稱。」

過度令人不快的感覺讓胃緊繃了起來，熱呼呼的東西湧上食道，華拚命地壓抑著喉頭，總算避免了當場嘔吐，口腔內散發出一種形似痛楚的苦澀，鼻腔沾染了酸性的惡臭。

該不會那個幼稚園女童是……華的腦海裡閃過與自己要好的後輩的臉。

「隨心所欲掌握他人的命運，然後將之從現世中解放……」

園崎在表情僵硬的華面前，像是自言自語般地說著。

「這些就是在旁邊的特別病室裡陷入昏迷的，那個男人所做過的事。」

「你在說什麼，那個人怎麼會……」

擦了擦嘴唇的華本想反駁，但園崎的雙手猛力敲向桌子，巨大的聲響讓華的身體顫抖了起來。

「……人都死了。」

園崎放低音量壓抑地說，從華半張的唇間吐出乾澀的聲音，「……都死了？」

「前幾天我說過了吧，那個男人為眾多病患進行秘密『諮商』，在我們調查以往接受過『諮商』的病患之後，發現他們有極高的比例都自殺了……高到不像話的比例。」

園崎瞥了一眼驚愕無語的華，淡淡地繼續說道。

「我們是這麼想的，那個男人挑選出容易操控的病患，容易被催眠的病患，來進行個人『諮商』，將病患掌握在自己的支配下，然後引導痛苦的病患們認為離開這個世界才是從痛苦中解脫的唯一方法，並讓他們實際執行。這些案子全都被當成是自殺處理，偵查的手不曾抓到在暗中操控的那個男人身上，這就是那個男人長年以來編織出的完全犯罪。操控他人的命運，最後殺了他們，這才是那個男人生存的意義。」

「這種事……真的……？」華在紊亂的呼吸之間擠出話來。

「嗯啊，是真的，例如那個男人的一名病患，男性前飛行員，他在八個月前曾意圖搭小飛機帶著獨生女墜機自殺，結果失敗的前飛行員最後在住院的大學醫院裡上吊了。順便一提，被帶著一起去死的獨生女，就是直到不久前都還在這間醫院裡昏睡的片桐飛鳥小姐。」

「……咦？咦？」混亂的華不停眨著眼睛。

「就是這樣，那個男人利用自己的身分，把父親逼到自殺之後，竟然還將魔爪伸到他女兒片桐飛鳥身上，差點被父親殺死打擊太大而耗弱的她，接受了那個男人的『諮商』，然後在陷入昏睡前一晚，她被那個男人找了出去……」

「等、等一下。」

跟不上話題的華抱著一下一下抽痛的頭喊道。

「現在到底在說什麼？你們在追查的是連續殺人案吧？那為什麼話題會跑到那個人刻意讓他的病患自殺上?!退一萬步來說，就算那個人真的這麼做了，那也和連續殺人案沒有關係吧？殺人案裡的被害人不是都遭到殘忍的方式殺害嗎？那個兇手一定是少年

X，和那個人沒有關係！」

華一口氣連珠炮說完，肩膀上下起伏著喘氣，園崎輕輕地低下頭。

「很抱歉，杉野醫師，看來我太急了點，今天就先到這裡吧。不過我都說這麼多了，就讓我和那個男人見一面吧。」

園崎一站起身，華就探出上半身抓住他的西裝下襬。

「話還沒有說完！請你清楚解釋到最後！」

兩名刑警對看了一眼，浮現出些微的苦笑後再次坐回位子上。

「知道了，那我就說吧。大約在半年前，都內的公寓裡發生了中年男子慘遭殺害的案件，您知道吧？」

華的臉繃了起來點點頭。當然知道。

「被害人是二十三年前的隨機殺人案中，被少年X刺傷，最後壓制住他的男子。而在案發現場的公寓裡，放了大量有關少年X的資料。」

「……意思是他在追查少年X嗎？」

「看起來是這樣。二十三年前，少年X在少年法的保護下，沒有受到太大的懲罰，這讓該男子大為不滿，然後半年前，該男子發現改名換姓潛藏在社會中的少年X，打算揭發他的真面目，結果少年X先行下手成功殺了該男子，不過也因為這樣封印被解除了，我們是這麼認為的。」

「封印被解除了……這是指什麼？」不祥的預感讓聲音沙啞了起來。

「少年X已經有很長一段時間沒有親自動手殺人了。在奪取戶籍時，考量到值得冒這個險，所以或許有殺人，但是他可能已經超過十年以上不曾直接弄髒自己的手了，因為他知道如果隨著欲望行動，會導致自己毀滅。」

園崎的手肘撐在桌上，雙手交握。

「不過另一方面，少年X的本質毫無疑問地就是快樂殺人者，他之前只是拚命壓抑住想要用自己的手殺人的欲望，只是殺了察覺到自己真面目的男子之後，他再也壓抑不住了，一直棲息在內心的怪物開始狂暴了起來。」

「於是就一個接一個地殺人……」

口中乾澀粗糙，華的音質出現了分叉。

「對，沒錯。那個男人認為『解放』陷入絕望的人是至高無上的快樂，所以他才會將接受自己『諮商』的病患當成獵物，不過不是像之前一樣讓他們自殺，而是直接下手。」

「等一下！這個想法跳太快了，就算接受過『諮商』的人都成了被害人，也不代表那個人就是少年X吧！也有可能是少年X拿到接受過『諮商』的人的名單，然後想將罪責嫁禍給那個人呀！」

「這個嘛，的確有這種可能性，前幾天也出現了一具已經遭到掩埋的遺體，我們認為是少年X所殺害。也許少年X是其他人，現在仍持續在犯案中。」

「就是說！畢竟連續殺人還在不斷發生，這樣的話，已經昏迷了兩個月的他就不可能是兇手了吧！」

華趁勝說道。

「最近的案子是模仿犯做的可能性似乎很高。真是的，這是什麼世道啊！總之呢，我們會考量各種可能性進行搜查，也包含了那個男人是少年X，是連續殺人案真正兇手的可能性。那麼，這次真的該走了，我們就不客氣地到那個男人的病室去了。」

站起身的園崎催促著三宅往門口走去，握住門把的園崎似乎想起了什麼轉過身來。

「或許差不多該停止繼續用少年X這個代稱了，那傢伙哪裡是少年，根本就已經是中年了，專案小組裡也是用他的本名在叫他。醫生，可以的話，請妳時不時用少年X的本名稱呼那個男人看看，也許他會嚇到睜開眼也說不定喔。」

「……我又不知道少年X的名字。」

那是網路還不發達的時代發生的案件，所以兇手的個人資料被覆蓋在少年法這條厚重面紗下而無從找起。

「哎呀，是我失禮了，那個殺人魔的名字是……」

園崎說出口的少年X名字，振動了華的鼓膜。

第四章　夢幻的腐蝕

1

黑暗中傳來聲音，是聽慣了的聲音。

「快點起來吧，妳不在人手不夠，很傷腦筋呀。」

……華學姊？關門的聲音響起，我微微睜開眼，依然繼續躺著只轉動眼睛環顧四周，頭側的牆壁上，呼叫鈴的擴音器旁邊裝設了氧氣供應閥和喀痰抽吸用的塑膠容器，病床旁邊放了一張床頭櫃，病床柵欄上掛著的名牌寫著「神經內科 識名愛衣 主治醫師杉野華」。

華學姊是主治醫師，而我是病人？

我一頭霧水地坐起了身，從滑落的毛毯中露出的身體，包覆在病人服中，手腕上纏繞著病人用的識別手環，前臂插著點滴針。

我在住院？輸液袋吊在從天花板延伸出來的點滴架上，從中流出的透明液體經過塑膠製的細小管線流進靜脈，我盯著這幅景象，終於理解狀況了。

為什麼會住院呢？我記得我為了進行瑪布伊谷米而到環小姐的病室，在夢幻世界裡走過琴鍵之路……

我的手指抵在額頭上，回想著記憶時，從喉嚨溢出了被東西哽住般的聲音。

……少年X。

在環小姐的記憶中聽到那個名字的我動彈不得，被庫庫魯送回了現實世界。隨著記憶越來越鮮明，房間裡的空氣似乎也越來越稀薄，覺得呼吸困難的我將手貼在脖子上。

不知道為什麼會出現少年X，那個奪走了我重要之人的男人。

感到頭痛欲裂的我閉上眼睛，眼底鮮明地映射出那一天的景象，以蜥蜴般的雙眼盯著我的少年，黏質的恐懼讓我全身竄過一股濃稠黏膩的感覺。

好想沖澡。不，只是沖澡沒有辦法消除這滲進肌膚紋理中的恐懼，好想乾脆扒下這層皮膚。

就在我只能蜷縮著身子，等待手足無措的痛苦過去時，響起了開門的聲音，在我看往那裡的瞬間，痛苦稍微減弱了一些。

「唷，愛衣醫師，妳醒了呢。」

坐在輪椅上的這間醫院的院長，袴田醫師爽朗地說。

「不過臉色看起來還很差呢，還是再躺一下比較好喔。」

袴田醫師雙手推著輪子往病床靠近，我照他說的躺下坐起的上半身，聽著袴田醫師的聲音，痛苦便漸漸被稀釋了。

「妳還記得嗎？妳在加納環小姐的病室裡昏倒了，大概是疲勞性的腦貧血吧。總之在我的判斷下讓妳住進這裡好好休息，而杉野醫師接下了擔任妳主治醫師的工作。」

「對不起，給您添麻煩了。」我縮了縮肩膀。

「該道歉的是我，」袴田醫師搖搖頭，「讓醫生工作到累倒，這個責任在身為院長的我身上。」

不是的，雖然我的確身心俱疲，但是昏倒的直接原因卻要怪以往不曾經歷的太過真實的回憶閃現，只是我猶豫著是否該告訴袴田醫師。

一直為心靈創傷所苦的我在袴田醫師的治療下得到了救贖，然而再次受困於二十三年前的那一天發生的事，讓我覺得好像白費了治療的心血，不過如果現在可以在這裡和他談談，或許袴田醫師會指引我應該前進的道路，就像他一直以來所做的那樣。

就在我迷惘著不知道該怎麼做時，袴田醫師伸手摸了摸我的額頭。

「如果妳有煩惱我會聽妳說，因為我也是妳的主治醫師呀。」

從額頭傳來的溫度化解了我的迷惘，我思索著用詞開始說了起來。

「我最近做夢了……關於少年X的夢。」

「少年X……」袴田醫師的表情微微僵硬了起來，「也就是說，妳又開始夢見那起事件，導致精神耗弱，這才是妳這次昏倒的原因嗎？」

「……對，大概是這樣。」

我模稜兩可地點頭，袴田醫師緊抿著唇不發一語。

「對不起……您都幫我做了治療，我卻還讓病情惡化了。」

我怯怯地道歉之後，袴田醫師搖搖頭。

「愛衣醫師，這並不是症狀惡化，反而是相反。」

「相反……嗎？」

「對，沒錯。我之前也說過了，我只不過是協助妳將心靈創傷藏進了內心深處的抽屜，總有一天妳需要正面迎擊那個創傷，並且克服它。」

「是。」我點點頭。

「發生在妳身上的症狀就是那個。ＩＬＳ，也就是會讓妳想起創傷的疾病，妳成為罹患了這種疾病的病患的主治醫師，而且讓其中兩個人醒了過來，在這個過程裡，不論是身為醫師或是身為人，妳都成長且變得更堅強了，堅強到足以和折磨妳的心靈創傷對抗了。」

袴田醫師的話語越來越有力道，我的心也跟著開始熱了起來。

飛鳥小姐、佃先生，然後是環小姐。我在三個夢幻世界裡徘徊，體驗三個人的人生經歷，隨著與他們一起痛苦、開心、哀傷的過程中，也許我真的成長了。

甚至成長到能夠接受那起悲劇也說不定。

「正面迎擊心靈創傷並不容易，特別是像妳這樣，在幼兒時期就遭遇過無比悲慘經歷的人，我想接下來妳會非常痛苦，只是在跨越了痛苦之後，應該就能獲得真正的救贖了，妳明白嗎？」

我用力抓緊床單下定決心，「是！」地大喊。

「很棒的回答，不過為此，妳必須先恢復自己的身心狀態。總之今天就在這間病室休息，明天請兩、三天假，回到老家休養吧。」

「咦？可是不需要做到這樣吧……我明天就可以回去工作了。」

「喂喂，愛衣醫師。」袴田醫師以戲劇化的態度張開雙手，「就像我剛才說的，妳要是工作過度發生了什麼事，會是身為院長的我的責任，還是說妳想要把我拉下院長的位子？雖然我的身體變得必須以輪椅代步，但只要腦袋還正常運作，我就不打算讓出院長的寶座。」

「不是，我沒有……」

「那妳就好好休息吧，身體的疲憊雖然可以在這間醫院消除，但要恢復心裡的傷，和重要的家人見面還是最好的方法，對吧？」

袴田醫師有點討厭地眨了個眼。確實，回老家見到大家之後，心裡的痛苦也會獲得療癒吧，因為是二十三年前發生那起事件時，一起受苦、互相扶持的家人啊。

「那我就恭敬不如從命了。」

「嗯，這樣就好。」袴田醫師的薄唇上漾起了笑容。

「好啦，我要是在這裡待太久，又要被杉野醫師罵了，我差不多該走了。」

袴田醫師將輪椅轉向，我在背後叫住他。

「啊，袴田醫師，蓮人的狀況怎麼樣了？」

「蓮人？」袴田醫師沒有回過身，問道。

「那個……全身是血被救護車送到急診的孩子，並且由您擔任主治醫師……」

「啊——是他啊。沒有特別的變化，要打開心扉需要花費很長一段時間不是嗎？」

我還在對那有些冷淡的語氣感到困惑時，袴田醫師已經推著輪椅去到門口前面。

「啊，還有，我有另一件事情想請教。」

我慌張地向伸手去握門把的袴田醫師說道。「什麼事？」袴田醫師還是沒有回頭地問。

「您還是不能告訴我住在特別病室裡的ＩＬＳ病患的事嗎？」

我帶著緊張，小心翼翼地詢問。想要完成環小姐的瑪布伊谷米，知道她捲入的事件的真相很重要，久米先生真的是殺人兇手嗎？他現在究竟在哪裡？

特別病室裡的ＩＬＳ病患或許是久米先生，我想到了這樣的可能性。

我不知道久米先生是否真的殺了人，但是至少警方將他列為殺人犯追緝中。袴田醫師是位受人信賴的精神鑑定醫師，也許警方委託他為陷入昏睡狀態的通緝犯治療，這種消息如果外洩的話，媒體就會蜂擁而上吧，所以才要徹底藏起病患，這麼想的話就可以理解了。

如果久米先生是第四位ＩＬＳ病患的話，只要潛入他的夢幻世界，看過他的記憶，一切就真相大白了。他是不是真的殺人兇手、現在還在持續發生的連續殺人案的真相，以及他是不是少年Ｘ都……

「我在想，特別病室裡的病患……會不會是叫做久米？」

我輕輕地坐起身，凝視袴田醫師的後背，為的是就算他不願意告訴我，也可以從身體散發出來的氣息判斷我的想像是否正確。

「……為什麼妳想知道？」

彷彿從腹部深處響起的聲音振盪著房間裡的空氣，我沒有馬上意會到那是袴田醫師的聲音，那道聲音裡就是蘊含了如此危險的音色。

推著輪子，以緩慢的動作轉過身來的袴田醫師，表情上有著從沒見過的怒意。

「……不准再問那名患者的事，聽見了沒有？」

在威脅般地這麼說的袴田醫師面前，我全身僵硬無法回答，就連眼前的男性是否真的是一直以來支持著我的主治醫師都無法確定。

「我在問妳聽到了沒！」

怒吼在牆上反射回來，我縮起身子，「是！」

「那就好，我剛說的事妳可不要忘了。」

袴田醫師斜睨著我滑出了病室。門關上之後，我仍然無法動彈，我無法分辨剛才發生的事是不是現實，身體深處湧起了顫抖，視線越來越模糊。

原本總是很溫柔的他，竟然會顯現出那樣的怒氣……

我壓抑住幾乎要溢出的哭聲，用力地擦了擦眼睛。

雖然被袴田醫師以那樣的態度對待很難過，但現在沒有時間垂頭喪氣了，我應該思考為什麼溫柔敦厚的他會一百八十度轉變。

如果是幾個星期之前，在成為猶他開始瑪布伊谷米之前的我，大概會因為被尊敬之人怒吼一番的打擊而什麼也做不了了吧，但是我現在已經能夠向前看了。

就像袴田醫師說的，或許我變堅強了。

我深吸一口氣，在腦海中模擬之後要採取的行動，至少，想要從袴田醫師那裡打探到最後一名ＩＬＳ病患的資訊是不可能了，他既然出現那麼大的反應，就代表那名病患絕對藏有無法公開的秘密。

住在特別病室裡的人是久米先生嗎？就算是受警方之託而讓殺人犯入住本院，袴田醫師也不至於那麼暴怒。

那麼，如果是連警方都被蒙在鼓裡的話呢？假如沒有通報警方而是隱藏通緝犯，那就不難理解袴田醫師反應會這麼大了，一旦被警方知道整間醫院就會被追究責任。如果這個假設是正確的，那麼住在特別病室裡的人會是誰？

是久米先生的可能性非常低，沒有非得冒這麼大的風險藏匿他的理由，這樣的話……

「醫院關係人……？」

我的口中溢出了自言自語。若是住在特別病室裡的人是關係人，而且是醫院重要人物的話，那就不難理解袴田醫師和華醫師的態度了。

涉及大型犯罪的VIP被藏在特別病室裡，會不會這就是答案？

——我負責的病患也許和連續殺人案有關。

數星期之前，從華學姊那裡聽來的資訊在腦海中復甦。

該不會，那個可怕的連續殺人案的兇手……？

我輕輕甩甩頭。不可能的，最後的ILS病患陷入昏睡的這兩個月之間，案件依然持續發生，特別病室裡的病患不可能是兇手。那麼，那名病患究竟做了什麼事？

充滿謎團的病患，現在仍持續發生的連續殺人案，然後是少年X。思緒糾結，額頭越來越熱。

不行了，這不是筋疲力盡的頭腦想得出答案的問題。首先要讓身體休息，就照剛才袴田醫師建議的，明天得到出院許可之後，就回老家吃爸爸的咖哩，和黃豆粉以及跳跳太玩，然後和奶奶商量吧。

我伸手拿放在床頭櫃上的手機，從通話紀錄中找出爸爸的電話，按下「撥打」的圖示，但是馬上就傳來「您撥的電話沒有回應……」的語音轉接。

我歪著頭掛斷了電話。這麼說來，在為環小姐進行瑪布伊谷米之前打電話給他時也沒有接通，該不會是弄丟或弄壞了手機吧。

「畢竟爸爸也有迷糊的一面啊。」

如果明天電話還是打不通，就只能直接回去了吧，這樣的話，爸爸不能先準備晚餐，雖然吃不到咖哩但也沒辦法了，或是反過來，早一點回去，由我來準備晚餐也不錯，偶爾也要孝順一下。

就這麼想著想著，原本占據整個腦海的肅殺之事也都忘了，我一邊想著明天的菜單，一邊閉上了眼睛，就在睡魔開始溫柔地包裹住全身時，突然傳來了門打開的巨響，我受到驚嚇張開了眼睛。

「愛衣醫生！」

像老人一樣佝僂著背的女孩和活潑的聲音一起踏進了房間，是住在這間醫院裡的病童久內宇琉子。

「宇琉子？為什麼妳會在這裡？」

「我聽說妳住院了，所以來探病啊，身體好了嗎？」

宇琉子彎曲著身體，抬起腳跟一蹦一跳地靠近。

「啊，謝謝，不過妳不可以偷溜出病室一個人過來唷。」

「我不是一個人喔。」宇琉子搖搖頭。

「那是護理師帶妳過來的？」

「不是。」宇琉子說完，轉頭看向門口。

「你可以進來了喔。」

房門慢慢地打開，看見走進房裡的人之後，我的口中發出了驚呼聲。

「蓮人？」

宇琉子帶來的是渾身是血被送到醫院來的男孩。

「對，蓮人，他說想見愛衣醫生所以就一起過來了。」

「不可以這麼做，我請護理師過來把你們帶回病室喔。」

兩名住院中的病童不見了的話，病房會亂成一鍋粥，再說蓮人有可能目擊了殺人案，就算不是如此，他也受到了嚴重的虐待，一旦發現他不在病室裡，或許會被誤認為遭人綁架而報警。

我一拿起呼叫鈴的按鈕，宇琉子便拉高了聲音叫道：「等一下！」我正要按下按鈕的大拇指停了下來。

「妳就聽一下他想說什麼吧，他說有事想和愛衣醫生說。」

「有事想和我說？」

我將按鈕放在床頭櫃之後，從病床上下來，雖然腳步有些虛浮，但並沒有跌倒，我的膝蓋抵在地上，與蓮人的視線同高。

「怎麼了？蓮人，你想說什麼呢？」

我盡可能用和緩的語氣詢問以避免刺激到他，接著蓮人不安地環顧四周之後，小心翼翼地靠近。從他小心謹慎的步伐，可以感覺到他精神上遭受的傷，這讓我胸口一緊。

蓮人在我的面前停下腳步，視線像在逃避般往下看，我輕撫著他的頭，柔軟的頭髮觸感從掌心傳了過來。

「沒事的，已經沒事了喔，如果有什麼煩惱，就跟大姊姊說吧。」

蓮人用力抿緊的唇軟化了下來，微微張開，從那縫隙間，流洩出如果不仔細聽就會聽漏的細微聲音。

「……是爸爸和媽媽做的。」

胸口的痛楚變得更強了。

「嗯，我知道喔，你被爸爸和媽媽虐待對吧？你很難過吧？」

竟然對這麼年幼的孩子施加殘忍的虐待……蓮人一定是受不了虐待而逃家，在一個人四處遊蕩時遇上了殺人案的吧。

「……不是，」蓮人依然低著頭，努力擠出聲音，「是爸爸和媽媽……殺的。」

我感到全身毛髮倒豎，一時之間無法理解他說了什麼，在僵立不動的我面前，蓮人的身體開始微微地顫抖了起來。

「爸爸和媽媽，殺了一個男生，那個人想要逃走，可是爸爸和媽媽抓住他……身體慢慢變成一塊一塊……他像下雨一樣流血，溼溼的、黏黏的，很不舒服……」

蓮人的顫抖越來越劇烈，和在急診部陷入恐慌時一樣的情況。

我迅速轉身，想要抓起放在床頭櫃上的呼叫鈴按鈕，結果在那之前，小小的身體就撲進了我的胸口。

我以雙臂圍住他那一用力彷彿就要折斷的瘦弱身軀。

「沒事了，沒事了喔。」

我抱著蓮人，在他耳邊不停輕聲唸道，不久後，他僵硬的身體稍微放鬆了一些，痙攣也逐漸平息。

我該怎麼解讀剛才的那番話？

我緩慢地上下移動伸到蓮人背後的雙手，一邊不斷思考。

蓮人的父母是已經持續了好幾個月的連續殺人案的兇手，這種事有可能嗎？

我回想從網路新聞等處搜集來的連續殺人案梗概，被害人都是在杳無人煙的地方遇襲，並慘遭暴力蹂躪至無法辨別遺體原形，然而即使是這麼慘絕人寰又混亂的犯案方式，現場卻沒有留下任何一樣足以追蹤到兇手的證據，也沒有除了蓮人以外的目擊者。

沒有實體，像怪物般的殺人魔，就是虐待蓮人的父母，我無論如何都不這麼認為，蓮人的軀幹上雖然可見虐待的痕跡，但臉上卻沒有任何傷痕，這是他們為了不讓其他人察覺到虐待一事，而避開臉部毆打他的關係吧，我實在不認為這麼卑鄙又狡猾的惡人，會犯下如此暴力的罪行，不過，還是應該告訴警方一聲吧？

我感受著蓮人的體溫一邊思考著，連續殺人案的兇手尚未遭到逮捕，還在繼續犯下可怕的罪行，為了不再出現犧牲者，不論多麼枝微末節的情報，警方應該都很想要，但是……猶豫了數十秒之後，我得出了結論。

我決定不告訴警方，因為蓮人的雙親不可能是連續殺人兇手。蓮人大概是目擊到殺人現場的衝擊，因而陷入混亂，引發了記憶混淆吧，在他的腦海中，可怕的殺人魔被代換成了雙親的樣子。

對蓮人來說，雙親就是怪物本身。

說出這樣的訊息只會造成搜查的混亂，而且一旦知道蓮人可以作證，警方一定會像之前那個叫園崎的刑警一樣強硬要求向他問話，蓮人的精神狀態還沒回復正常，我不可能讓他承受這種壓力。

「你可以不用再說這些可怕的事了，可以不用再去回想了喔，這裡很安全。」

我確定蓮人的顫抖完全停止後，小心地放開他，他依舊低垂著頭，露出迷途羔羊般的表情，我輕觸蓮人蒼白的臉頰，顴骨的硬度透過指尖傳了過來。

「不用擔心，我們會保護你的。」

「大姊姊……會幫我嗎……？」蓮人低著頭抬眼看向我。

「是呀，我也會幫你，不過最可靠的是院長醫生吧。」

剛才看見的袴田醫師的憤怒表情閃過我的腦海，但我仍努力保持笑臉。

「所以蓮人，你要是有什麼煩惱就和院長醫生說……」

「不要！」蓮人忽然大聲叫道，劇烈地左右搖晃腦袋。

「怎麼了？蓮人，院長醫生很溫柔喔，他會保護你的。」

「不要！絕對不要！不要不要不要不要……」

看見即將再次陷入恐慌的蓮人，我一句話也說不出來。

「怎麼了？被院長醫生罵了嗎？」

蓮人只是搖著頭，為什麼他會對袴田醫師出現如此的抗拒反應？

「院長醫生是那個坐在輪椅上的人吧？」

原本一直沉默不語的宇琉子突然插話，「是他沒錯……」我猶疑地道，宇琉子以莫名成熟的動作聳了聳肩。

「我也討厭那個人，總覺得很恐怖，感覺很不好。」

「妳說感覺很不好……」正當我啞口無言時，宇琉子彎著身體走近蓮人，手放在他的肩上，輕輕抱住他的臉，只是這樣，原本抱頭大叫的蓮人便安靜了下來，僵硬的表情也逐漸和緩。

太過熟練的手法讓我瞪大了眼睛，宇琉子出聲叫我：「吶，愛衣醫生。」我不禁坐挺了背：「是！」

「我不知道妳是怎麼想的，但是我們都很怕那個人，總覺得他用一種討厭的眼神在看我們，而且也不知道他在想什麼。」

或許是精神科醫師的習慣，袴田醫師的確有時候會以一種想要看穿對方心底想法的眼神看人，對小孩子來說，這或許很可怕。

「所以要蓮人喜歡上那個人是不可能的，他相信的人只有愛衣醫生而已，所以妳就告訴他嘛，說『不論發生什麼事，我都會幫助你』。」

在宇琉子的催促之下我張開了嘴，卻一句話也說不出來，我這樣的人拯救得了身心都已傷痕累累的蓮人嗎？迷惘勒住了我的舌頭。

我沒辦法隨口答應不斷遭到父母以及社會背叛的男孩。蓮人以依賴的眼神看著我，在他面前我不禁語塞。

「吶，愛衣醫生，」宇琉子像在開導我似地說道，「妳就答應他吧，愛衣醫生一定可以幫助他，應該說，除了愛衣醫生，沒有人可以幫助他，所以妳要對自己有信心。」

對自己有信心……嗎？很多人都這麼勸告過我。

爸爸、奶奶、華學姊、袴田醫師，以及……

——妳要對自己更有自信一點，再怎麼說，妳都已經是個獨當一面的猶他了。

腦海裡，兔耳貓浮現出與牠那可愛的外表不搭的嘲諷笑容。感覺身體輕盈了許多，我向蓮人露出微笑。

「不用擔心，蓮人，我會幫助你的。」

這句話自然地脫口而出，蓮人抬起原本低垂的臉，薄唇浮現出些微的，真的是些微的笑容。

「好，我們也該走了。」

宇琉子牽起蓮人的手，拉著他往門口走去。

「咦？這樣就好了嗎？」

「因為不早點回去會被護理師罵吧？我們走囉，愛衣醫生。」

宇琉子拉開拉門，帶著蓮人往外走。

「拜拜，愛衣醫生，雖然過程會很辛苦，但妳要加油喔，我支持妳。」

就在門即將關上之際，宇琉子用那貓一般的大眼睛送來一個古靈精怪的眨眼。

「加油？要加什麼油？」

我一頭霧水地歪著臉，盯著已關上的大門直看。

2

插在上臂靜脈的點滴針頭漸漸被拔除，鈍痛讓我皺起了臉。

「好了，辛苦啦。」拔出點滴針的華學姊以開朗的聲音說道。

「謝謝，多虧了學姊我才能恢復精神。」

我低下頭之後，華學姊聳了聳肩，「我又沒做什麼。」

隔天上午，我為了辦理出院，接受了華學姊的診療。

「比起這個，妳雖然恢復了精神，但還是不能工作，要在老家好好休息到後天喔！這可是出院的條件。」

「我知道。」

「那就好。」華學姊拍了拍我的背。

「對了，妳打算怎麼回家？搭計程車？」

「沒有，計程車實在太貴了，我會搭電車。」

「這樣好嗎？妳的病才剛好耶。」華學姊的眉間隆起了皺摺。

「別擔心啦，我會訂好對號座，確保有位子可坐。」

「這樣的話妳就搭商務車廂吧，畢竟休養比任何事都重要。」

「好，謝謝妳。」我再次低下頭。

「真是的，就只會說好。」

華學姊苦笑著正要走出病室時，我出聲叫住她：「那個……」
「怎麼了？妳負責的病人就交給我吧，我會當個代理人好好看診。」
「不，不是這件事……」
吞吞吐吐的我深吸了一口氣之後，下定決心開口。
「住在特別病室裡的ＩＬＳ病患是什麼樣的人，妳還是不能告訴我嗎？」
看見華學姊的表情越來越僵硬，我縮起了身子，然而卻沒有傳來怒吼聲。
「妳還真是糾纏不休呢，為什麼妳要那麼在意那名病患？」
華學姊一副「妳看看妳」地嘆了口氣。
「因為……我還是覺得也許可以成為某種治療的參考……」
我不可能解釋在瑪布伊谷米，以及那過程中知道的事情，所以一句話說得不得要領。
「算了，好吧。」華學姊抓了抓脖子。
「咦？妳願意告訴我是誰了嗎？」
「這個不行，現在還不到時候。」
華學姊的雙手在胸前畫了個叉，我在失望的同時，對於華學姊以出乎意料的輕鬆口吻回答而感到安心。
「妳說還不到時候，那什麼時候才可以？」
我嘟起嘴，華學姊雙臂抱胸，「這個嘛……」
「妳負責的第三名ＩＬＳ病患，我記得是加納環小姐吧？等她醒來之後我會考慮，因為這代表已經準備好了。」

「真的嗎?!」
雖然我不知道準備是什麼意思，但這樣也許就能見到第四名ＩＬＳ病患了。
「幹嘛啊，發出那麼大的聲音，嚇到我了啦。」華學姊眼鏡後方的眼睛瞪得老大。
「因為我本來以為妳絕對不會告訴我……而且昨天我問袴田醫師，結果他發了好大的脾氣。」
「他生氣了？啊——真受不了那個大叔。」
華學姊煩躁地抓了抓頭髮後，倏地靠近我的臉。
「愛衣，妳不用管那傢伙。」
「那傢伙……」
「我可以理解妳因為在治療中獲得救贖而尊敬院長，我也是，雖然抱怨了一堆，但還是尊敬身為醫師的院長，只是妳要記得，那個男人有著不為人知的一面。」
「不為人知的一面，這是什麼意思？」
「就是平常一副聖人樣，其實背地裡在盤算著見不得人的事。」
「怎麼會……」
「哎呀，妳別一臉受傷的表情嘛，這只不過是我的意見，也許對妳來說他的確是值得尊敬的人。我想說的是，不論什麼樣的人都有很多面向，所以不要太大意了，妳也很快就會明白了。」
太過含糊不清的建議，讓我只能回以模稜兩可的「嗯……」。

「其實啊，住在特別病室裡的病人，也不是真的需要隱藏成那樣，畢竟對方是妳也認識的人。」

「我認識的人?!」突然出現的一大線索，讓我拔高了聲音。

「嗯，沒錯，是妳很熟的人。」

「那個人是誰?!」

我激動地問道，華學姊立起食指往左右搖了搖。

「所以這部分我不是要妳再等一陣子嗎？首先妳要忘掉工作，在老家好好休息，只要這麼做，很多事就會順利進行吧。」

「但是……」我還想繼續爭論，華學姊一把戳在我的眉間。

「妳要是繼續反抗，我就取消出院許可，在這個沒有情調的病室裡多住一晚，和在老家悠閒度過，妳選哪一個？」

「……在老家度過。」

我不情不願地回答之後，華學姊合十敬拜般雙手在胸前一拍。

「好，那就決定了，路上小心。」

「啪」的清脆聲響迴盪在病室裡。

「您撥的電話沒有回應……」

聽到光是今天就不知道已經聽了幾遍的語音留言，我掛斷了電話。

離開醫院，心一橫搭了商務車廂來到離老家最近的車站，我撐著塑膠傘走在傾盆大雨中，落在柏油路上反彈回來的雨滴漸漸打溼了腳掌，鞋子裡蓄積了雨水，每踩一步就發出「啪嚓啪嚓」的聲音，聽來令人不快。附近成排的御好燒店家裡，飄出了讓人食指大動的醬汁香味。

離開醫院之後，我也打了好幾次爸爸的手機想和他聯絡，結果還是一次也沒能聯絡上，總之我先寄了一封簡訊給他，但照這個樣子看來，我懷疑他是否有收到。

我確認了一下爸爸有沒有傳訊息給我，資料夾裡有一封他前天寄給我的簡訊，我無意識地打開了那封訊息。

「時間差不多了，做好準備吧。」

收到這封簡訊之後，就再也沒有來自爸爸的聯絡了。這究竟是什麼意思？再次看了內容，總覺得有種不祥的預感。

「這是指什麼的時間？」

我喃喃自語著將手機收進包包裡，一面在雨中走著一面回想起在夢幻世界裡看到的環小姐的記憶。雖然我想按照華學姊的建議，現在不要思考有關工作以及案件的事，但思緒總是會被拉到那個方向去。

這麼說來，雖然我因為久米先生可能是少年X的這個訊息帶來的衝擊而忘得一乾二淨，但在環小姐的記憶中，貼在倉庫裡的中年男子的照片上，全部覆滿了雜訊，就像是在掩蓋該名人物的臉一樣。

我不知道為什麼只有被害人的臉看不見，網路新聞上也幾乎沒有刊載該名人物的資訊。

就在我自言自語的瞬間，眼前亮起一道閃光，我發出呻吟聲按著太陽穴。

「為什麼呢？」

「剛剛的……那是什麼……？」

總覺得一瞬間，腦海裡彈出了畫面，和記憶閃現很像的感覺，只是那幅畫面不是造成我心靈創傷的回憶，而是我從沒看過的景象。

隨著類似電流竄過太陽穴的衝擊，腦海裡再次流入了畫面，是缺乏色彩，到處都有雜訊的畫面，當我集中意識後，發現甚至還伴隨著聲音。

那就像是古老的黑白電影投影在頭蓋骨內側一般，從坐在餐桌前的人物眼中看出去的景象，從手的質感來看，那個人大概是位男性。

男子的手伸向桌上堆積如山的郵件，拿起了放在最上面的信封，畫面上出現了雜訊，我沒能看見收件人姓名。

我不知道發生了什麼事，畫面持續進行著，男子猶豫了一會兒，慢慢撕開了信封，紙纖維被撕裂的聲音，直接傳進了我的腦海，而不是透過耳朵聽見。

裡面放著像是合約書的東西，男子由上而下仔細地看著，還翻到背面確認，他疑惑不解的感覺傳了過來，這時候，響起了門打開的聲音。

男子的手慌亂地動著，首先是將信封丟到旁邊的垃圾桶裡，接著將拿在手上的文件硬是塞進褲子口袋中，就在這一瞬間，腦內播放的畫面像是電力耗盡一般消失了。

回過神時，我正站在雨中動也不動，原本撐著的塑膠傘不知何時掉在了身邊，毫不留情落下的雨滴濡溼了頭髮，臉頰到下巴尖端形成了一條水流。我沒辦法馬上撿起雨傘，我無法理解剛才發生的事代表什麼意思，只是任由雨水打在身上。剛才那是什麼？好像是某個人的記憶。

在進行瑪布伊谷米時，我也藉由觸摸被困住的庫庫魯而看過他人的記憶，但那時候比較像是俯瞰的感覺，相較之下，剛才發生的現象，雖然是類似黑白電影稍微粗糙的畫面，但卻是極為主觀地體驗到了某個人經歷的記憶。

究竟有什麼事正在發生？我帶著不安，彎腰拿起了傘。既然都已經溼成這樣了，現在再撐傘也沒什麼意義，我拖著傘，腳步沉重地不斷走著，塑膠傘的前端摩擦柏油路的聲音，被掩蓋在雨聲之中。

像是要震撼五臟六腑的雷鳴轟響，不禁縮起身體的我，忽然停下腳步抬起頭。不知不覺間已經來到了老家門口。

我打開門走進住家用地，在玄關前將有如沖完澡後吸收了水分的頭髮紮成束捏了捏，含在頭髮裡的大量雨水從髮間被擠了出來，「啪噠啪噠」地滴落在玄關前的水泥地上。

溼透的衣服黏在皮膚上感覺很不舒服，雨水帶走了體溫，身體冷到骨子裡。好想要趕快沖個熱水澡，我按下門鈴後，響起了「叮咚」的輕快聲音，但是卻沒有人回應，我再按了一次門鈴，結果卻依然相同。

也許爸爸不在家，在公司任職於業務部的爸爸，有時候會需要出差，或許今天就是出差的日子。
不過就算爸爸不在，奶奶也應該在呀，不過她畢竟年紀大了，可能沒有注意到電鈴聲。
沒辦法，我從包包裡拿出鑰匙包，打開門鎖拉開門把，玄關的門不知為何感覺比平常還要沉重。
「我回來了。」
我將溼掉的傘立在鞋櫃旁，脫掉高跟鞋，吸飽水分的絲襪讓我每走一步就在走廊上留下清晰的腳印。
我想脫掉絲襪而停下腳步，卻覺得有些異樣而環顧了四周。
「黃豆粉？」
以往只要打開老家的玄關門，黃豆粉都會在那裡，牠以貓咪敏銳的五感早一步察覺到我回來了，而在玄關等待我，但是就只有今天，那團淡黃色的毛球沒有前來迎接。
「黃豆粉，你在哪裡？我回來了喔。」
我拉大了音量，但黃豆粉還是沒有現身，會不會是牠在奶奶的腿上睡熟了？
「爸爸，我回來了──因為你的電話打不通，所以我沒有聯絡就回來了。」
我對著走廊深處大喊，但沒有人回應。爸爸果然不在家，我的視線落向手錶，時間已經是晚上七點半了，如果爸爸在的話，這個時間應該在客廳看電視。
我再次環顧四周，確認沒有任何人在，之後迅速脫掉溼透的絲襪，地板的寒氣傳到了我的赤腳上。

走進走廊深處的我，來到了客廳門前，我打開門時嘴裡發出了「蛤？」的驚愕聲。

那裡什麼東西也沒有，餐桌、沙發、電視、跳跳太的籠子、黃豆粉的貓跳檯，原本應該在那裡的所有東西都消失了，只有空蕩蕩的空間橫在眼前。

我像是被吸進去一般搖搖晃晃地走進客廳，所有的家具、生活用品都被撤除的客廳顯得特別寬闊、寂寥。

「爸爸……黃豆粉……跳跳太……」

呼喊家人的聲音冰冷地反射在牆上。

發生什麼事了？為什麼沒有人在家？現實感越來越稀薄，我驅動無力的雙腳走出客廳回到走廊，踩著樓梯往上。

奶奶，只要問在二樓的奶奶或許就能知道些什麼。

爬到樓梯最上層，走進右手邊拉門的我出聲喚道：「奶奶，妳醒著嗎？」平常總是回說「醒著唷！」的聲音，今天卻沒有回應。

我開始感到坐立難安，猛力地拉開了拉門。

「為什麼……」乾啞的聲音從我嘴裡溢出。

奶奶不在裡面，一年四季都放在房裡的暖桌、放著琉球玻璃食盒的架子，以及疊在房間角落的坐墊都不見了，鋪著琉球榻榻米的地板被沒有溫度的木板材蓋住，奶奶曾經住在這裡的痕跡從這個空間裡徹底消失了。

我往後退離開房間之後，朝著走廊盡頭自己的房間走去，帶著膽怯打開門，眼前是已經見慣了的景象。樸素的單人床、有歲月痕跡的書桌、被大量參考書混雜著小說及漫畫塞滿的書櫃。

進入自己房間、自己領域的我，跪倒在廉價的地毯上四肢著地，我看著從髮梢滴落的水珠被逐漸吸入地毯纖維中，一面拚命地想釐清狀況。爸爸他們、我的家人們的痕跡都消失了，為什麼……？

「搬家……？」

在業務部工作的爸爸過去經常以數個月為單位調職到分公司，並且是獨自一人赴任，會不會是他又被調職了？

不過和以前不同，現在不能放著奶奶一個人獨自赴任，所以才會帶著奶奶、黃豆粉、跳跳太全部一起離開，這麼一想就合理了。

但就算是這樣，這麼重要的事為什麼不告訴我？

「不……也許他曾經和我說過。」我對著地毯喃喃自語道。

接下三名ＩＬＳ病患之後發生了太多事，我經常處在煩惱之中，也許是回到老家一起吃飯的時候，爸爸曾經和我說過調職及搬家的事，但我聽過就忘了。

前幾天爸爸傳來的「時間差不多了，做好準備吧」這封意義不明的簡訊，也不是不能解釋為就快要搬家了，妳房間裡的東西要怎麼處理，事先做好準備吧。

沒錯，一定是這樣，我拚命說服自己，假裝沒有察覺到腦海一隅驀地膨大的不安。

但是該怎麼確認才好呢？已經打了好幾次爸爸的手機卻沒有人接。

「有了！」盯著地毯陷入沉思的我大叫一聲，從丟在旁邊的包包裡拿出手機。爸爸的公司！只要和他工作的地方聯絡，詢問他被調到哪裡去就可以了。

我在螢幕上顯示通訊錄，手指快速地滑過捲動電話號碼，在找到目標的號碼之後，毫不猶豫地按下「撥號」鍵。

也許是還有員工在加班吧，已經這個時間了電話卻馬上接通。

「您好，這裡是業務部。」明快的聲音從手機裡傳來。

「那個，您好，我是貴公司的員工識名的女兒……」

「啊，識名先生的女兒，這個時間了有什麼事嗎？」

看來對方是爸爸的同事，這樣事情就好辦了。

「就是那個，爸爸最近好像調職了，能不能請您告訴我他新的工作地點在哪裡，如果可以的話，還有新的住家的電話號碼。」

「調職？」

電話的那一頭訝異地反問，我原本壓抑著的不安越脹越大。

「對，我想應該是這樣的……」

「那個，會不會是您搞錯了？識名先生大概在十個月之前，就因為個人因素而離職了。」

手機忽然變得沉重，手臂無力地垂下，像是鐘擺般擺盪的手中，傳來「喂？喂？」的聲音。

3

熱水沖走了殘留在皮膚上的雨水黏膩感。

結束打給爸爸公司的電話之後，我毫不在意手機從手中掉落，從衣櫃裡拿出替換衣物，往一樓的浴室走去。

為什麼會在這種時候沖澡，我自己也不是很明白，只是為了解開這無法理解的狀況，我想要先清除牢牢附著在身心上的髒汙。

我將蓮蓬頭水量開到最大，坐在浴室的地板上，抱著雙膝仰起頭，熱水灑落在臉上甚至帶著輕微疼痛。我閉上眼，雙手往左右張開，以全身承接浴室裡滿室的熱氣。

混亂的心也稍微平靜了下來，開始可以冷靜思考。

爸爸在十個月前辭去工作，然後最近，沒有通知我一聲就消失到某個地方去了，這是現在所知的事實，目前應該思考的是，為什麼爸爸要消失，還有為什麼一句話也不告訴我，這兩點。

忽然，「跑路」這個詞浮現在腦海中。

在我不知道的時候欠下大筆借款，結果無力償還所以躲起來了，沒有告訴我是因為覺得沒面子，以及為了不給我造成麻煩，而奶奶他們則是因為沒有爸爸無法自力生活，於是就一起帶著走了。

不，不是這樣……我讓水花灑在臉上，思考了大約十秒後甩甩頭。

跑路基本上只會帶著隨身物品，不會像這次這樣將所有的生活用品都搬走，這麼做太顯眼了，只會被討債公司發現。

只是他捲入某個紛爭之中，不想給我造成麻煩的這條線十分有可能。

我拚命地回想最近和爸爸談話的內容，搜尋裡面有沒有什麼線索，但是無論我怎麼絞盡腦汁，都找不出爸爸的話語中有看似紛爭起源的東西。

我張開眼睛慢慢站起身，關掉蓮蓬頭走出浴室，擦拭著頭髮及身體，穿上乾淨內衣褲的我，意識到因熱氣而模糊的洗臉檯鏡子裡映照出帶著脆弱表情的女人。

我雙手抓著洗手檯，臉靠向鏡子。

「妳這是什麼沒用的表情！垂頭喪氣也不會有什麼幫助啊！」

沒錯，垂頭喪氣不會有任何開始，想要解開這個無法理解的狀況，就必須向前邁進。鏡子裡的女人呆滯的表情漸漸堅定了起來，「很好！」我雙手拍拍臉頰，換上乾淨的襯衫及牛仔褲後踏入走廊。

手貼在胸前，我思考著接下來應該採取的行動。

報警請警方搜索嗎？不，從家裡的狀況看來，爸爸他們是出於自己的意願躲起來的，警方不可能認真搜索，那麼，就只能我自己去找了，這個家裡還有一些地方我沒有確認過，首先就從那裡開始找找看有沒有線索。

廁所、儲藏室、廚房，我從想到的地方開始找起，餐具、廚具，甚至廁所衛生紙都不見了，沒有發現像是線索的東西，我深深吐出一口氣，決定往我有意擺到最後的地方去。

回到走廊的我，打開玄關正旁邊爸爸房間的門，這個房間果然也是空蕩蕩的，爸爸在用的床以及衣櫃也都不見了。

寢室內部的拉門吸引了我的視線，位在拉門那一邊的和室，應該是爸爸做為書房使用的空間，但是我已經有二十年以上不曾看過那裡面了。

我咬著唇，壓抑想要轉身逃走的衝動，一步一步往前踏出步伐，往拉門靠近，伸長的手在碰到拉門門把的瞬間，手像是摸到燒熱的鐵一樣縮了回來，這讓我認知到自己還沒有接受失去了那個人的事實。

我吐出細長的氣息，平復有如在狂風中翻飛的樹葉般紛亂的心緒。從那之後的二十三年之間，我在許多人的支持下成長了，成功救治了兩名和那個人一樣陷入昏睡的病患，現在正是我應該正面面對二十三年前悲劇的時刻。

我咬緊牙根，用力拉開拉門，兩坪多的和室，原本擺放的桌子不見了，只是房間裡並非空無一物，中央有一佛壇坐鎮。

我走近佛壇跪坐之後，輕輕往左右打開門扉，裡面沒有牌位，取而代之的是供著一張照片，一位三十歲左右，幸福地微笑著的女性照片。

我伸出顫抖的手抓住照片。

「媽咪……」

藏在腦海深處的記憶一口氣浮了上來，像是大型煙火一般爆開，華麗地擴散。

輕撫著因跌倒而哭泣的我的頭、為我在幼稚園畫的畫像感到非常開心、登山健行時並坐著吃便當、在我做惡夢時到我被子裡抱著我。

和那個人、和媽咪的回憶在房間裡盛開，包圍著我。

視線變得模糊，映在視網膜上的媽咪的笑臉逐漸暈開。

「對不起……真的對不起……」

我將媽咪的照片用力貼在胸前，不停重複著道歉的話語。

二十三年前，一直陪在我身邊的人、比任何人都愛我的人不在了，這個事實實在太過痛苦，彷彿「自我」這個存在成為了填滿哀傷與苦惱的皮囊一般痛苦，於是我將與媽咪之間的回憶沉入了腦海深處無底的沼澤中。

只要遺忘、只要相信打從一開始就不存在，便不會感到痛苦了，感覺就好像可以從身體內側逐漸腐敗黏稠的痛苦中逃離。

明明是媽咪在那個時候救了我，我現在才能在這裡。

明明是那個時候我沒能救回媽咪，所以才會以醫師為目標。

二十三年前，前去與獨自一人到東京赴任的爸爸見面的我們，一起到遊樂園玩時被捲入了少年X犯下的隨機殺人案裡，許多人在恐慌之中到處逃竄，在充斥著怒吼與哀嚎的現場，人潮推擠之下我鬆開了和媽咪牽著的手，等我發現時我站在寬闊的道路正中央一動也不動，周圍的人都已四散逃逸，少年X正悠哉地走向一個人呆立著的我。

少年X揮手舉起沾滿鮮血的刀刃，刀身妖異地反射陽光，我現在仍可身歷其境地回想起這一幕。

刀刃揮下的瞬間，我和少年X之間飛進了一道人影，等我反應過來時，從胸口到側腹裂開，白色洋裝已被鮮血染紅的媽咪正面朝著我跪倒在地。

媽咪露出笑容，和平常安撫哭泣的我時一樣的笑容，抱著我說：「不要怕，愛衣，我會保護妳的。」強而有力的擁抱讓人不覺她身負重傷。

少年X沒有趁勝追擊我們，當他一動也不動地站在那裡時有人制伏了他，而媽咪則被趕到現場的救護車送到醫院，但是……出血過多。

媽咪在救護車上心跳停止了，雖然送到醫院後恢復了心跳，但因為長時間處於缺氧狀態，腦細胞受到致命傷害，因此陷入昏迷。

在當時還是孩子的我看來，媽咪只不過是在睡覺，所以問了爸爸好幾次「媽咪什麼時候會醒來？」，不過每一次爸爸都會露出強忍悲傷的表情，不久後我也懂了。

媽咪不會再醒來了，她再也不會摸摸我的頭，不會溫柔地對我微笑，不會在我臉頰上親一下了。

我能做的只是在醫院握著媽咪的手。自己為什麼沒有辦法治好媽咪？無力感排山倒海而來。

接著，事情發生後大約一個月，媽咪去世了。重要的人從我的人生中消失了，幼小的我內心開了一個巨大的洞。

所以我努力想忘記媽咪，我將與媽咪的幸福回憶沉到無底沼澤中，因為我覺得這麼做就可以填補內心被刨開的無限幽暗深沉的洞。

以前的我多麼愚蠢啊，明明忘記媽咪才是更為痛苦的事，即使以遺忘這個無機質的填充材料填補了內心，也只是受空虛折磨罷了。

案件的記憶閃現，但是並沒有像先前那樣伴隨著恐懼及厭惡感，挺身保護我的媽咪的笑容，今天我可以清楚回想起她那以往因為背光而看不見的臉。

我沒有壓抑自己放聲大哭，滾燙的淚水從眼睛溢出，喊叫聲反射在狹窄的房間裡，從眼睛、鼻子、嘴巴無盡滴落的液體，在榻榻米上暈成一片，累積了二十三年份的思念在體內爆發。

媽咪，我愛妳，真的非常愛妳，真的，真的……

我在內心不間斷地向媽咪訴說，同時只是不停持續痛哭著。

數十分鐘，不用顧忌任何人地嚎啕大哭之後，我一邊抽噎著一邊反覆幾次深呼吸，也許是哭到讓人懷疑體內水分是否流乾了的關係，眼睛深處及鼻梁山根處盤據著重度疼痛，但是身體卻很輕盈，彷彿一直鬱結在腹部深處的沉積物融入了淚水中，得以流洩而出。

耗費了二十三年，我終於、終於能夠面對內心的創傷了，接下來，只要克服它就行了。想要克服，就一定要先解決目前我周遭發生的令人費解的現象，然後拯救像那一天的媽咪一樣，現在仍持續昏睡的環小姐。

我以手帕擦拭被淚水濡溼的臉龐，發出好大的聲音擤了擤鼻子。

爸爸留下媽咪的照片應該有什麼用意，我調整紊亂的呼吸，翻過原本貼在胸前的照片，上面有一個小小的黑色斑痕。

是髒汙嗎？我用淚水沾溼的手指擦了擦那個部分，然而那道斑痕不但沒有消失，反而變得更大了。

難道是！我以手掌擦去殘留在臉上的淚水，輕輕一摸照片內側，上面浮現出文字，是位於東京都杉並區的公寓住址。

這就是線索，爸爸一定就在這上面寫的住址那裡。

我不知道爸爸為什麼要如此大費周章，但是現在應該採取行動。這麼判斷的我奔離書房，爬上樓梯回到自己的房間，拿起丟在地毯上的手機和包包，往玄關跑去。

抓起雨傘打開門，來到外面後剛好一輛計程車經過家門前的道路，我毫不猶豫地攔下計程車坐進去。

「感謝您的搭乘，要到哪裡去？」

我說出寫在照片背面的地址之後，司機一臉驚訝地回過頭。

「小姐，離這裡很遠喔，妳確定嗎？要花不少錢喔。」

「沒關係，請開車吧。」

我秒答之後，司機回道：「知道了。」便開動車子，我繫上安全帶，閉上眼在腦中整理思緒。

久米先生犯下的案件、少年Ｘ、最後的ＩＬＳ病患，然後是消失的爸爸他們，該思考的事堆積如山。

總覺得似乎從某處聽到了媽咪溫柔的聲音說「加油喔，愛衣」。

「小姐，馬上就要到了。」

遮住視覺讓思緒飛揚的我，聽見司機的聲音張開了眼睛，計程車在瀑布般落下的雨中奔馳在安靜的住宅街裡，看來不知不覺間已經進入杉並區了，或許是一直在動腦的關係，比預料中的還要早到達。

「我看看，是這裡吧。」

確認完導航的司機，在兩層樓高的公寓前停下車，我從皮夾中拿出信用卡付費之後走下計程車，撐開塑膠傘的我，抬頭仰望眼前的公寓，是間帶有歲月痕跡的公寓，屋齡已經有四十年了吧，大量藤蔓攀爬在帶有醒目裂痕的牆上，通往二樓的鐵製樓梯布滿了鐵鏽，呈現出昭和時代專門提供給單身人士居住的公寓樣貌。

「大家住在這種地方？」

從外觀推測，房間應該也相當狹小，兩個大人和兩隻毛孩在這裡生活想必很侷促。

為什麼爸爸要引導我到這裡來？這裡有什麼東西嗎？我撐著傘，走上公寓外的階梯，照片背面寫的住址，是這棟公寓二樓的房間。我踩在每走一步便發出哀鳴般軋吱聲的樓梯上，沿著並排著舊機型洗衣機的外廊道前進，我在最裡面的門前停下腳步，那裡就是目標房間。

我舔了舔乾燥的脣按下門鈴，等待有人回應，但門卻沒有打開。

我輕輕轉動門把試著拉拉看，門沒有上鎖，幾乎不受阻地就打開了，沒有開燈的室內蕩漾著一片黑暗。

「爸爸，你在嗎……？」我怯怯地出聲喚道，但卻沒有回應。

該進去嗎？我屏住呼吸盯著黑暗陷入猶豫中，如果這裡不是爸爸住的地方，隨便進去可是非法入侵。但是，沒有其他線索了，下定決心的我踏上玄關，摸索著按下牆壁上的開關，天花板的日光燈微弱地亮了起來，短廊在也許快壞掉了而不時閃爍的白色燈光中浮現。

脫掉鞋子的我小聲說著「打擾了」，便沿著走廊前進，左手邊有一個小型的廚房，右手邊則是門，從格局來看，那大概是廁所或是浴室吧。

如同外觀所見，這裡看起來是個單身人士使用的房間，我將視線移往位於左邊的廚房，那裡整齊排列著少許餐具及調味料，長期獨自赴任外派地的爸爸有將廚房衛浴整理乾淨的習慣。爸爸果然住在這裡嗎？

我謹慎地往前走，來到盡頭的門前。

這裡面有什麼呢？爸爸在裡面嗎？或者躲著其他人呢？心跳越來越快，快得發疼，我猛地打開門，往後退一步擺出防禦姿勢，沒有開燈的房間隱隱約約浮現在閃爍的走廊日光燈下。

那是約有三坪大的房間，因為昏暗所以無法肯定，但是看起來沒有人在裡面。

我拖著腳步進到房內，拉了一下從電燈上垂吊下來的繩子，有點過亮的燈光在已經習慣黑暗的眼睛中照射出房間的樣貌。我因為刺眼而瞇起了眼睛觀察著房間，那是一間只擺了單人床和桌子的樸素房間。

「這裡有什麼……？」

我喃喃自語著回頭，屏住了呼吸，帶著醒目汙漬的牆壁上貼著大量的照片。

照片上是我見過的人。

久米先生和環小姐，拍下兩人身影的照片幾乎覆滿了整面牆。

「為什麼……？」我愕然地自語道。

這裡是爸爸住過的房子可能性很高，但為什麼房間裡會貼著久米先生和環小姐的照片？他們兩人和爸爸之間，究竟有什麼樣的關聯？

我漸漸沉入疑問和混亂之海中，呼吸越來越困難。

覆滿大量照片的牆壁壓迫感讓我一點一點往後退，我的後背撞到了放在拉上窗簾的窗戶邊的桌子，桌上疊起的書籍標題躍進了回頭一看的我眼裡。

《少年X 其心中的黑暗》《為何少年X會拿起刀》

《遊樂園隨機殺人案 其中的深層面》《誕生出少年X的家庭》

這些全部都是二十三年前發生的隨機殺人案，以及有關兇手少年X的書籍，應該沒有任何關聯的爸爸和久米先生在我的腦海中有了聯繫。

環小姐的記憶最後，刑警說久米先生可能就是少年X，如果這項消息外洩了，那麼這個情況就有了解釋。

二十三年前，沒能保護媽咪的爸爸一直為此感到痛苦，且對殺害了媽咪的少年X在少年法的保護之下，並沒有受到太大的懲罰而憤慨。

那起事件之後，我藉由遺忘媽咪來拚命維持自我，而爸爸或許與我相反，是以對少年X的恨來當作活下去的糧食。

不知道從哪裡獲得久米先生可能是少年X這項消息的爸爸，為了確認這件事的真偽，而辭去工作以這裡為根據地開始調查。

我每次回老家爸爸都一定在家，應該是因為我會事先聯絡之後才回去的關係，爸爸配合我回家的時間回去，隱瞞了他辭去工作調查少年X一事。

「……為什麼要做到這種地步啊。」我不自覺地脫口埋怨。

我可以理解無法原諒少年X的想法，但即使如此，有什麼必要非得辭去工作，放著高齡的奶奶，搬到這種房間裡追查他呢？

再說找到少年X之後爸爸有什麼打算？想要將他的藏身之處洩漏給社會好讓他受到責難嗎？還是想要親手……可怕的想像讓我起了雞皮疙瘩。

我自己也沒有辦法原諒少年X，我不可能原諒他奪走媽咪這件事，但我也沒想過要殺了他，這麼做只是讓自己墮落成和少年X一樣的殺人魔，更重要的是……

「更重要的是……這麼做媽咪也不會回來了。」乾啞的自言自語從我嘴中溢出。

今天爸爸不在家，是因為電話不通所以他不知道我要回家吧？

不，不是這樣，思考數秒之後，我搖搖頭。如果是這樣的話，我不懂連奶奶、黃豆粉、跳跳太都不在，生活用品都消失的原因，從老家的狀況，可以看出不會再回到這裡來了的強烈意志。

我從包包裡拿出手機，顯示爸爸最後寄來的簡訊。

「時間差不多了，做好準備吧。」

「這是指什麼的時間？」

我瞪著螢幕喃喃自語，從字面上也可以解讀成爸爸下定了某種決心。

爸爸在幾天前決定採取某個大動作，那恐怕是對少年X復仇。

所以為了安全起見，就將奶奶他們從老家遷走，也寄給我充滿想像的簡訊要我提高警覺，事情會不會是這樣？

我咬緊牙根。復仇如果成功了，爸爸就會成為犯罪者，如果失敗了，就會反過來被少年X報復，無論哪一種結果，這個家都會支離破碎，爸爸不惜犧牲家人，也想要讓少年X毀滅嗎？總是將我擺在第一順位考量的爸爸到底跑去哪裡了？我的下巴用力，臼齒發出軋吱的摩擦聲。

我再次靠近牆壁，一張一張看著貼在上面的照片。

半年前，外界認為是久米先生殺害的中年男子也和爸爸一樣在追查少年X，因此警方推測久米先生可能是少年X，因為自己的真實身分快被對方揭發了，所以就殺了被害人。

久米先生是少年X嗎？話說回來，久米先生真的殺了中年男子嗎？

為了成功完成瑪布伊谷米救出環小姐，以及為了知道爸爸現在在哪裡，我需要知道這一點。

在環小姐的記憶中，刑警並沒有斷定久米先生就是少年X，也就是說少年X的本名並不是「久米」，警方是否懷疑戶籍是冒名頂替的？

我回想久米先生的經歷，國中時雙親去世，由住在鄉下的祖母撫養，就讀大學時回到東京，而唯一的親人祖母也已經過世了。

「如果要頂替的話，是在去鄉下之後到回到東京之前的這段時間……」

久米先生在同學會上見過國中時代的朋友，在那裡他有可能不被察覺嗎？

「有可能……吧。」

稍微思考之後，我下了這樣的結論。成人暫且不提，對成長期的青少年來說，數年的時間無限漫長，甚至能夠完全改變外表，而且國中時期的久米先生似乎是個不太起眼的存在，即使是另外一個人來參加同學會，大概也只會被認為是「給人的感覺變了很多呢！」吧。那麼，果然久米先生就是少年X……？

我摸著貼在牆上的照片，照片裡環小姐與久米先生幸福地互相依偎，就在我不自覺地嘴角揚起時，頭蓋骨裡迴盪起聲音。

『……不是的。』

我連忙環顧房間，確認是不是有人在，但是在內心的角落我已經發現了，剛才的聲音不是具有實體的人類發出來的，而是和在夢幻世界裡，我聽到因衰弱而受到束縛的庫庫魯傳出的聲音一樣，剛才的聲音是直接傳到我腦海裡。

我想起即將脫離環小姐的夢幻世界之前，從發光的音樂盒射出了一道雷射光擦過我的頭部這件事，剛才聽到的「聲音」，以及在回老家的途中看見的「畫面」，這些都是那時候射進我腦中的環小姐的庫庫魯碎片所產生。不知為何，我如此深信。

在這之前，我不曾在現實世界中接收到來自庫庫魯的訊息，一定是如同之前奶奶所說，身為猶他的我已經成長了，所以即使離開夢幻世界，我也可以接收到環小姐的庫庫魯的訊息。

這樣的話……我的手貼在胸前，集中意識，腦海裡投影出黑白電影。

道路右側並排著成群的老舊倉庫，右手拿著的手電筒燈光照在路上。和回老家途中一路上看到的畫面一樣，是某個男性眼中看到的畫面。不久，該名男子來到鐵捲門關上的倉庫前，這個地方我有印象，是在環小姐的記憶中見過的倉庫。

蹲下身的男子用力拉開鐵捲門，響起「哐啷哐啷」的刺耳噪音，男子謹慎地走進倉庫裡，以手電筒照亮內部。

『這是……什麼啊……』

看著貼在牆壁上的佐竹優香小姐的照片，男子哀嚎般地說道。

男子發現位於倉庫內部的桌上放著一把鑰匙，他一面往那裡走近，一面來回看著貼了優香小姐照片的牆壁以及對側牆壁。

我記得那裡貼有外界認為是久米先生殺害的中年男子的照片，就在我這麼想的瞬間，畫面變得凌亂而看不見了。

「等一下，搞什麼啊！」

我以手掌拍拍太陽穴，就像對壞掉的電器所做的事一樣，之後畫面恢復了。男子拿起放在桌上的鑰匙，逃跑般離開倉庫，放下鐵捲門後上鎖，氣息紊亂的男子從褲子口袋拿出手機，畫面在這裡就中斷了。

我搖了搖有些暈眩的頭，離開了房間，拿起立在玄關的傘，來到外廊，踩著階梯下樓。

我不知道自己要去哪裡，只是知道該往哪一邊前進。

回到出生故鄉河川的鮭魚，或是隨著季節飛越大陸的候鳥就是這種感覺嗎？我只是任由本能引導，走在傾盆大雨的夜路中。

畫面再次流進腦海。映在自己眼中的畫面，以及直接在腦海裡放映的黑白畫面，我同時看著兩者，腳下繼續移動。

黑白畫面的人物在狹窄的浴室裡，左手被黑色液體濡溼了，我聽見他紊亂的呼吸聲，此時此刻，我連瀰漫在那個空間裡的腥臭味都能夠感覺得到。

『喂？醫生嗎？』

男子大叫般地說道。雖然不在視線範圍裡，但他似乎是右手拿著手機，在和某個人通話，電話那頭好像傳來了回應，但是聲音被雜訊覆蓋我聽不見。

『沒錯！我照你說的，到貼在倉庫裡的照片上拍到的住家來了！門沒有鎖我就進來了，結果，結果……』

不知道是不是情緒激動導致舌頭打結，聲音中斷了，左手在敲牆壁，沾在手上的黑色液體四處飛濺。

『有人倒在那裡！照片上的中年男子被刺……全身都是血……』

畫面上大大映照出被液體濡溼的手，我停下腳步，察覺到黑白畫面中看起來是黑色的液體的真面目。

是血液，男子的左手沾滿了鮮血。

現在流進我腦海裡的畫面，大概是某個人物目擊到半年前被殺害的那名中年男子的遺體，因而慌亂地逃進浴室時的影像吧。

男子在向他稱為「醫生」的人求助，究竟「醫生」是指誰？我在本能的促使下再次移動腳步。

『……是，我知道，放著不管會發生什麼事……不，沒這回事。』

畫面中的人物語氣漸漸變得低沉含糊。

『好，我會這麼做……對，我想佃律師比較好……好，我會消失，至少到預定日期之前……』

男子以蘊含著強烈決心的聲音說完後結束通話，同時黑白畫面也消失了。

我忽然抬起頭，遠方可以看見一座微微高起的小山丘。終於察覺自己目的地的我，在路燈落下的光芒中，快步沿著筆直延伸到山丘的道路前進。

我不停地走上綿延不斷的黑暗階梯。

膝蓋很痛，過度使用的下半身肌肉開始發出哀嚎，但我仍然一階一階，埋頭向上走去。

腦海裡又有畫面流入，是踩著和我現在腳下階梯一模一樣的階梯往上爬的畫面。在這黑暗之中，彩色畫面也和黑白畫面沒兩樣，讓我無法分辨哪一邊是我的眼睛實際看到的景象，哪一邊又是流進腦海裡的影像。

『對，我馬上就要到了，再一下下……』

男子正在用手機通話，對方是「醫生」嗎？

黑白畫面的階梯中斷了，與此同時，我也來到了階梯最上層，我看見的這兩個畫面上，都映照出了一個大鳥居，以及位在其後的神殿。我知道這個神社，是久米先生被優香小姐束縛，成為她的禁臠時，環小姐救了他的神社。

男子結束通話，將手機塞進褲子口袋裡，之後一邊喊著「醫生！醫生，你在哪裡？」一邊走進神社。我也和男子一樣，穿過鳥居，走在石板路上。

流進腦海中的畫面越來越鮮明，不只是視覺、聽覺、嗅覺，男子五感的訊息，我都在不知不覺間全部感受到了。

男子聽見了某個人的聲音，雖然其他的感覺都有如實際體驗般真實地傳達過來，但只有那個聲音被彷彿野獸的吼叫聲給蓋了過去，連是男是女的聲音都聽不清楚。畫面中的人物像是受到聲音吸引，繞到了神殿後方，撐著傘的我也如同被某個人操控一般往那裡移動。

『醫生，這裡可以嗎？我再不快點躲起來就糟了，請你出來吧。』

男子說道。背後傳來踩著枯葉的聲音取代了回應。

下一秒，繩子纏上了男子的脖子，瞬間絞緊。已和他的五感同步的我，喉嚨也受到強烈的壓迫感侵襲，手裡拿著的傘掉到了潮溼的泥土上。

我和畫面中的男子一樣，雙手抓著喉頭，腳下用力踢蹬，男子的恐懼及絕望漸漸滲入我的體內，喉嚨的肌肉碎裂，頸骨逐漸斷裂的感覺傳了過來，口腔內充滿了鐵鏽味的泡沫，眼球從後方被擠壓而出，幾乎就要破裂。

要消失了……「自己」這個存在即將消失了。在我感受到至今不曾如此真實體驗的「死亡」瞬間，畫面消失了，男子的感覺，以及情感也在一瞬間消失。

我四肢著地跪在爛泥中，發出打嗝般的聲音拚命地吸著氧氣。呼吸逐漸平復的我，用沾了泥巴的手輕輕撫摸喉嚨，即使壓著剛才痛到幾乎要斷裂的地方，也不覺得有什麼異樣感。

畫面中的男子下場不言自明。我的思緒飄向在短暫的時間內，與我共享五感的男性，我已經知道他是誰了。

因為我也看到了臨死之際，出現在他腦海中的人物。

我依舊四肢著地，仰頭望天，從黑暗中落下的大顆雨滴漸漸濡溼了臉頰。這時候，我似乎聽見了聲音，呼喚我的模糊聲音。

「哪裡?!在哪裡？」

我環顧籠罩於黑暗中的森林內部，在上方天空的雷鳴轟響中，再次聽見了微弱的聲音。我毫不介意自己會沾得全身爛泥，為了尋找聲音的來源，在森林中到處爬行。

不久後，我找到了大樹根部土表些微隆起的地方。

「……是這裡吧……你在這裡對吧。」

我用兩手耙開泥濘的地面，即使手指脫皮、細小的樹根刺進手裡、指甲斷裂，我依然不停地動著雙手。

究竟持續挖了多久呢？感覺就要麻痺的指尖碰到了堅硬的東西，我擠出殘餘的力氣挖開土堆。

已經適應黑暗的雙眼捕捉到了那個東西，從地面突出的、化成白骨的手。

我咬著唇，雙手覆住那隻手。

「你一直……在這裡啊……」

在這麼說的同時，我發現化成白骨的手上纏繞著什麼東西。

那一定是他在最後一刻，瞬間抓住的東西吧。

湊上臉的我，察覺到那是什麼東西之後瞇起了眼。

是以前環小姐給他的東西，音符形狀的項鍊就在那裡。

「真的辛苦你了……久米先生。」

我靜靜地對著雖然短暫，但是共享了感覺、痛苦，以及苦惱的同伴，表達慰勞之意。

4

我穿上漿得筆挺的新白袍，看向裝在置物櫃門內側的小鏡子，略施薄妝的臉上浮現出凜然的決心。

「好！」我小小地喊了一聲後關上置物櫃。

在雜木林裡找到久米先生遺體的隔天早上，我人在神研醫院的置物櫃室裡。

前天深夜，離開埋著久米先生遺體的神社之後，我渾身泥濘地走在夜路上，利用路邊看到的公共電話報了警，我告訴警方神社的雜木林裡埋了一具屍體，無視對方詢問我的名字便將話筒掛了回去，步行回到我居住的大樓。

脫掉髒汙的衣服，沖了澡換上睡衣之後我就睡覺了，一夜無夢如爛泥般沉睡。

隔天近中午醒來，打開電視，上面已經在播報杉並區的神社發現遺體的新聞。只要警方搜查，也許就會察覺我是發現者，但我並不在意，我沒辦法放久米先生的遺體在那樣冰冷的泥地下不管。

我是久米先生的未婚妻環小姐的主治醫師，真有個萬一，只要說昏睡中的她說了夢話，提到那個地點就好了。

我關掉電視電源，吃完飯後到警察局，將爸爸及奶奶提報為失蹤人口。我對於很明顯是出於自我意志消失的兩人，警方是否願意受理失蹤報案感到不安，不過櫃台的警察讓人鬆了一口氣地很乾脆就受理了，「有什麼不清楚的地方我們會和妳聯絡。」我向這麼說的警察道了謝，離開了警察局。

雖然我不認為警方會認真搜索，但是只要報為失蹤，如果有什麼消息他們應該會聯絡我，這樣就夠了。

回到住家的我再次換上睡衣躺在床上，這是為了讓筋疲力盡的身心復元到能夠進行瑪布伊谷米，能夠再一次潛入環小姐的夢幻世界裡。

雖然擔心爸爸，不過我判斷比起隨意亂跑，現在應該先休息，首先要進行環小姐的瑪布伊谷米，掌握線索，這才是找出爸爸最短的路徑。

拜好好攝取營養，休養身體所賜，今天早上體力已經恢復得不錯，可以進行瑪布伊谷米了，於是這麼判斷的我，今早就這樣出勤了。

離開置物櫃室，搭上電梯前往病房，朝著環小姐病室走去的我，在談話室前停下腳步，在為了住院病患和探病者能夠談話而準備的寬敞房間裡，窗邊有個矮小的男孩身影。我在些微猶豫之後，踏進了談話室中。

「蓮人。」

我走上前去出聲叫喚，穿著病人服的瘦小背影微微顫抖了一下，轉過身的男孩，蓮人看到我的臉，表情稍微放鬆了一點。

「你在看什麼？」

我蹲下身與蓮人並排著看向窗外，蓮人指著被雨雲覆蓋的天空。

「今天天氣也很差呢，最近老是在下雨啊。」

陽光被厚厚的黑雲遮蔽，雖然是早上外面卻像深夜一樣黑暗，不知道是不是氣候異常，最近真的經常在下雨。

「爸爸和媽媽在叫我……」

蓮人抬頭看著天空小聲說道，他的臉上漸漸露出恐懼。

「不用擔心，爸爸和媽媽沒辦法進到這裡來。」我輕撫著他柔軟的頭髮。

「……但是，他們在叫我。」

蓮人縮著脖子，蜷縮起身體。或許是長期遭受虐待的恐懼讓他產生了幻聽，我摸著他的頭繃緊了雙唇，這時候傳來聲音，「啊，在這裡！」我回過頭，雙手扠腰的宇琉子正站在談話室門口。

「你不在病室裡害我嚇了一跳，我還以為你跑出去了。」

宇琉子還是一樣駝著背，大步走過來牽起了蓮人的手。

「好啦，我們回房間去吧。」

蓮人輕輕點頭，看來宇琉子像姊姊一樣在照顧他。

「愛衣醫生，謝謝妳看著他。」

「沒什麼，我才要謝謝妳，宇琉子，謝謝妳這麼照顧他。」

「因為啊，這個孩子放著不管太危險了，在愛衣醫生能夠幫助他之前，我就先幫忙看著吧。」

我幫助他……嗎？我搔了搔臉頰。可以的話，我也想要幫助蓮人，但我不認為沒有兒童精神醫學臨床經驗的我，擁有救治他的能力。

「我也想要替蓮人治療，但我並不是專家……」

「這和那沒有關係，只有愛衣醫生能夠幫得了他，之前不是已經約定好了嗎？」

前幾天我的確已經答應要幫蓮人了，雖然是和孩子之間的約定，不，正因為是和孩子之間的約定所以更必須遵守。

「嗯，知道了，我也會盡我所能來保護蓮人，這樣可以嗎？」

「嗯。」宇琉子瞇起了那貓一般的大眼睛。

「那我們回房間去吧，草薙蓮人。」

聽到宇琉子那句話的我，發出了「咦？」的一聲。

「怎麼了，愛衣醫生？」宇琉子可愛地微微歪了歪頭。

「宇琉子，妳剛剛怎麼叫蓮人的？」

「草薙蓮人啊，這是他的名字嘛。」

「妳知道他姓什麼嗎?!」

我拔高了聲音問道，宇琉子點點頭，「當然。」

「蓮人，你姓草薙嗎？你叫做草薙蓮人嗎？」

和我對上視線之後，蓮人遲疑地點了點頭，看來他只告訴成為好朋友的宇琉子全名。

這是重要資訊，只要知道全名，就可以知道他的身分了吧，或許也能夠逮捕虐待他的父母。在我這麼想時，蓮人一個轉身，小跑步離開了談話室，「啊，等一下。」宇琉子追在他身後。

一度不見人影的宇琉子從談話室入口探出頭來，留下「加油喔，愛衣醫生，我支持妳」就走了。

她是為了什麼事替我加油呢？會不會是今天工作也要加油的意思？我搔著臉頰離開了談話室。接下來的確是需要加油，我踩響高跟鞋沿著走廊前進，重新為自己打氣。

關於蓮人的全名，應該要向袴田醫師報告，但在那之前我還有非做不可的事。

我打開個人病室的門走進去，走向窗邊的病床，看著沉睡在那裡的環小姐的臉，一想到接下來必須告訴她的事情，我就感到心痛，但是如果不這麼做，她就絕對不會醒來。

我將手貼在環小姐的額頭上，第四次唸起了咒語。

「瑪布雅、瑪布雅，烏提奇彌索利。」

「我」漸漸往環小姐體內流去。

「哎呀，愛衣，歡迎回來。」

我張開眼睛，庫庫魯舉起了一隻耳朵。

「我回來了，庫庫魯。」

我的視線迅速掃過四周，這裡是擺滿了用來處刑及拷問的工具，昏暗的地下室，是上一次瑪布伊谷米失敗的時候，我最後所在的地點。

「原來是從這裡開始啊，太好了，我還以為又要從琴鍵道路開始。」

「畢竟夢幻世界總是在變化嘛。不過這也不全然是好事，既然是接續上一次，就代表危險也和之前一樣。」

庫庫魯用耳朵指著我的背後，我一回頭，無數的蟲子攢動，從裡面的牆壁縫隙湧出來。或許是打算和上一次一樣從口中吐出光線抵禦蟲子，庫庫魯像是要保護我一般站到前方。

「沒關係，庫庫魯。」

我的手迅速往旁一揮，與此同時，成群的蟲子和我們之間出現了一道牆壁，那是我想像出來的光之壁。

撞到牆壁的蟲子們留下滋滋聲後逐漸蒸發。

「怎麼樣？」

我帶點得意地微抬下巴，庫庫魯仰頭用瞳孔睜大的眼睛看著我，眨了數次眼之後，像拍手一樣地合起雙耳。

「真厲害呀，愛衣，妳成長了很多嘛，感覺好像擺脫了迷惘。」

「嗯，我想起媽咪了，我見到媽咪了……時隔了二十三年之久。」

「是嗎？太好了呢。」

庫庫魯應該知道從上一次的瑪布伊谷米到現在的這段期間，我發生了什麼事吧，牠只是開心地微笑著。

原本只是徒勞無功地撞向光之壁的蟲子們開始集結了起來，牠們打算像上一次那樣變身成蠍子吧，這樣的話光之壁就撐不久了。

「庫庫魯，接下來我要呼喚環小姐的瑪布伊，進行瑪布伊谷米，這段期間請你想辦法擋住蟲子。」

「交給我吧！」

庫庫魯挺起包覆在柔軟毛髮下的胸膛，向著因蟲子的撞擊而變薄的障壁，發出「喵！」的咆哮聲，從牠嘴裡射出的光線逐漸修復了閃耀的障壁。我走近靠在牆上的十字架，十字架的陰影處放著音樂盒，我朝裝在裡面的環小姐的庫庫魯，心臟般跳動的小顆雷射光球說話。

「別擔心，我會幫助你的重要之人。」

雷射光的光量似乎增加了。我的脖子後彎抬頭看著滲出地下水的天花板，我沒有像飛鳥小姐或佃先生那時候一樣大喊出聲，沒有這個必要。

「環小姐，請聽我說。」

我輕聲細語道，眼前出現穿著洋裝的環小姐，後方景物隱約可見，我知道她不是實體，只是意識投射而成的影像。

「初次見面，環小姐。」

「……妳是？」環小姐以毫無生氣的眼睛看著我。

「我是識名愛衣，妳的主治醫師。」

我自我介紹之後，環小姐皺起眉，「主治醫師？」

「我是誰並不重要，因為等妳醒了之後一定不會記得，更重要的是久米先生的事。」

在我說出久米先生名字的瞬間，環小姐原本呆滯的表情開始複雜地抽動，從她的臉上可以看出對心愛之人的想念，以及對他的懷疑。

「未婚夫久米先生是殺人兇手，而且可能是二十三年前犯下無差別大量殺人的少年X，這麼想的妳感到絕望，沒錯吧？」

我對著畏怯地點頭的環小姐清楚說道。

「久米先生沒有殺任何人，當然他也不是少年X。」

環小姐瞪大了眼睛，從微啟的唇間溢出「但是……」的聲音。

「首先，佐竹優香小姐的案子連殺人都不算，她是自殺的。」

輕輕觸碰環小姐眉間的我集中意識，將那起事件真相的影像傳給她，環小姐的臉上漸漸顯露出驚訝的神色。

「但是之後發生的案子才不是自殺！」

環小姐拍開我的手後退一步大叫。

「警方說他絕對是兇手，他們說有證據，而且在那個人瞞著我租的倉庫裡，還貼有很多張被殺掉的男子的照片！」

「那個倉庫真的是久米先生租的嗎？」

我這麼說完，環小姐被問了個措手不及地「咦？」了一聲。

「為什麼妳會覺得那間倉庫是久米先生租的？文件上的租用人寫的不是妳的名字嗎？」

「可是我沒有租倉庫……而且我回家時，他很慌張地把文件藏起來。」

「環小姐，妳不覺得奇怪嗎？那間倉庫是用妳的名字租的吧，那麼，為什麼文件是寄給久米先生？」

「那是因為……實際簽約的人是他吧……再說那是一間可以用別人名字簽約，做事隨便的公司。」

「那間公司確實管理鬆散，只要付錢，不用確認是本人也可以簽約。不過就算如此，合約書不是寄給立約人的妳，而是給保證人久米先生，不覺得奇怪嗎？」

「那，這是怎麼回事……？」環小姐一臉疑惑地說。

「我想那並不是簽約公司寄來的，而是第三者寄的，為了讓久米先生看到那份文件。」

「咦……？咦……？」環小姐浮現充滿疑問的表情。

「請站在久米先生的立場思考看看，打開了收件人為自己的信封之後，裡面裝的卻是用未婚妻也就是妳的名字租的倉庫合約書，然後保證人欄位則寫著自己的名字，不僅如此，連『請隱密並火速確認』的警告都裝在一起，看到這些東西妳會怎麼想？」

「怎麼想……」

「應該會認為妳瞞著自己簽訂了倉庫租用合約，並且捲入某些紛爭中吧，所以久米先生才會在妳回家時迅速藏起文件。」

我看著環小姐瞪大了眼睛繼續說道。

「之後久米先生到那個倉庫去查看，結果那裡貼著佐竹優香小姐和某個中年男子的照片，與那個曾經尾隨過妳的人物裝扮極為相似的男子的照片。久米先生以那張照片為線索，循線找出男子潛伏的地點，結果到了那裡卻發現慘遭殺害的男子遺體。」

我一口氣說完，觀察著環小姐的反應，她一臉僵硬地抱著頭，大概是拚命地在咀嚼如洪水般湧來的資訊吧。這時候響起了火藥爆炸般的轟隆聲。

我回過頭，光之壁的對側有一隻大象大小的蠍子舉起了尾巴，牠的尾巴如鞭子般揮動，前端的毒針刺向光之壁，轟隆聲再次響起，庫庫魯從口中吐出光線，拚命修復障壁。

「這裡交給我，愛衣妳集中精神在瑪布伊谷米。」

吐完光線的庫庫魯大叫。蠍子再次舉起尾巴，庫庫魯低下頭，伸長了雙耳，鋼化的雙耳交叉，變成了一把巨大的剪刀，從根部剪掉蠍子的尾巴。

蠍子發出麥克風嘯叫的詭異聲開始發狂，長槍般的八隻腳刨削著石地板。

像是刮過大腦表面的噪音讓我按著太陽穴。大量蟲子的振翅聲，振動著地下室的空氣，從深處牆壁湧出的蟲子大軍，集中到尾巴的斷面，漸漸融入其中，眼看著被剪斷的尾巴即將再生，我重新轉向環小姐。

「環小姐，以妳的名字租用的倉庫裡，貼著優香小姐及中年男子兩人的照片，甚至放著大量的兇器，之後，還發現了照片上的中年男子被殺害的遺體，從客觀的角度，妳會怎麼看待這個情況？」

「客觀的角度……」

環小姐茫然地重複這句話，數秒後，她的表情快速地繃了起來。我點點頭，慢慢說道。

「沒錯，看起來就像是妳在調查那兩個人……然後，將他們給殺了。」

「怎麼會……我沒有理由殺他們。」

「不，客觀來看的話無法如此斷言。妳為了讓久米先生解脫，於是殺害了虐待他的優香小姐，但是某名男子察覺到了這件事，所以開始調查妳，而妳認為殺害優香小姐一事快要被揭穿了，於是就反過來找出該名男子的居住地，殺他滅口。」

「這太奇怪了！因為優香小姐已經和久米分手了，我根本不需要殺她。」

「即使分手了久米先生也無法忘懷優香小姐，所以妳為了將他據為己有便殺了優香小姐。妳可能會被這樣懷疑，至少，整個狀況足以讓人這麼想。」

我停頓了一會兒，舔了舔嘴唇後說出決定性的一句話。

「也因為如此，久米先生為了保護妳才會自己頂罪，向佃律師承認自己殺了那兩人。」

細微的哀鳴聲從環小姐口中流洩而出。

「為什麼，會這樣……究竟發生了什麼……」環小姐像在說夢話般地囈語著。

「有一個人在背後操縱著這一切。」

「在背後……誰會做出這種事……」

「……是少年X。」

在我說出這個名字的瞬間，腦海裡閃過那雙如爬蟲類盯著我的眼睛，我的下腹使勁出力，壓抑了恐懼。

「少年……X……？但是警方說久米就是少年X……」

「環小姐，請妳仔細回想，久米先生不可能是少年X的，因為妳在重新彈起鋼琴的同學會那一晚，久米先生不是這麼說過嗎？他說以前曾經看過妳彈鋼琴的樣子，妳那時候看起來彈得非常開心。」

環小姐的口中溢出了「啊?!」的聲音。

「沒錯，如果久米先生是少年X冒名頂替的，那他就不可能在國中時看過妳彈琴的樣子，久米先生不是少年X，他只是代罪羔羊罷了。」

「代罪……羔羊……？」

「對，那名變成是久米先生殺害的中年男子，當時正在追查改名換姓隱身起來的少年X，真實身分快要曝光的少年X收拾了該名男子，並且偽裝成是久米先生犯下的案子，不僅如此，他還計畫了讓他人認為久米先生才是少年X。」

「這種事該怎麼……」

「首先，少年X找出管理鬆散的倉庫公司，以環小姐為租用人，久米先生為保證人租下倉庫，因為租金是預先付款，所以公司也沒有確認是否為本人，聯絡應該都是靠郵件吧。而他為了讓被害人中年男子看起來像在調查妳，因此還做了一些障眼法，例如穿著與該男子相同的打扮，在夜路上尾隨妳。之後，完成準備的少年X將倉庫合約書以及會引發不安情緒的警告一起寄給了久米先生，於是感到不安的久米先生便和少年X商量該怎麼辦。」

「商量?!久米認識少年X嗎？」環小姐瞪大了眼睛。

「何止是認識，久米先生根本成為少年X操控的木偶了。少年X現在應該是從事心理諮商一類的工作，雖然不知道他們認識的經過，不過他以諮商師的身分……洗腦了久米先生。」

不知道為什麼，我很自然地脫口說出「操控的木偶」以及「洗腦」等刺激性的詞彙，雖然我感覺不對勁但還是繼續說道。

「環小姐，或許妳也見過少年X，在妳陷入昏睡之前，有沒有什麼人和妳聯絡？像是說要告訴妳久米先生在哪裡，然後把妳約出去？」

ILS的病患們在陷入昏睡之前，都被某個人約到同一個地方的可能性很高，而我推測那個把他們約出去的人，就是少年X。

改變了姓名的少年X，對控制他人的人生產生了快感，將許多人納入自己的支配下，並將他們逼到絕境走上自殺之路，飛鳥小姐和佃先生一定也是受到少年X操控的被害人。

想到這裡，我的手扶上額頭。為什麼我連這種事都知道？現在這些資訊是從哪裡……？我再次感到強烈不對勁的感覺，環小姐在我面前抓亂了頭髮。

「我不知道！我想不起來了！」

看來瑪布伊被吸走前後的記憶果然會產生混亂，我暫時將探詢少年X真實身分的事擱置一旁。

「很抱歉造成妳的混亂，我們回到原來的話題。知道久米先生成長過程的少年X，打算拿他在危急時當自己的替身，在那之後，因為自己的真實身分已經被受害者中年男子知道了，於是少年X就實際執行了籌備已久的計畫。過去每當久米先生被逼得走投無路時，他都會和少年X商量，而少年X就操控著這樣的他，引導他到倉庫，以及少年X自己下手殺害的男子遺體所在的公寓房間，並這麼說。」

我明知自己正在做一件殘酷的事，依然開口道。

「再這樣下去，你的未婚妻會被當成殺害佐竹優香及中年男子的兇手遭到逮捕，想要避免這個情況發生，就只能由你來頂罪了。」

環小姐雙手摀著嘴，全身脫力般跪倒在地，尋求浮木似的眼神看向我。

「他……久米現在在哪裡？」

為了傳達久米先生的臨終樣貌，我緩緩伸出手。我明白得知實情之後，環小姐會有多麼痛苦，但我無法在不告訴她這件事之下進行瑪布伊谷米。

我的指尖碰在環小姐眉間，她的瞳孔慢慢地瞪大，從半張的嘴裡溢出呻吟聲。

環小姐崩潰了，她以跪趴在地的姿勢抱著頭，身體開始細微顫抖了起來。

「不要……騙人的，告訴我這是騙人的……」

我咬著唇看著令人不忍卒睹的環小姐的樣子時，忽然響起了類似玻璃碎裂的聲音，我回頭一看，咬緊了牙根。光之壁破裂了，發出黑光的巨大蠍子正在靠近。

我擺好戒備姿勢，一道小小的身影擋在了我面前。

「我不是說了，那隻蠍子就交給我。」

庫庫魯用化成利刃的雙耳與蠍子對戰，一邊這麼說。因為目標巨大，庫庫魯的攻擊幾乎招招命中，不過蠍子的身體雖然受了傷，卻馬上有蟲子聚集到傷處進行修復。

「但是……」就在我遲疑時，庫庫魯揚起了單側嘴角。

「妳不是還有該做的事嗎？只有妳才做得到的事。」

只有我才做得到的事……瑪布伊谷米。

「你再幫我爭取一點時間！」

我大聲喊道，庫庫魯一臉開心地回答：「遵命！」

我雙膝著地，看向跪倒在地的環小姐的臉。

「環小姐，妳知道了吧，久米先生並不是什麼殺人魔，他的一切行為都是為了保護心愛的人，他是非常溫柔的人。」

雖然我拚命說著，環小姐卻沒有反應。我側眼確認裝在音樂盒裡的環小姐的庫庫魯，雷射光線的亮度變得比剛才還要微弱了。

就算說出了真相，如果環小姐還是陷在絕望之中，那麼瑪布伊也無法恢復力量，瑪布伊谷米沒有完成，這個夢幻世界就不會結束。

久米先生不是殺人兇手，但是他卻被人殺了，兩人再也無法相見，環小姐現在因為此事而感到絕望。

「聽我說，環小姐，久米先生為了救妳而賭上了自己的性命，所以妳不能繼續這樣下去，妳過得幸福才是他的心願啊。」

「為什麼久米不相信我……？」環小姐聲若蚊蚋地說道。

「咦？什麼意思？」

「我怎麼可能去殺人，如果他願意相信我不可能是兇手的話就好了，這樣他就不需要死了。他……不願意相信我。」

「不是的！不是這樣！」

我無意識地大喊了起來，環小姐遲鈍地抬起頭，以失去了情感光芒的眼睛看著我。

為什麼我會大叫呢？我發現了什麼嗎？我閉上眼睛，回想在通往神社的階梯上，和他同步時的事，他那直接流入我腦海中的情感逐漸復甦。

屏住一大口氣的我，張開眼睛抓住環小姐的雙肩。

「環小姐！久米先生相信妳，他的確相信妳不可能是犯人。」

「妳在說什麼……那他為什麼要承認自己是兇手……」

「他知道妳不是兇手，只是從整體狀況來看警方不會這麼想，再這樣下去妳會遭到逮捕，因為他這麼認為，所以才會將懷疑的目光引到自己身上。」

「我會……被逮捕……」環小姐迷茫地說著。

「沒錯，他在優香小姐的案件中被逮捕時，瞭解到警方的訊問有多麼難熬，正因為有了這樣的經驗，所以他不能讓現在的妳被逮捕，因為妳現在處於特殊狀態。」

「特殊狀態？沒這回事，我很一般啊，和平常一樣。」

「不，不是這樣的。」我搖搖頭，「妳只是忘記了，回想起來吧，為什麼夜路中遭到男人追趕時，妳不是直接雙手著地，而是從肩膀倒地？為什麼妳和久米先生都很會喝酒，卻買了無酒精啤酒？」

視線的角落，裝在音樂盒裡的環小姐的庫庫魯大大地跳動了一下。

「我……」

環小姐雙膝著地，兩手按著下腹部，從她的手下方溢出了柔和的光芒。

我對著環小姐微笑，輕聲告訴她這個事實。

「沒錯，妳懷孕了，有了和久米先生的孩子。」

「孩子……寶寶……我和他的寶寶……」

環小姐顫抖著聲喃喃說道，四周地板散發出光芒，從那裡冒出了一顆拳頭大彈珠般的藍色泡泡，泡泡在環小姐臉頰高度破裂的同時，發出了搖動手搖鈴般的澄澈聲音。

在目瞪口呆的我眼前，紅色、綠色、黃色、粉色、橙色，各種顏色的泡泡從地板產生後飄到空中，破裂後發出聲響，接著，泡泡破裂的聲音譜成了一首優美的曲子。

《平安夜》。慶祝救世主誕生，寂靜莊嚴且清新的旋律。

平安夜
聖善夜
萬安中光華射
照著聖母也照著聖嬰
多少慈祥也多少天真
靜享天賜安眠
靜享天賜安眠

環小姐帶著哀傷地微笑，輕撫著孕育微弱光芒的下腹部，嘴裡一邊哼著歌詞。我瞇起眼看著她的身影，一個小小的影子跳上了我的肩膀。

「很抱歉在氣氛這麼好的時候打擾，不過妳能來幫個忙的話就太感謝了。」

坐在我肩上的庫庫魯一邊死命揮動刀刃雙耳一邊說，轉頭看去的我繃起了臉。不知何時，巨大的蠍子已經逼近到身邊了，粗壯如非洲象鼻子的尾巴猛力揮下，我迅速舉起兩手去擋，從掌心迸發的光之激流劇烈撞擊蠍子的尾巴，一種骨頭被輾過的衝擊竄過全身。

庫庫魯用雙耳刀刃一根根切下蠍子的腳，但仍然馬上被大量的蟲子逐一修復，我腳下使勁身體往前推想逼退蠍子，但蠍子尾巴上的毒針撥開光線，一步一步逼近。

就在毒針即將刺到我的掌心時，類似敲擊銅鈸的聲音傳遍地下室，我的視線轉往發出聲音的方向，那裡躺著一個小型的音樂盒。

一束紅色雷射光線從音樂盒中射出，貫穿了巨蠍的頭部，蠍子黑亮的身體大大地痙攣了一下，便在原地崩塌，原本近在咫尺的尾巴無力地垂下，施加在手臂上的壓力也消失了。

無數的蟲子從倒伏的蠍子身體湧出，想要竄逃到牆壁及天花板縫隙中，不過在那之前，從音樂盒裡飄起的雷射光球一口氣膨脹，彷彿交響樂團在近距離演奏的大聲量響徹了整個地下室。

第九號交響曲，第四樂章，是貝多芬最後創作的交響曲的高潮，又稱為《快樂頌》，隨著其強而有力壯闊的旋律，雷射光線繁複地變換色彩，在黑暗的空間裡巡梭。

群蟲一碰到雷射光，就一隻一隻蒸發，僅僅十數秒之間，原本充斥在房間內的大批蟲子被驅趕到一隻不剩。

四處遍布著每幾秒就改變顏色的雷射光，以及有如交響樂團演奏的雄壯樂音，這間地下室已經化身成了前衛的音樂廳。正當我陶醉在奢侈的演奏會之中時，雷射光線漸漸聚攏到環小姐面前，不久，變化成了人的形狀。

雷射的光芒消散時，環小姐的面前站了一名男性。

久米先生，那個愛著環小姐，為了她獻出一切的男人。

「……環。」

「……久米。」

環小姐抓著久米先生伸出的手站了起來，依偎的兩人額頭碰著額頭。
「對不起，讓妳留下悲傷的回憶，我真的很想一直陪在妳身邊，與妳共組家庭，一起養大這個孩子。」
久米先生愛憐地輕撫著環小姐的腹部。
「不要道歉，」微笑著的環小姐，從眼中落下一行清淚，「是你救了我和……這個孩子。」
久米先生和環小姐的手交疊，放在孕育著兩人生命結晶的腹部上。
「哎呀，真是美好的景象呢，這樣這次的瑪布伊谷米也成功了呢。」
因為與蠍子交戰，而隨處可見輕微出血的庫庫魯在我的肩上說著，我的手貼在庫庫魯的傷口上為牠治療。
「喔！妳連這種事都做得到了呀，妳真的成長了呢，愛衣。」
庫庫魯開心地豎起了雙耳。
「我問你，難道庫庫魯這種存在是……」
我想要將從截至目前的三次瑪布伊谷米經驗中想到的假設說出口，但是庫庫魯「噓」了一聲，用一隻耳朵堵住了我的嘴。
「妳看，現在氣氛正好，不可以打擾他們喔。」
庫庫魯以另一隻耳朵指著環小姐他們。
「我會好好珍惜這孩子……我一定會讓他幸福……」
「嗯，妳和這孩子，我會永遠為你們兩人的幸福祈禱。」

地下室的牆壁、天花板、地板開始散發出淡淡的光輝，這道光逐漸擴散到整個房間。

「環，不要忘了，我一直都在妳身邊，一直在守護著妳。」

兩人的身影隨著久米先生的話語漸漸融入光芒中，夢幻世界正在消失。

「好了，差不多是暫時說再見的時候了。」

「等一下，庫庫魯，我還有事想問你！」

我拚命地對著身體逐漸變透明的庫庫魯說道。

「我知道妳想問什麼，下次見面時我會告訴妳。比起這個，加上這一次，妳已經成功完成了三個人的瑪布伊谷米，不過真正的挑戰現在才開始喔。」

「真正的挑戰？這是什麼意思？」

我急迫地問道，庫庫魯拍動雙耳從我的肩上飄了起來。

「意思是下一次要為最重要的人進行瑪布伊谷米。」

「最重要的人，你是指最後的ＩＬＳ病患嗎？住在特別病室裡的病患，果然就是吸走了另外三人瑪布伊的人，也就是薩達康瑪利嗎？」

根據奶奶的說明，薩達康瑪利在吸取了他人的瑪布伊之後會陷入昏睡，而那個人的瑪布伊會持續徘徊在自己創造出來的夢幻世界裡。

環小姐的夢幻世界裡沒有她自己的瑪布伊，在瑪布伊谷米最後一個階段出現的環小姐不過是個沒有實體的影子般的存在，這樣的話，最後的ＩＬＳ病患，被藏在特別病室裡的人，一定就是薩達康瑪利。

「妳說得沒錯。」

飄浮在光芒中的庫庫魯很乾脆地肯定。

「在特別病室裡的人，正是吸走了另外三人瑪布伊的所有起源，是薩達康瑪利。完成那個人的瑪布伊谷米之後，一切都會解決，先前這三人的瑪布伊谷米，全都是為了替該人物進行瑪布伊谷米而做的準備。」

「準備？這是什麼意思？那個人是誰？」

我和庫庫魯的身體變得更透明了，夢幻世界即將崩毀。

庫庫魯沒有回答我的問題，而是向我說道：「聽我說，愛衣。」

「最後的瑪布伊谷米會非常殘酷，為此妳一定會經歷非常痛苦的過程，但是我相信現在的妳絕對沒問題，因為經過這三人的瑪布伊谷米，妳已經成長了非常多，應該可以接受一切了。」

「這是怎麼回事？我不懂你的意思。」

我正想靠近庫庫魯時，牠的身影已經消失在光芒中。

「那麼愛衣，我們下次見，在最後的夢幻世界裡。」

聽著庫庫魯的聲音，我感覺到意識輕飄飄地逐漸往上飛去。

「庫庫魯……」

我輕聲呢喃，同時抬起眼皮，環小姐正躺在眼前的病床上。

我從她的額頭輕輕收回手，她的臉上留有眼淚的痕跡。

環小姐發出「唔、唔……」的聲音，她的雙手覆蓋在孕育著新生命的下腹部上，紛亂的內心，因為庫庫魯留下的話而漸漸充滿了成就感。

再過不久，環小姐就會睜開眼睛了吧，我完成了三個人的瑪布伊谷米，成功治療了所有由我負責的ＩＬＳ病患。

我不經意看向掛鐘，進入夢幻世界之後已經過了約一個小時。

這一次現實世界的時間過得比平常還要久呢，正當我想著這件事時，掛在脖子上的ＰＨＳ震動了起來，我一看液晶螢幕，是袴田醫師打來的。

怎麼了嗎？我按下通話鈕。

「愛衣醫師，大事不好了。」

電話一接通，袴田醫師就以非常凝重的聲音說道，從來沒聽過他這樣的語氣，讓我感到一陣不安，我轉身背向環小姐的病床，壓低聲音問道：「發生什麼事了？」在我身旁的窗戶因風吹而發出「喀噠喀噠」的撞擊聲，敲在窗上的雨滴聲嘈雜無比，我將ＰＨＳ緊貼在耳朵之後，傳來了袴田醫師滿是苦惱的聲音。

「蓮人失蹤了，他似乎是跑出醫院了。」

窗外閃過的電光，將房間染成了黃色。

5

「很可惜，目前還沒找到那男孩。」

坐在桌子對側的園崎刑警這麼說。從完成環小姐瑪布伊谷米的那一天，也是蓮人失蹤的那一天起，已經過了三天。

一確定蓮人不在院內之後，包含我和華學姊在內的職員數十人便馬上在暴風雨之中搜尋醫院周邊，但是卻沒有發現蓮人，我們也和警方聯絡請他們派人搜索，但目前別說找到人了，就連行蹤都沒能掌握。

於是在毫無線索之下過了三天，今天園崎刑警和搭檔，名為三宅的練馬署刑警一起來訪，說明目前的情況。

病情說明室裡，桌子對側是園崎和三宅兩名刑警，這一側則坐著我和袴田醫師，或許是兩坪多的空間裡塞進了四個人，呼吸感覺有些困難。

「連續三天都找不到人，有可能是被捲入了某個犯罪之中。」

園崎刑警低聲道。

「這該不會是指被連續殺人兇手找到了……」

我的聲音在顫抖，蓮人也許是現在仍在持續的可怕殺人事件裡唯一的目擊者，無法否認被兇手盯上的可能性。三宅刑警冷淡地答道：「我們正在搜查各種可能，其中也包含了這個可能性。」

「不過，真沒想到事情會變成這樣呢。」

園崎刑警以意有所指的語氣說道，同時斜眼看著袴田醫師。

「因為院長醫生說轉院到警察醫院會有危險，我們才打消了念頭，結果那個男孩卻陷入了更危險的情況裡，您打算怎麼負起責任呢？」

「等到找回男孩之後再來追究責任也不遲吧？找到活著的他，或是找到變成遺體的他責任不同不是嗎？」

袴田醫師的回答讓我懷疑自己的耳朵，園崎刑警也浮現出驚訝的神色。

「哎呀，看來你對他是生是死沒有什麼興趣呢。」

園崎刑警像是要重新提振精神似地說。

「如果我知道你是這麼不負責任的人，就不會將重要的目擊者交給你了，真的是太讓人火大了，這下子，不但殺人案越來越難解決，搞不好還會有新的犧牲者出現。」

他說得沒錯。袴田醫師可以拯救蓮人，我也是因為這麼想，才會交給袴田醫師，結果卻……我的視線轉向坐在隔壁的袴田醫師，他那如同戴了面具般沒有絲毫表情的臉，看起來就像我完全不認識的人。

「我本來以為可以從你們這裡獲得尋找男孩的資訊才來的，看來完全是白跑一趟了，主治醫師是這麼隨便的醫生根本就談不下去了啊。」

就在園崎刑警站起身時，我想起了前幾天和宇琉子的對話，那一天，我答應了宇琉子要由我來幫助蓮人，如果袴田醫師不可靠，那我就必須做點什麼。

「那個……」我站起身，「有什麼事嗎？」園崎刑警以訝異的眼神看向我。

「蓮人會不會回到他父母身邊去了？」

「父母身邊？這不可能。」

雖然園崎刑警的態度拒人於千里之外，但我毫不在意繼續說道。

「但是，在失蹤之前，蓮人曾看著外面說『爸爸媽媽在叫他』。」

園崎刑警的眼神銳利了起來，原本起身到一半又坐了回去。

「原來如此，和院長醫生比起來，妳似乎比較在意那名男孩，我記得問出他全名的人也是妳吧。」

「不能算是我，是和蓮人成為朋友的孩子告訴我的。」

「枝微末節的事就不談了。」園崎刑警搖搖頭，「如果您知道什麼關於那名男孩的事，不論什麼事都好，可以告訴我們嗎？」

該連那件事都說嗎？那一定只是他在混亂之中無意識間脫口而出罷了。猶豫了幾秒之後，我開口道。

「蓮人還說過……是爸爸和媽媽做的。」

「做的？做了什麼？」

「從那時候的對話脈絡來看……我想是連續殺人。」

刑警們瞪大了眼睛，但是袴田醫師卻彷彿沒聽見我說的話一般毫無反應。

「那名少年說自己的父母是連續殺人案的兇手嗎？」園崎刑警上半身往前傾。

「雖然不是很明確，但他說了類似的話……」

我畏縮地說完，園崎刑警粗魯地抓亂了頭髮。

「真是的，已經搞不清楚什麼是什麼了。」

「我想，大概只是他的腦中將殘忍施加虐待的父母和連續殺人兇手的樣子給搞混了。」

園崎刑警雙手抱胸看著我。

「男孩的雙親當然不是什麼連續殺人兇手，不僅如此，他最近也沒有遭受來自親生父母的虐待。」

「……什麼?!」這次換我吃驚了，「沒有受到虐待？這不可能，蓮人身體上的傷，毫無疑問是最近遭到嚴重虐待所造成的。」

「不過下手的人不會是那名男孩的親生父母。」

「為什麼你可以這麼篤定？請你們仔細調查！」

情緒激動的我站起身，園崎刑警冷眼看向我。

「草薙蓮人，這是那名男孩的名字對吧，調查的結果的確有該名兒童的紀錄，多虧了妳，我們才知道了他的身分，在詢問過兒少保護機構後，也有他過去遭到父母虐待的被害兒童紀錄。」

「那……」我傾身向前，園崎刑警一隻手堵到了我面前。

「請冷靜，話雖如此，但他的父母不可能直到最近都還在虐待他，也不可能是連續殺人兇手……因為他們已經不在了。」

「已經不在了？」我無法理解他的意思，皺著眉反問。

「對，草薙蓮人的父母在很早以前就已經死了……被某個人給殺了。」

在一句話也說不出來的我面前，園崎刑警繼續陰鬱地說道。

「自從發現他父母的遺體之後，就再也沒有草薙蓮人這號人物的紀錄了，直到前幾天被發現之前，他一直是從社會上消失的狀態。」

T恤加上牛仔褲，我穿著這樣輕鬆的服裝仰躺在床上，持續盯著自己房間的天花板。回到自己的大樓住宅之後，我就維持著同樣的姿勢沉思。

——草薙蓮人的父母在很早以前就已經死了……被某個人給殺了。

——自從發現他父母的遺體之後，就再也沒有草薙蓮人這號人物的紀錄了。

幾個小時前從刑警那裡聽到的消息不停在我腦海裡播放。

父母被某個人殺害，然後蓮人一直下落不明，也就是說，犯人綁架了蓮人，之後虐待他同時將他扶養長大嗎？

若是在還不懂事時就被綁架的話，會將對自己施虐的大人認作是父母也無可厚非，蓮人在言談間透露了自己的父母就是目前在這一帶犯下連續殺人案的兇手，如果是這樣的話，殺了蓮人父母的兇手不僅綁架他，對他施以嚴重虐待養大他，到了最近還開始連續殺人嗎？然後將蓮人帶到犯案現場去，讓他目擊殘忍的犯罪行為之後再放了他……

我雙手抓亂頭髮，在剛剛的假設裡，兇手的行為太沒有一致性了，為什麼要綁架蓮人養大他？為什麼要帶他到犯案現場去？更根本的是為什麼要不停犯下連續殺人案？一切都無法解釋。

有什麼東西出錯了，如果不換其他方式思考，就沒有辦法找到蓮人。

我全身倦怠地緩慢起身，拿起放在小矮櫃上的遙控器打開電視，晚間新聞節目放映在螢幕上。

『……目前仍在搜索下落不明的男孩，警方出動三百人搜查周邊，然而還未有任何發現，男孩的安危令人擔心。』

剛好在播放有關蓮人的新聞。有可能是連續殺人案目擊者的男孩失蹤，引起了社會高度關心，因此成為一大新聞。

畫面裡，警方在雨中拿著長竿戳刺茂密的草叢，也有潛水員潛入池子中，我理解到這些景象代表的意義，抓著遙控器的手越來越用力。

警方認為蓮人可能已經死亡了，而隨著時間流逝，這個推測成為現實的可能性也越來越高。

必須盡早找到他。我雖然著急，但目前警方正在進行大規模搜索，沒有我這個普通民眾出場的機會，無力感毫不留情地折磨著我的內心。隨著主播一句『下一則新聞』，畫面也跟著切換，心臟用力地跳了起來，那是從空中拍攝的我發現久米先生遺體的那個神社。

『前幾天在杉並區的神社後方森林裡發現的遺體白骨，在警視廳的調查下，已證實是因殺人罪嫌遭到通緝，被認為逃亡中的久米隆行嫌疑犯。久米嫌疑犯約在兩年前，將曾經交往過的佐竹優香小姐……』

我聽著主播滔滔不絕唸著稿子的聲音，舔了舔乾燥的嘴唇。警方終於發現那具遺體是久米先生了。殺人疑犯已經死亡，這下警方會開始認真搜查了吧，也許會注意到發現遺體的人是我，我必須先作好心理準備，即使事情如此發展也不能顯現出慌亂。

這時候，電視響起輕快的電子音，畫面上方出現「新聞快報」的字樣。

是什麼呢？我饒富興味地身體微微往前傾。

「練馬區內發現五具遺體 是現在發生於東京西部的連續殺人案嗎？」

不敢相信自己眼睛的我，下床走近電視。

又發生殺人案了，那個可怕的連續殺人案，而且這次竟然有五個人……

我呆若木雞地反覆看著新聞快報的文字，從畫面旁邊伸出來的手遞給主播一份稿子，主播一時瞪大了眼，之後以稍微高亢的聲音開始播報。

『呃，最新消息，練馬區內的路邊發現了男女五人的遺體，從遺體狀況來看，警視廳判定為他殺，現正仔細調查與東京西部發生的連續殺人案之間的關係……』

我按下遙控器按鍵關掉電視。在籠罩著凝重寂靜的房間裡，我跪坐著陷入沉思，蓮人住院期間沒有發生任何殺人案，然而就在他消失以後，事件再次發生，這會是巧合嗎？

我看著窗外，想起了蓮人說的「爸爸媽媽在叫我」，會不會對兇手來說，蓮人具有某種重要的意義？像是出於某種原因，只要他不在就沒辦法殺人……？

想到這裡，我的思緒陷入了死胡同中，我想不出蓮人不在就無法殺人的邏輯，大腦像是被人徒手抓住般疼痛，我按住了頭。要思考的事實在太多了，我擔心的不只是蓮人，還有爸爸現在怎麼了也讓我一直很掛心，只是我對爸爸不像對蓮人有那麼大的危機感，爸爸在追查的少年X現在在哪裡，我已經可以預想得到了，現在的那個男人不可能傷害到爸爸。

我揉著太陽穴，慢慢整理思緒。

半年前，少年X殺害了追查自己真實身分的中年男子，並將罪嫌嫁禍給久米先生之後勒死他。和久米先生同步，共享那一連串經驗的我，知道了久米先生將應該是少年X的人物稱為「醫生」。

少年X現在大概在從事諮商一類的工作吧，然後或許是在受到優香小姐虐待時，又或者是無罪釋放之後，我不知道，總之久米先生以病患的身分和少年X相遇，並深受吸引。少年X就是擁有如此魅力，且諮商技巧極佳吧，所以才能夠讓病患成為自己的俘虜，隨心所欲操控他們。

我在瑪布伊谷米時看到的ＩＬＳ病患的記憶中，出現了符合該條件的人物。

相信自己差點被所愛的父親殺害的飛鳥小姐，苦惱於自己的正義是錯誤的佃先生，身處於絕望之中的兩人因為某個人的照護，內心在即將崩潰之前踩了煞車，而我感覺他們似乎擁有瑪布伊被吸走並陷入昏睡的前一晚，被該名人物約出去的記憶。

兩人記憶最後的部分，不知道是不是受到瑪布伊緊接著被吸走的影響，蒙上了一層雜訊而看不清楚，不過找他們出去的人一定是少年X沒錯。因絕望而被他趁隙納入支配下的飛鳥小姐和佃先生，雖然是三更半夜仍答應他的要求出門，然後，環小姐也在那個地方吧，只要說要告訴她下落不明的久米先生的消息，就能夠輕易誘騙出環小姐。

少年X為什麼要騙出三人？是為了要直接加害於他們，少年X大概是打算殺了他們三人吧。因為殺害了追查自己真實身分的中年男子，接著再對久米先生下毒手，讓他壓抑了二十三年的殺人衝動一發不可收拾，再也無法繼續控制。

一想到這裡，我的手摀住了嘴巴。冷靜下來重新檢視，這似乎是個有些強詞奪理的推論，然而不知為何，我的內心有一股堅定的自信，這個假設就是正確答案。

難道是因為我身為猶他的能力提升了？我在三人的記憶中沒能看清楚的部分融入我的潛意識中，引導我找出答案嗎？

沒錯，一定是這樣。我強迫自己接受，繼續往下思考。

少年Ｘ與他們三人齊聚一堂時，發生了某些爭執，而最後的結果，就是三個人的瑪布伊被少年Ｘ吸走，導致ＩＬＳ發作，所以他們三人才沒有受到少年Ｘ的傷害，而是失去瑪布伊的身體循著回巢的本能，糊裡糊塗地回到自己家中。

吸取了他人瑪布伊而引發ＩＬＳ的人，會被困在自己創造出來的夢幻世界中，以瑪布伊的狀態持續徘徊，奶奶是這麼說的，但是此前的三個夢幻世界裡，並沒有看到創造出該世界的本人的瑪布伊在徘徊。

也就是說，最後的ＩＬＳ病患正是少年Ｘ，他就是吸走了瑪布伊的罪魁禍首、薩達康瑪利不會有錯，我如此相信。

現在仍處於昏睡狀態的少年Ｘ，被袴田醫師和華醫師藏匿在神研醫院的特別病室中。

少年Ｘ究竟是誰？為什麼袴田醫師他們不惜做到這個地步也要將他藏起來？

還差一點，還差一點就能抵達真相了，這股預感在背後推著我。

袴田醫師和華學姊究竟知不知道住院病患其實是少年Ｘ？我的手抵在嘴邊努力

思考。
華學姊以前曾說過最後的ＩＬＳ病患可能和連續殺人案有關。從兩個月前就陷入昏睡狀態的少年Ｘ，不可能是現在還持續發生的連續殺人案的兇手，只是我覺得少年Ｘ十分有可能和殺人案牽扯到一些關係。
二十三年前，不帶絲毫感情盯著我的雙眼，那個男的是怪物，他和遺體被破壞到無法辨識原形的連續殺人案就算有什麼關聯也不奇怪。
被捲入連續殺人案的蓮人，以及在追查少年Ｘ的爸爸，他們兩人的線索都在入住特別病室中陷入昏睡，被認為是少年Ｘ的人物身上，而我，擁有窺視該人物記憶的能力。
距離上一次瑪布伊谷米已經過了三天，體力已經恢復了，我隨時都可以進行下一次，也是最後一次的瑪布伊谷米，不過，問題是該怎麼到特別病室去……
就在我想到這裡時，房間裡響起了「叮咚」的聲音。
思緒被打斷，讓我忍不住嘖了一聲，這麼晚了到底是誰啊。來到玄關的我從貓眼看出去，發出小聲的哀嚎，站在門外的是我見過的兩名男性，名為園崎和三宅的刑警。
這麼晚了刑警還找上門來，我只想得到一個原因，是久米先生的案子，他們已經知道發現遺體的人是我了嗎？
我將緊張參雜在呼吸中吐出，輕輕地打開門。
「晚安，識名醫生，抱歉這麼晚打擾了。」
園崎刑警深深地低下頭，但是我卻沒有漏看他那穿著皮鞋的腳固定住了大門，好讓我沒辦法關起門。

「……有什麼事嗎？」

我帶著警戒問道，園崎刑警往左右看了看。

「在這裡可能會被其他住戶聽見，方便的話，能不能讓我們進屋裡？」

遣詞用字很客氣，但那口吻卻帶著不容拒絕的意思。

我轉頭看著屋內，讓兩名男性，而且是在這個時間進屋子裡令我感到抗拒，但是我也不認為他們會因為我的拒絕而離開。「請進。」我面露不快地請他們入內，從他們光明正大進到屋裡的態度，感受得到他們已經習慣踐踏別人的生活空間了。我拿出兩塊坐墊，讓兩人坐在屋子中央的矮桌旁，決定先去泡杯咖啡再說。

「請用，雖然是即溶咖啡。」

我將三杯咖啡和砂糖包擺在矮桌上。「謝謝。」園崎刑警直接喝了一口黑咖啡之後，將杯子放回碟子上，陶器撞擊的「喀嚓」聲振盪了空氣。

「那麼……」園崎刑警舔了舔沾在脣上的咖啡，「很抱歉突然前來打擾，但有件事無論如何都想直接通知您。」

「你說通知，是什麼事？」我的背脊流過冷汗。

「在那之前要先和妳確認，前幾天您將令尊和令祖母提報為失蹤人口，這件事沒錯吧？」

「對，沒錯，你們知道爸爸和奶奶目前的所在地了嗎?!他們現在在哪裡，有新的消息了嗎?!」

我從坐墊上抬起身，園崎刑警和三宅刑警則互相看著對方，他們的表情看起來浮現出些微的困惑神色。

「呃——識名醫生，很抱歉，」園崎刑警清了清喉嚨，「我們沒有關於他們兩人的新消息，而從醫院逃走的那名男孩，很可惜也沒有特別的進展。」

膨脹的期待迅速洩了氣。

「那麼，請告訴我你們今日的來意。」

已經不可能聽到我想聽的話題了，我重新端正坐姿。

「該從哪裡說起呢，首先，前幾天從某個神社後方的雜木林裡發現了化為白骨的男性遺體。」

果然是這件事，我咬緊牙根，不讓表情顯露出慌亂的神色。

「好像有在新聞上看到，這件事怎麼了嗎？」

「其實啊，」園崎壓低了聲音，「根據科學搜查研究所調查的結果，已經確定那具遺體是久米了。」

「久米？」我明知故問。這一定是誘導詢問，除了身為佃先生以及環小姐的主治醫生之外，我和久米先生之間沒有交集，對他知之甚詳會很不自然。

兩名刑警再次交換了某種眼神，不知為何他們臉上浮現的困惑看起來越來越深。

「呃——識名醫生，您知道久米隆行這個人吧？」

「這個嘛，是誰呢？難道是我曾經負責的病患嗎？我診療過許多病患，沒辦法記住所有人……」

「不，不是的，久米不是妳的病患，他是妳負責的加納環的未婚夫，佃三郎律師曾替他辯護過。」

「喔，是環小姐與佃先生的關係人啊。」

即使我自己都覺得是睜眼說瞎話，還是繼續演下去，園崎刑警似乎感到頭痛地按著太陽穴接續道。

「久米在大約兩年前，因為殺害前女友並用強酸溶化遺體的嫌疑被逮捕且遭到起訴，但是佃律師的辯護讓他在高等法院獲得無罪判決並釋放，之後他和加納小姐定下婚約，妳想起來了嗎？」

「對，我記得有這件事，但印象中他是被冤枉的吧。」

沒錯，久米先生是被冤枉的，優香小姐是自殺，而之後發生的中年男子被害案，則是少年X所為。

「不，事情沒有這麼單純，久米獲得釋放之後幾個月，自己承認他殺了某個中年男子以後就消失了。」

「是這樣子嗎?!」我瞪大眼睛拔高了聲音。

「您連這個也不記得了嗎？真傷腦筋啊。」

園崎刑警按著太陽穴，嘆了長長一口氣。

不要被騙了，這兩名刑警一定是要證明我很瞭解久米先生，想要在他被殺害的案件中，把我當成嫌犯之一。我和發現久米先生的遺體無關，我一定要如此主張到底，就算警方擁有確切證據證明是我挖出他的遺體，我也只要表明我不知道那是久米先生的遺體，只是到昏睡中的環小姐囈語過的地方尋找就發現了遺體，結果心生恐懼所以跑走了就好。

「這個嘛，我們認為遭到久米殺害的中年男子，是二十三年前少年X犯下的隨機殺人案的其中一名受害者，您知道少年X吧？」

「……嗯，當然了，因為我也曾被捲入該案件中，並失去了母親。」

「這樣子啊，關於這件事您還記得，那我就放心了。」

關於這件事？他到底想說什麼？

「識名醫生，被殺的中年男子原本正在追查少年X，他推測在少年法的保護下，沒有受到懲罰的少年X改換了姓名已經融入社會中，所以打算揭露他的真實身分。」

「我不是……不能瞭解這種心情。」

爸爸也和那名男子一樣在追查少年X，二十三年前被捲入那起事件中的人，心中的傷痕至今仍未痊癒，包含我也是……

「這有一點難以啟齒……該名中年男子的遺體上，被刻下了和少年X殺害雙親時劃下的符號極為相似的圖案，所以我們認為久米就是少年X，因為真實身分被發現了，於是就殺害該男子，自己隱身起來。不僅如此，雖然這是還沒公開的情報，不過我們認為在那之後這附近發生的連續殺人案，也是久米，意即少年X一邊躲藏一邊繼續殺人。」

「什麼……？」我發出驚愕的聲音，現在發生的連續殺人案是少年X做的嗎？這應該不可能呀，少年X從兩個月前就陷入昏睡，現在應該住在神研醫院的特別病室裡才對，不可能是今天依舊出現犧牲者的連續殺人案的兇手。

仔細一想，園崎刑警會為了久米先生的案子來問我話本來就很奇怪，這兩名刑警應該隸屬於連續殺人案的專案小組才是。以殘暴手法讓被害人的遺體無法保持完整，這種令人難以相信是人類作為的殘忍連續殺人案，與大約半年前外界認為是久米先生犯下的殺害中年男子一案，很明顯是不同的案子。

為什麼警方會認為這兩起案件是同一兇手所為？

針刺般的頭痛竄過頭部，我呻吟著壓住太陽穴。

瞬間，腦海裡跳出了一個畫面，是某個令人不愉快的畫面。

有什麼地方不對勁，我搞錯了什麼，我拚命探索內心逐漸膨脹的異樣感的真面目，園崎刑警斜眼看著這樣的我繼續說道。

「但是，這次找到久米的遺體，情況便大幅改變了，根據司法解剖的結果，久米的死亡時間為數個月之前，而且從他喉嚨骨頭碎裂的狀況來看，可以推斷他是遭人勒斃。」

和久米先生同步的時候，我曾有從背後被人勒死的感覺，想起繩子陷入皮膚，聽見骨頭在喉嚨深處碎裂的聲音，我伸手摸著自己的喉頭。

「也就是說，久米是在失蹤以後馬上就被殺害，關於殺害前女友及中年男子兩案，是受到某個人的威脅而做出虛假自白的可能性也變高了，或許久米不是半年前在公寓裡殺害中年男子一案的兇手。」

「是這樣子啊，不過為什麼要特地告訴非關係人的我這件事？」

我暫時停止探索內心揮之不去的異樣感的真面目，這麼問道。我開始對園崎刑警慢條斯理的說話方式感到煩躁，如果他懷疑發現久米先生遺體的人是我，那就快點這麼說啊。

「非關係人？您是認真這麼說的嗎？」園崎刑警看進我的眼睛。

「那您說這和我有什麼關係？」

我的語氣稍微強硬了一些，園崎和三宅兩名刑警第三次彼此對看。

「呃——識名醫生，抱歉回到先前的話題，您因為不知道令尊和令祖母目前的所在位置，所以通報了失蹤人口對吧？您在尋找他們兩人對吧？」

「家人下落不明的話，這不是理所當然的嗎？」

為什麼不是談久米先生的遺體一事，而是問我報案失蹤人口的事？

「不，他們兩人不是下落不明……」

「您知道爸爸和奶奶現在在哪裡嗎?!但是剛才不是說沒有新的消息嗎？」

我的手撐在矮桌上身體往前探。

「不，該怎麼說呢……這不是新的消息，是大約十年前的消息了。」

園崎刑警的語氣聽起來格外吞吞吐吐。

「十年前？為什麼現在會出現十年前的消息？」

「這個嘛，識名醫生……」

園崎刑警以解釋給兒童聽似的緩慢語氣說道。

「妳爸爸那邊的祖母，應該在十年前就已經過世了。」

「……蛤？」

我無法理解他說了什麼，園崎刑警的話沒有進到我的腦袋裡。

「你在說什麼……因為我之前還在老家和奶奶……」

「但是根據死亡證明書，她在大約十年前就因為心肌梗塞而過世了，也有舉行喪禮入葬的紀錄。」

「喪禮……」

在我喃喃自語的同時，頭痛又出現了，腦海裡跳出畫面，閉著眼睛一臉祥和的奶奶躺在棺木裡，我流淚看著棺木的畫面。

我撐在桌上的雙手一推，往後退去，咖啡從杯子裡灑了出來。

「妳還好嗎，識名醫生？」

三宅刑警擔心地問我，但我沒有心力回應他，剛才浮現在腦海裡的畫面是什麼？那看起來簡直就像奶奶……

我感到一陣彷彿赤身裸體被丟在冰點以下世界裡的惡寒，身體瑟瑟顫抖。

「醫生，如果嚇到您我很抱歉，不過我要繼續說下去了。」

園崎刑警盯著我看。

「我們今天來訪，不是為了談令祖母的事。因為出現了久米是被某個人殺害的可能性，因此令尊的案子情況就有了很大的轉變。」

「爸爸的案子……？」

爸爸和久米先生有什麼關係？難道警方掌握到爸爸認為久米先生就是少年X而在追查他一事嗎？如果是這樣的話……我感受到血色正從臉上消失。

「難道你們在懷疑爸爸殺了久米先生嗎?!」
聲音因激動的情緒而破音，園崎刑警眨著眼睛，用力地搖了搖頭。
「怎麼會，我們沒有這麼想，為什麼妳會這麼說呢？」
「啊……對不起，我的腦袋一片混亂。」
「醫生，請稍微冷靜一下。發現久米的遺體，讓半年前中年男子在公寓裡遭到殺害的案子情況有了很大的變化，我們是來告訴妳這件事的，只是這樣而已。」
這兩名刑警不是因為我發現久米先生的遺體而來的？
「為什麼你們有需要向我報告半年前的殺人案？我又不是什麼關係人。」
「……不，沒這回事，識名醫生，妳是那起案件的關係人……非常重要的關係人。」
園崎刑警的語氣越來越重。
這名刑警從剛才開始就在說什麼啊？不明所以的不安與恐懼在體內橫衝直撞，似乎隨時就要衝破皮膚。
「識名醫生，請妳仔細聽好我接下來要說的話，妳和半年前發生的殺人案有很大的關係。」
暫時停頓的園崎刑警盯著我好一會兒之後，說出了這句話。
「這是因為，在那起案件裡遭到殺害的男性，就是妳的父親。」

6

「蛤？」唇縫間溢出了呆愣的聲音，我不知道他在說什麼。

「半年前，令尊在租賃的公寓裡被某個人殺害，從他的房間裡發現了有關少年X的資料和久米的照片。」

園崎刑警在思考短路的我面前繼續滔滔不絕地說。

「令尊在二十三年前的隨機殺人案中失去了妻子，自己也身負重傷，他追著少年X，並查到久米就是那傢伙，發現這件事的久米，在真實身分暴露之前就殺了令尊，從整個情況來看，我們原本是這麼想的。但是發現久米的遺體之後，久米是少年X代罪羔羊的可能性越來越高，少年X在殺害了察覺自己真實身分的令尊之後，將貼在令尊房內的自己的照片換成久米的……」

「等一下！請等一下！」我大聲喊道，「請不要再說一些讓人聽不懂的話了，就在兩個星期之前，我才剛在老家見過爸爸和奶奶。」

兩名刑警再次對看，看見他們表情裡濃濃的困惑神色，我一陣氣血上湧。

「你們突然到別人家裡胡說八道什麼！竟然說我的家人已經死了，太沒禮貌了吧！說到底，如果我爸半年前就捲入案件中，那當時應該有人和我聯絡才對啊！」

我連珠炮說完，肩膀上下起伏喘著氣，園崎刑警以冷淡的表情道：「已經聯絡過了。」

「……什麼？」

「我說，我們已經聯絡過了，妳接到聯絡之後去到案發現場，我的同事，也是刑警應該向妳做了許多說明才是。」

頭痛再度襲來，腦海裡跳出畫面，有個身穿西裝，像是刑警的人，對著眼神空洞呆然站立的我說話，在那後方，是一棟公寓，我有印象的公寓。

「識名醫生，妳大概是太累了，還是在自己的醫院看一下比較……」

「園崎刑警！」我大叫著打斷園崎刑警的話，「案發現場在哪裡?!半年前發生殺人案的公寓在哪裡?!」

可能是不敵我的氣勢，園崎刑警身體微微向後，說出了那個地址，我愕然地僵立了幾秒後，急忙站起身往玄關走去。我穿上鞋子，無視園崎刑警「識名醫生，妳要去哪裡?!」的聲音，打開門走到外廊，我連搭電梯都沒耐心，跑下緊急逃生梯，奔入橫向吹打的雨滴無盡落下的夜路中。

我整個人迎著雖是夏天仍冷得像冰的雨，死命地動著雙腳，即使腿部肌肉軋吱作響，體溫流失，氧氣不足的體內細胞發出哀嚎，即使劃過閃電，雷鳴聲轟然作響，我依然不顧一切持續跑著，彷佛被困在後方有不知名怪物在追趕著我的幻想中。

厚重的雨之簾幕另一側，已經可以看見目的地了，老舊的木造公寓，留在老家佛壇裡，媽咪照片背面記載的地點，我前幾天拜訪過的爸爸的隱身之處。

停下腳步的我貪婪地吸著氧氣，抬頭看向公寓，剛才詢問半年前的案發現場是哪裡時，園崎刑警毫不猶豫地就說出了這裡的地址。

一定是那個刑警搞錯了，這裡不可能是半年前發生殺人案的案發現場，爸爸更不可能是被害人，因為兩個星期之前，我才在老家和爸爸他們見過面。

我拚命地說服自己，想要往公寓走去，然而腳下卻動彈不得，彷彿有看不見的障礙擋住了去路，無法走進住宅用地中。

好可怕，純粹的恐懼，不知道發生了什麼事，好想要就這樣轉身離去的衝動驅使著我。

不，不行。我使盡全力雙拳緊握，就算逃避也解決不了什麼，在這二十三年之間，我已經痛切地體會了這件事。

經過三個人的瑪布伊谷米之後，我應該已經成長了，所以，向前看吧，正面面對真相吧，這麼一來一定可以明白全部都是那名刑警搞錯了。

自我激勵之後，我咬緊牙根，往前一步踏進了住宅用地中。

我走上生鏽的階梯，沿著洗衣機並排的外廊前進，卻在目的地的房間前瞪大了眼睛。那裡玄關的門大開，入口處拉著警方為了保存現場而使用的黃色封鎖線。

上一次來的時候應該沒有這樣的東西才對，我嚥下口水，鑽過上面寫著「警視廳禁止進入」的封鎖線來到室內。

「爸爸！」

大聲喊著，鞋子也沒脫就踩上走廊的我，發現位在右手邊的門微微地敞開，上一次我認為反正是廁所，所以就沒有打開這裡了，但是今天卻不尋常地在意這扇門，從敞開的縫隙間，似乎飄散出了瘴氣。

輕輕抓著門把打開門的我呆立在當場，嘴裡發出「為什麼……？」的乾啞聲音。

我對這個燈泡無力地閃爍，彷彿隨時就要熄滅的亮光照射下的昏暗空間很有印象，不是從我的眼睛，而是透過數天前曾經同步的久米先生的眼睛看過這個地方，這是手上沾滿鮮血的久米先生激動地打電話給「醫生」的浴室。

我像被吸過去一樣穿過那扇門，走近洗臉檯後發出了細微的驚叫，鏡子上印著一個清晰的手印，鮮血印出來的手印。

仔細一看不只鏡子，因為走廊昏暗所以之前沒有發現，但是水龍頭、馬桶、浴簾、浴缸，這間浴室裡到處都蓋上了血手印。

我顫抖著往後退離浴室，背後撞到走廊的牆壁，我抬腳往門踢去，浴室的門發出好大的聲響關上了，擂鼓般的心跳甚至還傳到了鼓膜來。

半年前，發現遺體而慌亂的久米先生躲進去的浴室，為什麼會在這裡？

不知道，不知道，不知道……

我抱著頭，斜眼看向位在走廊盡頭的門，那裡面會是一幅什麼景象，我怕得不敢確認。然而，我卻像被捕蟲燈吸引的羽蟲一樣，搖搖晃晃地往那扇門走去，抓住門把的我，感覺自己彷彿被某個人操控了一般，慢慢打開了門。

那間房間的樣子和我前幾日來訪時幾乎沒有什麼差別，只除了一個地方。

地板畫上了白線，形狀是人倒在地上的白線，四周的地毯上，暈染著紅黑色的痕跡，百分之百還原了刑事劇裡經常看見的案發現場的景象。

當我回神時，已經癱坐在地上，半張著口，失焦的眼神盯著房間中央的白線。前幾天過來時，還沒有這種東西，在這幾天內究竟發生了什麼事？

不，也許上一次來時也有？會不會只是我沒發現而已？

——識名醫生，妳大概是太累了。

不久前園崎刑警說的話在我耳邊響起，或許是我沒能正確認知現實，爸爸半年前，真的在這裡……

不，這不可能，我用力搖頭，甩掉腦中湧出的不祥想法。不可能有這種事，這幾個星期，我好幾次回老家和爸爸見面，我還鮮明地記得和爸爸之間的日常對話，以及爸爸為我做的咖哩的味道，這一定是某個人為了讓我陷入錯亂而設下的圈套。

我敲了敲還虛軟無力的腳站起身，移動到貼著大量久米先生及環小姐照片的牆壁前面，至少直到最近，爸爸都在這間房子裡追查久米先生，並相信他就是少年X，這點應該沒錯……

「……奇怪？」我無意識地從嘴裡發出聲音。

警方開始認為久米先生可能是少年X的時間點，是在他失蹤以後，也就是大約半年之前，但是爸爸卻早在十個月前就辭去工作了……

我原本以為是警方先懷疑久米先生是少年X，而爸爸透過某些方式掌握到這則情報之後才辭掉工作，但是這麼一來，時間序列就對不上了，為什麼我先前會連這麼理所當然的事都沒注意到。

呆立在當場的我忽然發現靠近天花板的壁紙邊緣掀了起來。

那是……我搬來放在桌前的椅子，踩上去拉下掀了一角的壁紙，壁紙像是曬傷的皮膚被撕掉一樣，發出「唰」的聲音漸漸被撕開，我從椅子上下來一邊移動一邊拉，最後整張壁紙都被撕下來了。

「這是……什麼……？」

看著從壁紙下方顯現的牆壁，我渾身凍結地喃喃自語。上面也貼著大量的照片，但是照片上的人卻不是久米先生。

「為什麼……那個人的照片會……」

我放開手中拿著的壁紙，一張一張檢視著照片，上面拍到的是我認識的人，其中甚至有那個人和我並排著在說話的照片。

我的視線停在一張照片上，只有那張照片裡面沒有人，而是左右開啟式的厚重大門，神研醫院的特別病室。

我輕輕摘下那張照片翻到背面，上面寫著文字。

「妳已經準備好了吧　去找出真相吧」

我不知道是誰留下的訊息，也想像不出會是誰設下這一切，這也許是某種陷阱，不過我可以確定一件事。

住在特別病室裡的最後的ＩＬＳ病患，是吸取了三個人瑪布伊的薩達康瑪利，恐怕也是少年Ｘ，那個人正是解開所有謎團的鑰匙。

正因為不知道發生了什麼事，才更需要去特別病室，確認住在那裡的人是誰，潛入那個人的夢幻世界裡窺看記憶，這麼一來一定可以掌握在一連串事件背後詭異運作的黑暗的真面目，所有的真相都可以水落石出。

走吧！我將手中的照片塞進牛仔褲的口袋裡，往玄關走去，同時拚命將意識從映在眼角餘光中，畫在地板上的白線上轉移。

我從夜間出入口進入院區，認識的警衛瞪大了眼睛。

「識名醫生，發生什麼事？妳全身都淋溼了。」

「傘在半路上壞掉了。」

我隨便找個理由，一邊將黏在臉上的頭髮撥到耳後，一邊往裡面走。白天病人擠得水洩不通的門診櫃台，現在也關閉燈光沒有絲毫人的蹤影，我穿越緊急照明燈妖異照射下的無人樓層，搭乘電梯往三樓前進。

我在衝動驅使之下從公寓跑來神研醫院，但該怎麼做才能進入特別病室？憑我的識別證，連特別病房的自動門都無法打開。

我走出電梯，打開內科辦公室的門。任職於這間醫院的內科醫師所有人的辦公桌都在這層樓，雖然亮著日光燈，但卻沒看到其他同事的身影，在這樣的三更半夜裡，即使是經常值班到深夜的醫師也都回家了吧。

我用放在辦公室洗臉檯上的毛巾擦著淋溼的臉，往自己的辦公桌走去，打算先坐下來冷靜之後，再思考接下來該採取什麼樣的行動。

整間醫院都在藏匿入住特別病室裡的病患，可以進入那間病室的人，只有主治醫師華學姊及院長袴田醫師等有限的職員。

華學姊或袴田醫師，必須說服他們其中一方借我識別證才行。

「要說可能性的話……華學姊吧。」我用毛巾擦拭溼掉的脖子。前幾天向袴田醫師詢問特別病室的病患時，他前所未有地激動，我實在不覺得他會答應讓我見那名病患，而且從他對待蓮人的態度來看，最近的袴田醫師樣子也很不尋常，雖然對他抱持這樣的想法很過意不去，不過我現在無法打從心底相信他。

相較於袴田醫師，華學姊之前說過類似只要我準備好了就讓我見面，說如果我讓負責的三名ＩＬＳ病患全部醒來的話。

透過瑪布伊谷米，成功將三人從昏睡中拯救出來的現在，可以說是華學姊說的「準備好了」的狀態吧。

「雖然我不知道究竟是什麼樣的準備……」

我看向掛鐘，日期已經換了一天，夜貓子的華學姊大概還醒著，不過突然打電話去拜託她讓我見特別病室的病患也太亂來了吧，思考數秒之後，我用雙手將擦拭身體的毛巾揉成一團，低聲自言自語道。

「……就算亂來也只能這麼做了。」

發生在我身邊無法理解的狀況，我必須盡早解決才行。

……這也是為了確認爸爸是否平安。

我一邊加強決心，一邊走到自己的辦公桌前，因為是匆促從家裡跑來的，所以沒有帶手機，只能用收在辦公桌抽屜裡的ＰＨＳ聯絡總機，請他們從外線電話找華學姊接聽。

就在我要拉開抽屜時，注意到放在桌上的東西，我停下了動作。那是識別證，上面寫著「神經內科 杉野華」，還貼了華學姊帶著笑容的照片。

「華學姊的識別證……？」

為什麼這會在我的桌子上？我一頭霧水地拿起來看，下面出現了一小張便條紙。

「加油喔」

便條紙上只寫了這麼一句話。

這一定是來自華學姊的加油打氣。雖然她為什麼會知道我今天晚上要去見最後的ILS病患是個謎，不過華學姊將特別病室的鑰匙，也就是自己的識別證交給了我。

我抓著識別證，小跑步離開了辦公室，抵達特別病房所在的十三樓後走出電梯，燈光已經關閉的幽暗走廊往前延伸，也許是去夜間巡房了，護理站裡並沒有看見護理師。

我放輕腳步沿著走廊前進，在門禁讀卡機上嗶一下華學姊的識別證，打開特別病房的自動門，鐵製的自動門發出沉重的聲響往旁滑開。

入侵特別病房的我，聽著背後傳來自動門關起的聲音，沿著鋪了柔軟地毯的走廊前進。

牆壁上掛著繪畫，甚至還擺飾著西洋盔甲的空間，雖然白天看起來洋溢著奢華的氣氛，但浮現在緊急照明微弱燈光下的走廊卻顯得陰森森，總覺得盔甲似乎隨時都會攻過來一樣。

我戰戰兢兢地前進，終於來到位於盡頭的左右開啟式厚重大門前，薩達康瑪利……少年X就在這扇門的對面。二十三年前落在我身上如冰的眼神活了起來，胸口一陣疼痛，我的下腹使盡力氣，壓抑住從體內深處湧上來的顫抖。

我已經不怕了，已經不再被那個男人的記憶擊垮了。

我要拆穿住在這間病室裡的人的真實身分，入侵他的夢幻世界，解開所有的謎團，到了那時候，我才能從二十三年間，纏繞著我並緊緊束縛全身的荊棘之鎖中獲得解脫。

呼出一口長氣的我，將華學姊的識別證貼在讀卡機上，「嗶」，清脆的電子音響起，彷彿在吊我胃口一般門緩慢地打開，我從縫隙間溜了進去。

眼前是一片白色空間，面積約網球場大小，不論地板、牆壁，或位在遙遠高處的天花板都是全然純白的房間。

「這裡就是特別病室？」

我還以為一定是像高級飯店一樣的房間，結果卻是這種手術室或研究室一般毫無情調的病室……

我一頭霧水看向房間中央，那裡孤零零地放著一張病床。

薩達康瑪利、少年X就在那裡，口中的水分急速散失。

確認過躺在病床上那個人的真實身分之後就馬上進行瑪布伊谷米，入侵夢幻世界和庫庫魯會合，然後探索那個人的記憶，解開這無法理解的狀況。

我在腦內模擬著，一步一步往床邊靠近，隨著距離越來越近，我的心跳也越來越快。來到病床邊的我，低下頭雙手抓著病床的欄杆，我還沒辦法看向病患的臉。

少年X就在那裡，奪走媽咪、刺傷爸爸，且在這二十三年間折磨著我的人。

我抓著柵欄的手顫抖了起來，這是因恐懼而顫抖，或是因激動而顫抖，我自己也搞不清楚。

去吧！就是現在，克服內心的創傷吧！自我激勵之後，我猛地抬起頭，雙手用力，身體前傾看向病床上。

病床上閉著眼睛的人物，最後的ＩＬＳ病患的臉映在了我的視網膜上。

思緒凍結，我的眼睛眨也不眨，只是凝視著那個人的臉。

「這是……什麼……？」

我不知道發生了什麼事，我無法理解自己看到了什麼。

躺在病床上的是一名年輕女性，我認識的女性。

不，何止認識，我每天都會看見她的臉。

每天，在鏡子裡。

住在特別病室裡的最後的ＩＬＳ病患，那就是……我自己。

7

「怎麼可能……怎麼可能有這種事……」

我尖聲不停地說著「怎麼可能」一邊往後退，從與自己長著相同容貌的女性躺著的病床邊離開，這時候，背後傳來了腳步聲。

「愛衣醫生。」

「噫！」我發出微微的驚叫，一回頭，入口處站著約小學低年級的女孩，嬌小的身軀，像是要伸出頭一樣前傾的姿勢，貓一般的大瞳孔拉得細長。

「宇琉子?!」

「晚安，愛衣醫生。」久內宇琉子以輕快的語調打招呼。

「妳、妳不可以進來這裡呀，而且已經是睡覺時間了。」

我一這麼唸她，宇琉子便抖著肩膀，忍不住笑出聲。

「在這種狀況之下，還能說出這麼有常理的話，也就是說妳完全沒有發現呢，雖然說妳現在很混亂，但也有點太遲鈍了吧。」

「妳在……說什麼……」

「妳還不懂嗎？不過不用擔心，我就是為了說明這個情況才會過來的。」

「說明?!妳願意告訴我為什麼和我長得一樣的人會躺在那裡嗎？」

我高聲喊道，宇琉子踩著緩慢的步伐走進房內，她輕輕揮了揮兩手，入口的門便關了起來，簡直就像她沒有直接觸碰就闔上了門一樣。

「那不是和妳長得一樣的人，躺在那裡的就是愛衣醫生妳本人。」

宇琉子在距離我大約三公尺處停下腳步，指著躺在病床上的「我」。

「這怎麼可能！因為我就站在這裡啊！」

「不要那麼激動，當然妳也是愛衣醫生。」
或許是心理作用，我發現宇琉子說話的語氣改變了，我抱著頭。
「我不懂這是什麼意思……為什麼我會躺在特別病室裡，這間房間裡，應該躺著最後的ＩＬＳ病患，也就是薩達康瑪利、少年Ｘ才對呀。」
「大致上是沒錯，」宇琉子聳聳肩，「雖然愛衣醫生不是少年Ｘ，但卻是ＩＬＳ病患及薩達康瑪利。」
「妳在說什……」
說到這裡，畫面再次伴隨著劇烈的頭痛出現在腦海中。
我正走在住商混和大樓的樓梯上，不久，我打開樓梯盡頭處的鐵製大門，走進昏暗的室內。
「晚安，醫生，您在嗎？」
我走進裡面的「診療室」內，在放著皮製可調式椅子的房間裡，那個人背對著我坐在辦公桌前。
「唷，愛衣醫師。」
那個人轉過身笑著，溫柔到不自然地笑著。
「怎麼了嗎？也不開燈，這麼晚了您說有急事，是什麼事？」
「嗯，妳可以再等一下嗎？其他人很快就來了。」
「其他人？還有誰會來嗎？」
我這麼問完，他的嘴角更加向上揚，視線看向放在桌上的螢幕，上面播放著類似監視攝影機的影像。

「對，剛好其他三人好像也到了，那麼，我本來打算把妳放到最後的，總之先告訴妳我是誰吧。」

「你是誰？這是什麼意思？」

那個人慢慢地站起身，打從心底愉悅地說道。

「愛衣醫師，其實我啊，是少年X……」

畫面中斷，尖叫響遍整個房內，從我嘴裡迸發出來的尖叫。

「……這是什麼?!我看了什麼?!」

我抱著頭，雙膝跪地，朝我走來的宇琉子看向我的眼睛。

「看來妳想起來了呢，嗯，這是好現象，因為妳已經做好接受的準備，所以記憶才恢復了。好啦，沒多少時間了，也該和妳說明了。」

「宇琉子，妳要是知道就告訴我！為什麼我身邊會發生怪事?!」

「怪事？」宇琉子微微地歪了歪頭，「妳說的怪事具體來說是什麼事？」

「什麼事，當然是和我長得一樣的人躺在那裡這件事啊！」

我大叫道，宇琉子的臉朝我靠近，「只有這樣？」

「不只這樣，剛才有奇怪的畫面閃過我的腦海，還有刑警說爸爸和奶奶都已經死了……我今天去爸爸租的公寓一看，浴室裡到處都是血，變成案發現場了……」

我太混亂了以至於舌頭不太靈光，我不放棄地拚命說完，宇琉子卻回以同一句話，「只有這樣？」宇琉子的大眼睛裡，倒映著我害怕的表情。

「妳說只有這樣……是什麼意思……？」我的聲音因不祥的預感而顫抖。

「吶，愛衣醫生，妳仔細想想，還發生了很多其他的怪事啊，這個世界一直是充滿了怪事喔。」

宇琉子張大了雙手，感到恐怖的我從她纖細的肩膀拿開手，跌坐在地往後退。

「最近一直在下雨對吧。」宇琉子抬頭看著天花板，「吶，愛衣醫生，這場雨是從什麼時候開始下的？」

「從什麼時候……」

回溯著記憶的我，聽見了血液從臉上褪去的聲音。

「沒錯，已經兩個月了，這兩個月雨不停地下，一次也沒有停過，妳不覺得奇怪嗎？」

除了看著張開雙手，繼續滔滔不絕說著的宇琉子，我什麼也做不了。

「不只是這樣喔，為什麼只是個孩子的我和草薙蓮人會住在這層病房，並且在醫院裡到處走來走去？如果是小孩子，應該住在兒童病房，而且受到嚴格管制無法離開不是嗎？還有啊，一個人接收了三名ＩＬＳ病患也很奇怪，這麼珍貴的疾病病患，不是應該盡可能讓更多醫師負責，以累積經驗嗎？另外，如果是主治醫師，應該事前早就知道加納環懷孕了吧？這種事在辦理住院的檢查時就會知道了。」

「那一定是因為……兒童病房已經沒有床位了才會這麼做；而ＩＬＳ病患是因為我自告奮勇想要擔任主治醫師；環小姐的身孕，大概是檢查遺漏了……再說今年氣候異常……」

即使我知道這不合理，還是想辦法擠出一些原因。

「真拿妳沒辦法，那這個呢？妳之前回老家時，看到從小時候就開始養的貓和兔子了對吧？」

為什麼宇琉子會知道這件事？我被捲入更深層的混亂之中，加重了語氣：「那又怎麼了嗎？」

「吶，愛衣醫生。」

宇琉子微笑著，帶著無限哀傷。

「貓和兔子的壽命大概有多長？」

我覺得身體好像竄過一陣電流，身體的力氣漸漸逸失。

「沒錯，小時候養的貓和兔子現在不可能還活著，因為很可惜的是，牠們的壽命比人類要短上太多了。」

「沒、沒這回事，黃豆粉和跳跳太很長壽……」

我喘氣般地說著，宇琉子一臉「我就知道」地嘆氣。

「真是的，該說妳固執呢，還是腦袋不知變通呢，好，那我就說個妳無法反駁的吧。」

宇琉子在面前豎起了食指。

「愛衣醫生最近很常回老家呢，只要想回去就很隨興地回去了，而且還會早上從老家出門到醫院上班，沒錯吧？」

我無力地點頭，同時害怕著她要說什麼。

「那我問妳喔，愛衣醫生的老家到底在哪裡呢？」

「老家……」

視野搖晃了起來。我的老家……配有指定座位車廂及商務車廂的特急電車會停靠的終點站、從那裡發車的路面電車、漆成紅色的球場加上祈求世界和平的公園，以及到處都看得見的御好燒店家。

我從顫抖的雙唇間擠出聲音。

「廣……島……」

沒錯，是廣島，搭乘新幹線要花四個小時的地方，我卻像是去隔壁縣市一樣隨意地就回老家去了。

明明不可能做得到這種事。

「看來妳明白了呢。沒錯，那不是個妳想回去馬上就能回去的地點，更不用說搭計程車回去，根本不可能。」

「但是我……」

「對，妳這兩個月並沒有察覺身邊發生的異常現象，妳把這些看成是理所當然的事，不過這也很正常。」

宇琉子的身體一點一點地縮小，從病人服露出來的脖子和手臂逐漸長出看起來很柔軟的毛髮。

「不論是誰，都會很自然地接受奇怪的事……身在夢中的話。」

宇琉子的身體更加前傾，兩手碰到了地板。不，那已經不是手了，而是前腳，帶有粉紅色肉球的前腳。

「夢中……」

在複述這句話的我面前，宇琉子毛髮包覆的臉頰上長出了長長的鬍鬚，已經見慣了的生物從輕輕落下的病人服裡鑽出來。長著兔耳朵的淡黃色的貓。

「沒錯，這裡是夢中世界，愛衣，妳從兩個月前開始，就一直徘徊在自己創造出來的夢幻世界裡。」

庫庫魯像在打招呼一般「咻」地豎起長耳朵。

幕間4

「聽我說，結果其他三個人全都醒來了喔。」

坐在鐵椅上的杉野華對著眼前躺在病床上閉著眼睛的女性說話。

前幾天，ＩＬＳ病患之一的女性加納環睜開了眼睛，懷孕中的她健康狀況良好，腹中胎兒也順利成長，從昨天開始，在婦產科醫師的指導之下，開始復健恢復體力以因應生產。

這麼一來，同時陷入昏睡的四名ＩＬＳ病患，就只剩下華負責的她還沒醒了。

「真是的，都怪妳還不醒來，搞得我看起來好像醫術很差，因為其他後輩一個接一個都醫好了他們的病人啊。」

其他的ＩＬＳ病患分別由另外三名後輩醫師負責，就算問他們如何治療病患，三個人也只是給出相同的答案：「我並沒有特別做什麼，是病人自己甦醒的。」

華站起身，輕撫著躺在病床上的女性的臉頰。

「跟妳說喔，昨天姓園崎的那個刑警說，那個人就是連續殺人兇手不會有錯了，而且呀，看來那個人真的是少年Ｘ呢，沒錯，就是在妳小時候攻擊妳的少年Ｘ。」

華大大地嘆了口氣。

「我啊，之前還滿尊敬那個人的呢，再怎麼說畢竟是救了妳的恩人嘛，但是那個人竟然就是造成妳那道心靈創傷的罪魁禍首……」

微微的鼾聲振動著握緊了拳頭的華的鼓膜，華露出苦笑，手指輕輕彈了一下女子的太陽穴。

「妳靜靜聽我抱怨我是很開心啦，但還是像以前那樣和有點臭屁的妳聊天更愉快。」

華只要結束工作就會來到這間病室，鉅細靡遺地訴說那一天發生的事，這樣的生活已經持續了兩個月，總覺得這麼做，有一天她似乎就會張開眼睛，回道：「哦，原來發生了這種事啊，華學姊。」

今天一定……內心懷著這樣的期待，華看向她的臉，但是那雙眼睛依然只是閉著，眼瞼細微地震動，看得出來下方的眼球正在劇烈運動。

「如果是那麼可怕的惡夢，就別再做下去了。」

華輕輕摸了一下她的臉頰後，往門口走去。

「明天再見，愛衣，祝妳有個好夢。」

華對著自己的後輩，也是好友的識名愛衣輕輕揮揮手後，離開了病室。

好了，接著去看看特別病室的狀況後就回家吧。

華正走在病房走廊上時，背後傳來輪子的聲音。

又來了……華無奈地垂下肩膀轉過身，這間醫院的院長正坐在輪椅上往這裡靠近。

「有什麼事嗎？馬淵醫師。」

「我不是說過要叫我院長嗎？」

兩個月前從這間醫院的副院長晉升為院長的馬淵大介眉頭皺了起來。

就是因為你老說這種沒出息的話，所以大家才不承認你是院長啦，華傻眼地重新稱呼道：「知道啦，院長大人。」

「識名醫師的狀況怎麼樣了？」

馬淵靈活地將輪子掉頭，指著愛衣入住的病室。大學時代，因為在橄欖球社團的比賽中腰椎粉碎性骨折導致半身不遂，從那之後就使用了超過二十年的輪椅，難怪已經很熟練輪椅的操作方式了。

「還是老樣子是個睡美人。」

你真正想知道的明明就不是她的狀況。華才在內心碎唸，果不其然，馬淵接著說「那麼」，他指著位於走廊盡頭通往特別病室的自動門。

「他呢？有沒有要醒來的跡象？」

「沒有，老實說病情不樂觀，身體受的傷太嚴重了。」

這應該也不是這位新院長真正想問的事，華冷聲丟下一句「已經夠了嗎？」隨即轉身。

「不，等一下，我的話還沒說完。」

連忙喊住華的馬淵，神經質地看看四周，壓低了聲音。

「雖然這只是流言，不過我聽說他可能和某件大型犯罪有關，妳是主治醫師，知不知道些什麼？」
馬淵看進華的眼睛，那雙想要看透別人內心的眼睛非常惹人厭。
「……沒錯，我知道。他對容易接受暗示的病患洗腦，將他們逼上自殺的絕路，而且他或許是前陣子震驚社會的連續殺人案兇手，不僅如此，他甚至可能是二十三年前殺了自己雙親並分屍後，隔天在遊樂園殺害超過十人的少年X。這件事如果傳出去了，媒體也許會蜂擁到醫院來，那時候還請你以醫院的最高負責人採取堅定的應對。」
華連珠砲一口氣說完，丟下「我先走了」，便離開呆若木雞的馬淵。不小心打破和刑警們的約定，說出了他的事，本來以為只要口頭上贏了討厭的院長，心情就會變好，結果情緒只是越來越鬱悶。
來到特別區域前方的華，將掛在脖子上的識別證貼在門禁讀卡機上，玻璃製的自動門逐漸打開。
華踩著沉重的步伐，沿著特別區域毫無情調的走廊前進。
「既然都收了昂貴的個人房費用，至少在這個區域鋪個地毯或擺幾張畫不是很好嗎？」
華嘴裡唸著，來到了位於盡頭處，費用最為高昂的特別病室前，卻在抓著拉門握把後停下動作。
大約一個月前開始，這間病室裡就一直住著同一個人，是對這間醫院，以及對華本身而言都非常重要的人，每一次進到病室裡探望他，都需要作好心理準備，尤其是從刑警那裡聽到他做過了什麼之後。

「好！」嘴裡發出小小的聲音後，華拉開拉門走進病室。

裡面是一處如同高級飯店套房的空間，有廁所及浴室、皮革沙發、桃花心木製的辦公桌，甚至還附有給探病客人使用的房間。

這間房間比華住的大樓還要寬敞數倍，位於窗邊的病床四周，擺滿了各式各樣的醫療儀器。

從吊在天花板上的輸液袋，連接到他鎖骨下靜脈點滴管線的側管上，裝了好幾個點滴幫浦，流入升壓劑等維持生命必需的藥品；規律地響著電子音的螢幕上，詳細地顯示出心電圖、血壓、脈搏、呼吸數；管理他的呼吸，將氧氣送往肺部的人工呼吸器以一定的節奏發出幫浦聲。

華撥開像是植物藤蔓般垂下的點滴管線，來到病床床側，看著躺在上面的男性，華用力抿緊了雙唇。

在接受清除硬腦膜下出血手術時剃光的頭部，已經長出短短的頭髮了，右側顏面受損格外嚴重，現在仍纏覆著的繃帶下，應該有一個從臉頰到眉毛處被挖掉的大面積傷口，某次換繃帶時華剛好在場，頓時有一種要被失去眼球而成為黑色空洞的眼窩給吸進去的錯覺襲來。

右手臂和右小腿骨頭粉碎無法重建，因為放著不管有引發感染的風險，所以經由手術截肢了。

華輕輕地摸著他的左手，小聲說道。

「晚安……袴田醫師。」

這間醫院的前院長沒有回應，微微嘆了一口氣的華，逐一確認螢幕上顯示的數值及人工呼吸器的設定。

大約兩個月前的深夜，發生了交通意外，他搖搖晃晃地衝到車流量大且高速行駛的幹線道路上，結果被大型ＳＵＶ撞到。

行車紀錄器錄下了袴田在沒有人行道的地方，踩著虛浮的腳步突然衝到車道上的身影，從他簡直是失魂落魄跑到車道上的樣子，推測他有可能意圖自殺，因此對ＳＵＶ的駕駛採不起訴處分。

意外發生後，袴田馬上被送到大學醫院的急救中心，被撞飛將近二十公尺的袴田全身嚴重受傷，尤其是內臟受到很大的損傷。

他緊急接受了手術，摘除破裂的脾臟，大範圍撕裂的大腸也切除了一半以上，還同時進行了整個胸廓都被撞斷的右肺摘除手術，以及硬腦膜下出血的清除手術。

之後另外接受了手臂及小腿的截肢手術，住在ＩＣＵ超過一個月以後，趁著全身狀況穩定時轉院到這間神研醫院，入住特別病室由華擔任他的主治醫師。

原本他可以繼續住在大學醫院裡，但似乎是袴田發生意外後從副院長晉升為院長的馬淵強行讓他轉院。對擁有人望的前院長展現出誠意，大家會更容易認同自己是新院長，華猜測馬淵也許有這樣一層算計。

全部確認過一遍的華垂下肩膀，螢幕上顯示的數值並不樂觀，抽血檢查的數值也可以看到各個臟器的功能正在惡化。

從重大意外中奇蹟似生還的袴田，肉體也逐漸迎來了極限，恐怕不遠的將來，他的心臟將停止跳動。

華坐上放在病床邊的鐵椅。

「為什麼你還不睜開眼睛呢？袴田醫師。」

和身體比起來，袴田頭部受到的損傷可說是相對輕微，頭顱內產生的血塊也因為能夠在早期階段就透過手術清除，所以對腦細胞造成的傷害應該沒有那麼大才對，ＣＴ及ＭＲＩ等影像檢查也已經證明了這一點，然而意外發生後，袴田並沒有恢復意識，持續陷入昏迷。

華看著袴田的臉，他的眼瞼一顫一顫地跳動，可知在那薄薄的皮膚下，眼球正在劇烈運動，或許他正在做夢，這樣簡直……

「簡直……就像ＩＬＳ病患一樣。」

輕聲自言自語的華摸著鼻頭。袴田發生意外的隔天，片桐飛鳥、佃三郎、加納環，以及識名愛衣四個人ＩＬＳ發作，如果相信刑警的話，袴田在意外發生不久之前，將他們四個人找到了「諮商」用的大樓去。

園崎說袴田或許是在那裡用了毒物，引發那四人的ＩＬＳ，而他自己會不會也因為受到該毒物的影響於是衝到馬路上才發生了意外。

袴田是因為意外造成腦部損傷所以陷入昏迷，她本來是這麼想的，但也許並不是這樣，袴田之所以醒不來，不是因為腦部損傷，搞不好是因為罹患了ＩＬＳ，那像是失去魂魄般持續昏睡的怪病。

華在激動之下從椅子上半站起身，但又馬上坐回椅面。就算真是如此，情況也不會有任何改變，ＩＬＳ並沒有特別的治療方式，現在能做的，就只有繼續採取維持袴田生命的措施，同時祈禱了。

祈禱他恢復意識。

「袴田醫師，請你醒過來吧，我有很多非問你不可的事。」

華降低了音調。

「你真的洗腦病患，並將他們逼上自殺絕路嗎？你真的犯下了連續殺人的罪行嗎？你真的殺了愛衣的爸爸嗎？」

說完站起身的華，靠近了袴田的耳邊。

「你真的……是少年Ｘ嗎？」

沒有回應，但是總覺得袴田的眉宇間微微地皺了起來。

他果然是在做夢嗎？如果是的話，會是什麼樣的夢？

華的手指撫上袴田的眉間，白袍口袋中的ＰＨＳ震動了起來，液晶螢幕上顯示的內線電話，是十三樓病房護理站的號碼。

「喂，我是杉野，怎麼了嗎？」

接起電話之後，傳來了年輕護理師的聲音。

『啊，對不起，杉野醫師，有幾位客人說想見識名醫師。』

「來探病的嗎？是沒什麼關係，為什麼要特地聯絡我？」

一般有訪客來探病並不會通知主治醫師。

『不，這是因為，三位客人似乎都沒有直接見過識名醫師，只是他們說一定要現在去見她……我不太明白他們說的話。』

「什麼？沒有見過面卻來探病？話說回來，那些人是誰呀？」

『他們是……』

聽見訪客名字的華不停眨著眼。

為什麼那些人會？疑問不但沒有解開，反而越來越深了。

「那個，請他們稍等一下，我馬上過去。」

不知道發生了什麼事，不過那些人想見愛衣應該具有某種意涵。華將ＰＨＳ放回口袋，看向躺在病床上的男人的臉。

「我會再過來，請好好休息，袴田醫師。啊，這似乎不是你真正的名字，也許用另一個名字稱呼你會比較好？」

華靜靜地說出那個名字。

「少年X……草薙蓮人先生。」

第五章

而後，前往夢幻的盡頭

1

「我就是最後的ＩＬＳ病患……我是薩達康瑪利……」

我茫然自失地喃喃道，一直到剛才還是宇琉子的樣子，現在則端坐在病人服上的庫庫魯點頭。

「就是這樣。薩達康瑪利意思是『天賦異稟之人』，簡單來說就是用於指稱靈感力高的人，像是……猶他這樣的人。」

「猶他……那麼，這裡真的是……」

「嗯，是夢幻世界唷，妳自己創造出來的夢幻世界。」

「這怎麼可能！因為這裡和之前見到的夢幻世界完全不一樣啊！」

我喘氣般地說道，庫庫魯聳了聳肩膀根部。

「我在佃三郎的夢幻世界裡不是說明過了嗎？也有和現實世界一模一樣的夢幻世界呀。這個世界確實不是片桐飛鳥或加納環創造的那種幻想型的世界，不過這裡也是貨真價實的夢幻世界喔。」

「但、但是……」

我為了逃避向我襲來的殘酷現實，而拚命思考否定的素材。

「對了，如果我這兩個月都在夢幻世界的話，那麼有四名ＩＬＳ病患住進我們醫院的事、院長發生交通意外所以需要坐輪椅的事、發現久米先生遺體的事，這些事情我應該都不會知道才對，還是你要說這全部都是從我的想像中誕生的幻想？」

「不，妳剛才說的大部分都是現實中發生的事。」

我雖然在意「大部分」這個詞，但還是傾身向前，「那……」庫庫魯像是往前伸出手掌一樣舉起了一隻耳朵。

「關於這個，愛衣，是多虧了杉野華的關係。」

「華學姊的……？」

「沒錯，她是妳的主治醫師，每天工作結束後都會到病室來，將那天發生的事鉅細靡遺地說給妳聽，對著沒有睜開眼睛的妳。這些資訊進到妳的潛意識中，然後投射在這個世界裡，以和實際狀況有點不一樣的方式。」

庫庫魯像節拍器一樣左右搖晃著一隻耳朵繼續說下去。

「在現實中，妳完成了瑪布伊谷米的三個人，都有各自的主治醫師，而且久米的遺體似乎是在一個多月以前，被附近的人發現的。」

「你騙人！這種事根本沒有任何證據！」

「雖然我覺得剛才說的那些事，以及我現在在這裡的這件事就足以成為證據了，不過妳沒辦法那麼輕易接受吧？那麼，這件事怎麼樣。」

庫庫魯的眼睛倏地瞇了起來。

「妳剛才說院長需要坐輪椅，那個院長是指誰？」

「還有誰，當然是……」

說到這裡，我忽然說不出話來了，腦海中浮現出一名靈活地控制輪椅，身材肥壯、頭髮稍見稀薄的中年男子身影。

「馬淵……副院長……」

「沒錯，是叫馬淵的男人，那個男人在兩個月前晉升，現在已經是院長了，但是在妳的認知中，『院長』則是其他男人。現實中發生的事，和妳的既有觀點融合，一個完全不同的男人，在這個夢幻世界裡以『坐輪椅的院長』登場。」

「那……那，這裡真的是夢幻世界……」

「所以我從剛才就一直這麼說了不是嗎？我知道妳受到驚嚇，但也差不多該接受了吧。」

庫庫魯拍動雙耳往上飄到與我的臉同高。

「妳那天晚上，和其他三人一起被他找到大樓去，那棟妳平常接受『諮商』的大樓，然後他不僅說出自己的真實身分，還打算加害於妳，妳本來就已經很憔悴了，又遭到比任何人都更加信賴的對象背叛，知道他的真實身分讓妳的精神達到極限，於是妳隱藏的猶他能力就爆發了，吸走身邊人的瑪布伊，在無法承受那股負荷之下，回到家以後便陷入昏睡。」

「……然後，ＩＬＳ就發作了。」

我用不帶抑揚頓挫的聲音接下庫庫魯的話，「就是這樣。」庫庫魯露出了笑容。

「那我剛才看見的畫面，是真實發生的嗎？那個人真的是……？」

呼吸變得困難，一句話也說不出來，庫庫魯在按著喉嚨的我面前表情變得僵硬，以壓抑過的聲音說道。

「沒錯，袴田正是少年Ｘ。」

眼前一片黑暗，癱坐在地上的身體搖晃著往前傾，庫庫魯停止拍動耳朵落地，像是要安慰我一樣舔了我的手背一下，彷彿被沾溼的砂紙撫過的感覺，雖然只有一點點，不過讓我恢復了現實感。

……但這裡明明就不是現實。

「少年X離開矯正機關後，竊占了袴田聰史這個人的戶籍，大概也利用整形手術改變了容貌吧，然後進入醫學系成為了精神科醫師，因為這最能夠滿足他的欲望。」

「欲望……這是什麼意思？」我氣若游絲地問。

「根據杉野華從警方那裡聽到的消息，少年X是從殺害陷入絕望的人，以及控制他人的人生來獲得強烈快感，成為精神科醫師的那個傢伙，從大量的病患中挑選出容易受到影響的人，進行個人的『諮商』，洗腦之後讓他們自殺。控制對方的人生、讓對方絕望，然後殺了他，這正是那個傢伙想做的事，過去一定有多達數十人被他逼上自殺絕路。」

「數十人……」超乎我想像的數字讓舌頭僵硬了起來。

「那個男人不但是神研醫院的院長，每週一次還在大學醫院看診，他可以從大量的病患中任意挑選，而且還持續了好幾年，犧牲者或許達到了三位數。」

「那麼飛鳥小姐和佃先生也……」

「不只如此，片桐飛鳥的父親大概也是，告訴他大量服用帕金森氏症的藥可以止住顫抖這項知識的人也是袴田。片桐飛鳥的父親就住在離這裡不遠處，而且又罹患了神經方面的難治之症。」

「他在這間醫院接受治療……」
「應該是吧。因為疾病而失去工作和家人的壓力，他可能也有在精神科就診吧，於是就被那傢伙盯上了，他在意外之後為了想要留下眼角膜而上吊，大概也是受到那傢伙的煽動，遺書內容之所以不是很完整，或許也是那傢伙動了什麼手腳的關係。」
「但是……為什麼連飛鳥小姐都被袴田醫師盯上？」
「對於從支配他人的人生中得到快感的那個男人來說，她因為自己的陰謀而誤以為差點被親生父親殺害，可以說是最棒的目標了，而且發生墜機意外的地點，就在他看診的大學醫院附近，會不會是在那裡接觸到送到急診之後住院的片桐飛鳥啊。」
「佃先生和久米先生是……」
「妳不是看過佃的記憶了嗎？久米的精神鑑定，是由具有經驗的鑑定醫師進行的。」
「那個人是袴田醫師……」
袴田醫師以專家的身分做過許多精神鑑定，進行鑑定時，基本上會讓嫌犯住院將近兩個月，有了這段時間，要將容易受到他人影響，甚至曾為優香小姐禁臠的久米先生納入自己的控制之中想必很簡單，而佃先生則是在去詢問久米先生的鑑定時與袴田醫師有了接觸，最後被他給騙了。
想到這裡我忽然抬起頭。
「難道優香小姐也是?!」
「佐竹優香住在這間醫院附近，精神很不穩定，這個可能性或許滿高的，現在回想起來，她的行為也太離奇了，不過如果是那傢伙在背後操控的話就說得通了。促使佐竹優香自殺好讓久米惹上嫌疑，之後說服檢方，自己出面成為遭到逮捕的久米的鑑定醫師。完全就是隨心所欲地控制他人的人生，對那傢伙來說，想必是極大的快感吧。」

庫庫魯輕蔑地說。

「但是，為什麼那個人以前要幫助我……？」

袴田醫師是我的恩人，如果沒有他，我大概已經崩潰了吧。

……但是，我的痛苦根源卻也是來自於他。

「妳也知道吧，治好自己弄壞的人再安置在身邊，這個行為完全等同於支配那個人人生的一切，而且對那傢伙來說妳很特別，二十三年前事件發生的時候，那個既可以殺了妳，也可以救妳的狀態，開啟了他支配他人的快感。」

「就為了這個而把我……」屈辱感讓我的臉頰熱了起來。

「這個嘛，或許不只是這樣吧。」

庫庫魯的自言自語讓我反問道：「咦？什麼意思？」「沒什麼，不用在意。」庫庫魯搖搖一隻耳朵。

「那個……現實世界中，那個人、袴田醫師現在怎麼樣了？」

我平靜地說道。這裡不是現實世界，是自己創造出來的夢幻世界，我終於開始理解這件事了。

「昏迷住院中，在現實世界的這間房間，特別病室裡。」

「因為被我吸走了瑪布伊嗎？」

「不是，是因為在意外中受到了瀕臨死亡的重傷。」
「意外?!」我瞪大了眼睛。
「對，袴田之所以在這個世界發生交通意外，是杉野華告訴妳的事情投射在妳潛意識裡的結果，只是實際上他的狀況不只是半身不遂，而是手腳截肢，臉部也一團糟。」
庫庫魯用一隻耳朵蓋住了右半邊的臉。
「那個晚上，被妳吸走瑪布伊之後，他精神恍惚地循著回巢本能打算回家，但卻在半路衝到大馬路上，結果被ＳＵＶ撞倒。哎呀，這是他自作自受，只是他現在還陷入昏迷的原因，其實並不是受傷的關係。」
「是因為被我吸走了瑪布伊……ＩＬＳ病患有五名。」
「就是這樣。」庫庫魯甩了甩耳朵。
「我並不是從病患們的身體進入夢幻世界的對吧，在這個世界裡我負責的那些病患，正是我吸走的瑪布伊，我是直接觸碰瑪布伊潛入夢幻世界裡。」
我抬頭看著純白的天花板，音調不帶起伏地說。
「沒錯，瑪布伊谷米成功之後，病患看起來像是出院了，這是因為恢復力氣的瑪布伊回到了在現實世界裡的自己的身體。」
啊，現在回想起來，我並沒有見到三人出院，當我發現時，他們已經在不知不覺間從這家醫院消失了，如果是主治醫師，送別出院的病人是一件很平常的事。
「……你從一開始就知道一切了嗎？」

「並不是一切，我雖然知道袴田是少年X，以及ILS病患是被妳吸走了瑪布伊，但是他們的過去是妳在進行瑪布伊谷米時才第一次知道，還有，多虧了杉野華，我也某種程度知道現實世界裡發生了什麼事。」

「……但是，你卻什麼都不說。」

「不要用這種責怪我的語氣嘛，我一直在妳身邊保護妳、等待妳唷。啊，這麼說起來，久內宇琉子（Ku Nai U Ru Ko）這個名字是字母重新排列組合而成的，把名字的羅馬拼音位置換一下，就會變成『愛衣的庫庫魯（A I No Ku Ku Ru）』囉，很有趣對……」

「你在等我什麼啊！」我的怒吼迴盪在寂靜的空間裡。

「等妳做好準備呀，接受現實的準備。」

「接受……現實……？」

「對呀，妳在現實世界遭受了痛苦的經歷，非常痛苦的經歷，在精神這麼耗弱的情況下，知道一直仰慕的袴田就是少年X，而且還差點被他給殺了，這個遭遇讓妳達到了極限，為了避免內心崩潰，妳的猶他能力覺醒，創造出夢幻世界並逃進了那裡。之所以牽連到其他人的瑪布伊，只不過是副作用罷了。」

庫庫魯張開雙耳。

「這個夢幻世界是為了保護妳的內心而產生，是個合乎妳心意的世界喔。」

合乎我心意的世界，我所期望的暫時性的世界。

「妳想要留在這裡，但另一方面妳又明白不能永遠關在這裡，所以受到必須幫助那三名ＩＬＳ病患的衝動驅使，我才會化身為妳的庫庫魯，教妳瑪布伊谷米的方法並且從旁協助妳。」

教我瑪布伊谷米的方法？但那是……庫庫魯側眼看著一臉疑惑的我繼續說道。

「這間特別病室之所以被嚴密封鎖，也是因為妳感到害怕，無法讀取的病歷、打不開的門、拚命隱藏病患的醫師們，這些全部都是妳對現實恐懼的具體展現。」

「但是……我今天可以進來了。」

「因為妳在三次的瑪布伊谷米中成長到可以接受一切了，隨著妳的成長，夢幻世界也改變了，這個世界的袴田漸漸出現奇怪的行為對吧？這就是妳開始接受那傢伙是殺人魔的證明，我一直在等這個，有時候還會問妳關於袴田的印象。」

庫庫魯的確不時會問我關於袴田醫師的事，我之前曾訝異應該知道我所有一切的庫庫魯為什麼會問我那樣的問題，現在終於說得通了。

「看到這個世界的袴田改變態度，我也下定了決心要引導妳到這間房間來，讓妳看最後的病患真實身分就是妳自己，讓妳知道這裡是夢幻世界。」

結束一連串說明的庫庫魯微微歪了歪頭，「還有其他想問的事嗎？」

「……只有一個。」

我僵硬地擠出卡在喉嚨的話。

「只要告訴我一件事，在現實世界裡……爸爸怎麼了？」

我無法不問出口，雖然我明知答案是什麼……

庫庫魯一臉寂寞地微笑。

「死了，半年前被袴田……少年X殺死了。」

啊啊……果然是這樣嗎？我垂下頭，已經連支撐頭部重量的力氣都不剩了，靈魂逐漸腐朽的感覺。

半年前在公寓遭到殺害的中年男子，那個人正是爸爸。在這個世界裡，不論怎麼搜尋都找不到被害人的名字，那是因為我的潛意識無法接受爸爸是被害人的關係。

「十個月前，妳爸爸出差來到東京，並且和妳見面，那時候經由介紹認識袴田的他本能地發現了那傢伙可能是少年X，畢竟二十三年前抓住少年X的人就是他。」

沒錯，那一天我們一家三口去了遊樂園，一開始是爸爸被刺，接著為了保護我的媽咪被砍傷，然後爸爸側腹流著血，拚死命地整個人撲上去撞倒了盯著我而一動也不動的少年X，之後少年X被周圍的人群給制伏。

「他不是想要向少年X報仇，而是想保護珍愛的獨生女，所以辭掉工作，搬到東京的公寓裡仔細調查袴田，為了確認那傢伙是否真的是少年X，但是那傢伙察覺到這件事，就對他下手了。」

庫庫魯淡淡地訴說的話語逐漸滲透進我的腦內，這時候我發現垂在兩旁的手變成了藍黑色，簡直就像慢慢壞死一樣。

「決定殺害他之後，袴田先將身為鑑定醫師得到的搜查資料送去給佃，讓久米獲得無罪釋放，他大概是計畫如果有個萬一就讓久米擔任代罪羔羊。警方依照那傢伙的計畫，認為久米就是兇手，甚至是少年X，不過卻發生了一件不在計畫內的事。」

「不在計畫內的事？」我以失焦的眼睛看著庫庫魯。

「接連殺害妳爸爸和久米，點燃了那傢伙的欲望之火，他毫無疑問地是個異常快樂殺人者，控制他人讓他們自殺不過是種代償行為，回想起實際殺人的快感之後，他便無法再壓抑自己，一個接一個地對『諮商』過的病患下手。」

「那麼連續殺人案也是……」

「沒錯，他就是兇手，只是已經無法遏止瘋狂欲望的那個男人，犯行越來越沒有計畫性，最後警方也開始盯上他了，那傢伙明白自己已經逃不掉了，兩個月前決定犯下最後的案子，他打算一次殺了自己的原點、從二十三年前就一直執著到現在的目標，以及那個時候可以馬上約出來的所有人。」

「他想要……殺了我。」不知不覺間，壞死的部位已經侵蝕到了手肘附近。

「就是這麼回事。附帶一提，這個世界裡雖然持續發生殺人案，但在現實中，自從兩個月前那個男人因意外昏迷之後就不再出現受害者了，雖然好像有模仿犯引發的案件。」

庫庫魯搖著耳朵彷彿在說解釋完了，當我看著牠時，一陣刀刃刺進腦門的頭痛竄過，我連哀嚎聲都發不出來，蜷身蹲在地上，腦海裡像鞭炮一樣連續跳出好幾個畫面。

我哭著將閉著眼睛的跳跳太埋在院子裡的影像。

我將臉埋在軟趴趴躺著的黃豆粉逐漸變冷的脖子上磨蹭的影像。

茫然地站在警察局地下室的靈堂，確認爸爸遺體的影像，臉色蒼白閉著眼睛的爸爸，從太陽穴到臉頰上，被刀劃下了像是大型X記號的傷口。

不知不覺間，胸口的疼痛變得比頭痛還要劇烈，T恤上漸漸滲出了紅黑色的痕跡，胸口的傷痕裂開了。這裡是夢幻世界，在這裡的是瑪布伊，我的靈魂，二十三年前深深受到傷害的靈魂。因為認知到這裡是夢幻世界，瑪布伊的傷痕也因此烙在了這個世界的我的身體上。

壞死的部位從上手臂急速擴展到軀幹，瑪布伊正在腐爛，我這個人正逐漸腐爛，我害怕地拉開襯衫領口往內看，壞死部位已經侵蝕到正在滲血的傷痕了，從那裡流出散發惡臭的膿。

綠色的膿流過濁黑色皮膚的景象太過詭異，劇烈的噁心感襲來。

我根本還沒準備好，無論再怎麼成長，都不可能接受這麼痛苦的現實。

「妳還好嗎？愛衣。」庫庫魯跳上我的肩。

「一點也不好……怎麼可能好得了……」我喘著氣，斷斷續續地說著。不可能好得了，因為我失去了所有人。

爸爸、奶奶、黃豆粉、跳跳太，以及……媽咪。

「因為我身邊已經，沒有任何人在了……」

我隨著痛哭吐出這句話，因壞死而皮膚開始剝落的脖子，捲上了一個柔軟又溫暖的東西，就像寒冬中有人幫我圍上圍巾一樣舒服。

「沒有這回事唷。」庫庫魯像抱住我一般耳朵環繞著我的脖子說道，「有我在呀，無論何時我都在妳身邊，所以放心吧。」

庫庫魯的話漸漸地滲入身體，噁心感慢慢退去。

「但是現實中……」

「就算是現實中，愛衣妳也不是一個人喔，妳看。」

庫庫魯將窄小的額頭貼在我的頭上，從那個部位流入了影像，是從高處眺望個人病室的影像。

「這是……」

「這是現在發生在現實中的影像。」

我躺著的病床周圍站著三個很眼熟的人，華學姊則在病室門口附近以訝異的表情看著他們。

「那些人是……」

「沒錯，片桐飛鳥、佃三郎、加納環，是妳透過瑪布伊谷米幫助的人。」

「為什麼他們三人會?!因為現實中我和他們根本沒有見過面不是嗎？難道他們還記得夢幻世界的事？」

「應該不記得吧，不過也不是完全忘了，一定是醒來之後還留著受到妳幫助的感覺，只有模糊的記憶吧。」

我聽著庫庫魯的聲音，繼續看著直接流進意識中的影像。

「初次見面……對吧，識名醫師。」佃先生向病床上的我說話，「不過不知道為什麼，我隱隱約約記得妳喔，妳救了我，是妳守護了我的『正義』。」

飛鳥小姐接在佃先生後面說道。

「我也覺得受到了醫生的幫助，感覺好像是妳讓我知道爸爸為什麼要做那種事，以及他有多愛我，所以……謝謝妳。」

最後，環小姐從病床邊看向我的臉。

「識名醫生，我醒來之後……久米變成遺體被人找到了，我非常痛苦，但是因為有妳，所以我才能走出來，是妳告訴我他為了我和這個孩子做了哪些事。」

環小姐隔著病人服輕撫著開始有些變大的下腹部。

「我們都是因為妳而得到了救贖，所以也請妳早日醒來。」

「沒錯，請快點恢復吧。」飛鳥小姐握著我的手。

「我們打從心底希望妳能早日康復。」

佃先生的眼角皺起了皺摺低下頭，「真的謝謝妳。」飛鳥小姐與環小姐也跟著這麼做。

影像突然中斷，我一句話也說不出來，不知不覺間，胸口的劇痛和全身逐漸腐爛又癢又痛的感覺也消失了，視線模糊，臉頰留下熱呼呼的東西。

「妳明白了嗎？愛衣。」庫庫魯以溫柔的聲音說道，「原本在絕望深淵的那三人，因為妳而獲得救贖，妳透過瑪布伊谷米消除了他們的苦惱。妳確實是失去了家人，這是非常痛苦的事，但是，這次換妳將自己從絕望之中拯救出來了。」

「但是我忘不了！爸爸、奶奶、黃豆粉、跳跳太……媽咪，我怎麼可能忘得了大家。」

我抽抽噎噎地大喊，庫庫魯溫柔地舔著我的臉。

「妳不需要遺忘，而是在內心珍惜地收藏和大家在一起的回憶然後前進，這麼做才是大家的期望，因為大家一直都在守護著妳。」

原本抑制住的感覺潰堤般流洩而出。
我哭了，如同幼兒放聲大哭，和想起與媽咪之間的回憶時一樣。
這段期間，庫庫魯以無限柔軟的耳朵持續抱著我。

2

我在庫庫魯的懷抱中，哭得幾乎要流乾淚水之後，擦擦眼睛站起身。
「已經夠了嗎？愛衣。」
從我的肩膀跳下地的庫庫魯抬頭看我，「嗯！」我用力地點頭。
心中還刻著深深的悲傷，但是我不再回頭，因為這是大家的期望。
我往下看自己的身體，壞死的部分不知不覺間恢復成了原本的膚色，沾在T恤上的血液與膿液的汙漬也不見了。
「表情很好，那我送妳一個小禮物吧。」
庫庫魯搖搖耳朵，我的身體包覆在橘子色的光芒中，光芒消失時，我從T恤加牛仔褲的打扮，變成了穿著漿挺的襯衫與深藍色的褲子，上面還套著白袍的模樣。
「嗯，還是這樣穿適合妳。好啦，接下來該做什麼妳知道吧。」
「把我吸走的最後的瑪布伊，袴田醫師的靈魂從這個世界解放出去對吧。」
「沒錯，這麼一來妳吸走的瑪布伊就全部解放了，然後這個夢幻世界會崩解，妳就會醒過來，這就是妳自己的瑪布伊谷米。」

「不過方法和之前的瑪布伊谷米不一樣吧，袴田醫師在這個世界並不像其他三人一樣陷入昏睡。」

「這個世界裡坐著輪椅的袴田不是瑪布伊喔，是從妳的想像中創造出來的夢幻世界的一部分，那傢伙的瑪布伊另有其人。」

「那個瑪布伊很平常地到處走動嗎？」

「嗯。」庫庫魯點頭。

「我不是說過，瑪布伊夠強悍的話，有時候就算被吸走了也不會失去意識……不過嘛，這次的情況中，強悍的不是瑪布伊，而是那傢伙的庫庫魯吧。」

庫庫魯自言自語著我聽不懂的話之後，像是要重新振作般拍合雙耳。

「不管怎麼說，袴田，也就是少年X的瑪布伊在這個世界裡並沒有失去意識，正在到處徘徊，身為猶他妳已經成長了，目前的妳，應該可以本能地知道那是誰吧？」

在這個世界裡徘徊的袴田醫師的瑪布伊……手貼在嘴邊沉思的我，瞪大了眼睛，腦海中映出瘦弱男孩的身影。

「蓮人?!」

「妳說得沒錯！草薙蓮人，這就是少年X的本名。」庫庫魯舉起一隻前腳。

「但是年紀完全……而且他還非常孱弱……」

「實際年齡和瑪布伊的年齡沒有關係。少年X因為從小受到嚴重虐待長大，所以瑪布伊才會不是很成熟吧……」

庫庫魯說到這裡時，忽然發生由下而上擠壓的晃動，搖晃幅度之大幾乎要掀倒

「我」躺著的病床了。

「地震?!」

像被丟進洗衣機裡的搖晃，當我因無法站穩而蹲下時，從外面傳來震耳欲聾的爆炸聲，白色的牆壁喀啦喀啦地震動著，聲音毫無間斷地響了好幾次。

搖晃至少持續了一分鐘以後終於停止，爆炸聲也消失了，我縮著肩膀站起身。

「剛才那個究竟是……？」

「看來時間比預想中的還更不足。」庫庫魯一臉凝重的表情說。

「時間不足是什麼意思？發生什麼事了？」

「沒有時間慢慢解釋了，馬上離開這間醫院去找草薙蓮人，我在路上解釋給妳聽。」

庫庫魯迅速說完便向門口跑去，我一頭霧水地追在牠身後。

我在門前回頭看著躺在病床上的「我」。

「……這次我一定會救妳。」

我這麼說完飛奔出特別病室，才踏入走廊一步就一句話也說不出來僵立當場。走廊的樣子和進入病室前完全不一樣，原本鋪著的地毯變成了紅黑色，彷彿由線蟲組成般令人毛骨悚然地蠕動；掛在牆上的肖像畫，畫中人物臉部肌肉腐爛，甚至露出骨頭，發出了痛苦的聲音。

「這是……什麼啊……」

「好啦，不要呆站著，快點走吧。」庫庫魯用臉推著我的腳踝。

「不要，這種蠕動扭曲的地毯！」生理上的厭惡感讓我拔高了聲音。

「啊——真是的，這裡可是夢幻世界，而且是妳自己的夢幻世界，所以想怎麼做都可以啦。」

庫庫魯張開嘴，朝著走廊猛烈噴火，我後退一步看著地毯纖維在紅豔的烈火中，發出哀鳴到處翻滾。烈焰消失時，地板上只剩下黑色的碳灰。

「這樣就可以了吧，快點走吧。」

既然怎麼做都可以，難道沒有更聰明的方式嗎？我內心抱怨著，追在快步前進的庫庫魯身後。裝飾在左右兩旁的肖像畫中，狀似殭屍的人們發出的尖叫聲讓我背脊發涼。

正當我想走過西洋盔甲前方時，盔甲突然動了起來高舉手中的劍。

「愛衣！」

我耳裡聽著庫庫魯警告的聲音，反射性地揮動一隻手，從我指尖生成的風化身為鎌鼬，連著劍將盔甲砍成兩段。

「哦，很厲害嘛，就是這樣。」

庫庫魯以輕快的聲音說完，把耳朵變成刀刃，頭也不回地將在牠背後動了起來的另一具盔甲直劈成兩半。

「好，那我們前進吧。」

我將華學姊的識別證貼在門禁讀卡機上，打開橫亙在一般病房與特別病房之間的鐵製自動門，呈現在門後的景象讓我說不出話來。

病房已經崩毀了，天花板的日光燈幾乎全部碎裂，大量碎片掉在積著灰塵的走廊上，牆壁上有一大片龜裂，從裂縫中滲出混濁的水。

我戰戰兢兢地沿著走廊前進，一邊偷看著病室內部，裡面露出生鏽骨架的病床或上下翻倒在地，或側倒在地，當然不見病患的身影；護理站則是散落一地用完的針筒及輸液袋，電子病歷的顯示器全部被砸破，螢幕或閃爍，或冒出火花。

「哎呀，真是慘不忍睹呢，這樣電梯應該動不了吧，我們從那邊的緊急逃生梯走吧。」

「嗯、嗯。」

我打開緊急逃生梯的門，和庫庫魯一起走下瓷磚剝落、瓦礫四散的樓梯，穿過和病房一樣悽慘的一樓門診候診室，從正面玄關來到外面時，我停下了腳步，下個不停的雨的另一頭，景象看來完全改變了。

附近的幾棟大樓彷彿從中間被咬下一塊似地遭到刨開露出鐵架，其中還有攔腰折斷倒塌的建築，周圍的住宅幾乎半毀，屋頂上開了好幾個大洞，像是被砲彈洗禮過一番。

醫院正前方綿延的大馬路，柏油路上四處出現了如蜘蛛絲的龜裂，龜裂的中心處則可見到深陷的撞擊坑，簡直就像遭到空襲後整條街道化為廢墟的景象，我沒有絲毫頭緒究竟發生了什麼事。

「這真是超乎想像的破壞力呢。」

「這是……怎麼一回事？」

「就如同妳見到的，夢幻世界正在崩毀。」

「這是……我的關係嗎？是指我在做惡夢嗎？」

之前見過的夢幻世界中，如夢似幻的世界也曾在中途變化成惡夢。

「不是，這不是變化而是破壞，是從外部潛入的異物造成的破壞。」

「異物……是指蓮人嗎？」

「不，身為草薙蓮人瑪布伊的那個孩子沒有這樣的力量，那個孩子就和外表一樣極為弱小，問題在於和那個孩子一起被妳吸進來的存在。」

「和蓮人一起……」

「啊！」我失聲叫道。

「袴田醫師的……少年X的庫庫魯……」

「答得好，現在正在破壞這個世界的是少年X、草薙蓮人的庫庫魯。」

庫庫魯壓低聲音道。

「被薩達康瑪利吸走的瑪布伊會在薩達康瑪利創造出來的夢幻世界裡陷入昏睡，瑪布伊本身也會創造出夢幻世界，而庫庫魯則會被困在瑪布伊創造出來的夢幻世界中。但是，有極少數的瑪布伊即使被吸走了也不會失去意識，他們會在薩達康瑪利的夢幻世界中徘徊，這次的那名男孩就是這樣，這種時候，瑪布伊的庫庫魯也會同樣出現在薩達康瑪利的夢幻世界中。」

「所以袴田醫師的庫庫魯一直在我的夢幻世界裡對吧。」

「嗯，沒錯。那傢伙的庫庫魯將自己融入這個世界裡潛伏著，然後有時候引發地震，有時候又以瑪布伊為核，將一部分的自己實體化，反覆一點一點地搞破壞，例如殺了人之後把遺體破壞到不成原形。」
庫庫魯合起雙耳揉捏般地動著。
「那也是袴田醫師的庫庫魯做的好事……」
所以在身為「核」的蓮人住院期間，殺人案才會中斷。
「沒錯，那傢伙在現實世界犯下連續殺人案，而在這個夢幻世界裡，那傢伙的庫庫魯也持續在殺人，那傢伙已經不是人類，完全就是個怪物了。」
「吶，庫庫魯，」我凝視著庫庫魯，「你也差不多該告訴我了吧，庫庫魯這樣的存在究竟是什麼？你說是映照出瑪布伊的鏡子，那是騙人的吧？因為弱小的蓮人和做出這種破壞的袴田醫師的庫庫魯，性質也差太多了吧。」
「那並不是騙人的，庫庫魯在某種意義上，可以說是映照出瑪布伊，也就是那個人本質的鏡子，只不過確實是不正確。」
庫庫魯吐了一大口氣後開始說道。
「庫庫魯在琉球語中代表『心』的意思，動物總是在向周圍付出心之碎片『情感』，同時也接收『情感』而活，尤其是智力發達的人類身上更為顯著。而從他人那裡接收到的心之碎片，會聚積在靈魂，也就是瑪布伊之中，分離之後便會誕生出庫庫魯，也就是說我們庫庫魯，是那個人接收到的情感的集合體。」
「情感的集合體……」
「沒錯，不論是愛情或友情等正向的情感，或是憤怒、憎恨、嫉妒等負向的情感，全部都是構成庫庫魯的要素。如果想成是反映出一個人經年累月接收到的情感，那麼就可以說是映照出人生的鏡子，也就是類似瑪布伊的鏡子了不是嗎？」

這也太強詞奪理了，我在內心吐槽著，庫庫魯在我面前跳舞般轉了一圈。

「我問妳，愛衣，妳不覺得我非常可愛嗎？」

和緊張的場面不搭調的言論，讓我「蛤？」地皺起了眉頭。

「我是說，客觀來看，會認為我是個非常可愛的庫庫魯對吧？這是因為一直以來妳得到了許多愛情灌注的關係。」

「愛情灌注……」

「沒錯，」庫庫魯咧嘴揚起了鬍鬚墊，「來自爸爸、奶奶、黃豆粉和跳跳太，以及媽咪，妳沐浴在許多的愛情之中，這些經過累積之後就孕育出了我，所以我不是說過嗎？只要有我在，妳就不會是一個人。」

一股暖意湧了上來，我伸手摀著嘴，庫庫魯伸長了耳朵為我擦去滲出的淚水。

「哎呀，愛衣真的是個愛哭鬼呢，就是因為這樣我才會成為這麼可愛個性又好的庫庫魯，不過也有庫庫魯是在完全相反的環境中誕生。」

「袴田醫師，少年X的庫庫魯……」

「沒錯，草薙蓮人從小就遭到殘忍的虐待長大，在這過程中，累積了來自雙親的大量負向情感，於是誕生出怪物般的庫庫魯，幾乎要吞噬掉瑪布伊的庫庫魯。」

「那麼袴田醫師……少年X犯下的罪行是庫庫魯的錯嗎？袴田醫師沒有錯囉?!」

我熱切地問道，庫庫魯雙耳環抱。

「庫庫魯和瑪布伊會給彼此帶來複雜的影響，這個影響呈現在人類的性格上。那傢伙會成為異常快樂殺人者的確是有受到他父母虐待影響的部分，但即使在相同的環境下成長，也不一定會變成罪犯，不僅如此，甚至有許多人成為品格高尚的人。雖然那傢伙有值得同情的地方，但不代表他就沒有罪，毫無疑問地，是他自己選擇要殺了那麼多的人。」

「……說得也是。」

我搖搖頭，甩去浮現在腦海中溫柔微笑的袴田醫師。

「總之，不論再怎麼處於負向的情感中，一般來說庫庫魯都不會變成怪物，基本上，我們是從瑪布伊誕生，並且陪伴在其身旁的存在。」

庫庫魯自言自語般地說著，「什麼？」我一反問，他就像要含混過去似地搖搖耳朵。

「沒什麼，不用在意，比起這個，我們必須集中精神在接下來該做的事上。」

雖然我有些在意庫庫魯的態度，但還是點點頭。

「那麼庫庫魯，你告訴我，接下來我該怎麼做才好？該怎麼做我才能醒過來？」

「首先要找出那個孩子，那傢伙的瑪布伊，無論多麼強大的庫庫魯，都沒辦法獨立於瑪布伊之外存在，只是妳要小心，那傢伙的庫庫魯應該也在尋找那個孩子。」

我想起蓮人看著窗外說「爸爸和媽媽在叫我」的事。身為瑪布伊的他，那個時候是否受到了自己邪惡的庫庫魯的呼喚？

「愛衣妳是猶他，妳的夢幻世界很強韌，那傢伙的庫庫魯也無法輕易出手，所以才能將身為瑪布伊的那個孩子帶到這間醫院保護。」

「但是蓮人卻離開了。」

「那傢伙的庫庫魯獲得了力量，或是說，牠恢復了被妳吸進來時受到衝擊而失去的力量，因為這個關係，那孩子就從醫院消失了。那傢伙的庫庫魯大概是打算完全吞噬身為瑪布伊的那孩子並且實體化，然後將能力發揮到極致奪取這個世界吧。」

「我該做的事，是找出蓮人對吧？」

「嗯，沒錯。」庫庫魯點點頭，「只要從這個世界裡排除那孩子，那傢伙的庫庫魯也會跟著消失，妳就會醒來了。」

「……排除，是什麼意思？」聽起來不祥的字眼讓我的臉繃了起來。

「就看妳想要怎麼解釋囉。」

就在庫庫魯說出意有所指的這句話時，瞬間雷鳴轟響，十多公尺前方的地面被整塊刨走，腳邊強烈晃動。我抬頭看向落下大量雨滴的大空，覆蓋住天空的黑雲中，可以見到閃電劃過，現實中不可能出現的，漆黑的閃電。

剛才在病室裡聽到的，說不定是黑色雷電同時落下破壞街道的聲音。

「哎呀，這下是真的不好了呢，看來沒時間悠哉聊天了，必須在這個夢幻世界被完全侵蝕，或是遭到破壞之前排除那個孩子。愛衣，走吧。」

「如果夢幻世界被完全奪走或是被破壞的話會怎麼樣？」

庫庫魯焦躁的樣子挑動著我的不安，庫庫魯硬著聲回答。

「妳的瑪布伊，也就是妳，會被囚禁在完全的『虛無』之中，無法再次於現實世界中醒來。」

可怕的事實讓我從喉嚨發出了彷彿吹笛般的咻咻聲。

「別擔心，愛衣，事情不會變成那樣的，情況危急時我會想辦法。」

「想辦法……你有什麼方法嗎？」

「有是有，但像是最後的最終手段的感覺。無論如何，現在沒有多餘的時間解釋了，必須快點去找那個孩子，愛衣，妳要找出那個孩子在哪裡。」

「我怎麼可能做得到那種……」

「妳可以的，因為這裡是妳的夢幻世界呀，試著集中精神。」

庫庫魯強而有力地說，我不禁點頭「嗯、嗯」，照著牠說的閉上眼睛集中意識。蓮人……眼瞼內側好像亮起了微弱的光芒，我張開眼睛，庫庫魯問道：「妳知道了嗎？」我指向醫院前方的大馬路。

「這前方，我覺得蓮人就在從這裡一直往前走的地方。」

「現在的妳這麼感覺的話準沒錯。」

庫庫魯這麼說完便噘起嘴，吹出了如肥皂泡泡般的透明泡泡，隨著泡泡越來越大，將我們給包了進去。

「這樣就不會被雨淋溼了，那我們走吧。」

離開神研醫院的我們沿著化為廢墟的街道前進，周邊盡數遭到破壞，不僅沒有人煙，連生物的氣息都沒有，在這樣的情況下，卻只有這條馬路的路燈沒有壞掉，散發出黑紫色的妖異光芒。

「要保持警戒，這裡不是現實世界，而是被具有惡意的庫庫魯改變過的夢幻世界，不知道會有什麼樣的危險。」

「意思就是跟之前的夢幻世界一樣吧。」

「沒錯，跟之前的夢幻世界一樣，而且，這是最後的冒險了。」

最後的冒險，我往下看向在泡泡裡一起前進的庫庫魯。

從許多人灌注在我身上的愛情中誕生的，可愛的兔耳貓，這是最後一次和牠一起在幻想世界中四處奔走了……內心湧現出寂寞，我移開了眼睛。

現在沒有時間想這種事，而且在現實世界中醒來之後，也可以和庫庫魯在夢中相見，身為猶他的我會記得這件事，不用感到寂寞，現在只需要想著如何尋找蓮人，找出他，然後……

我們走在柏油路充滿裂痕，隨處可見大型撞擊坑的大馬路上。

黑色的閃電從天空伴隨著大量的雨滴打下，刨開大地，震撼著大地。

好奇怪……我動著腳步，同時加強了警戒。我們已經在大馬路上走了超過十五分鐘，但我記得這條路在步行五分鐘的地方會形成T字路口，可是道路卻還在筆直地往前延伸。街道的結構改變了，當我這麼察覺時，大馬路兩旁遭到破壞的住宅街也消失了，變成一片荒蕪的空地。

馬上就要抵達決戰地點了，與正在侵蝕這個世界的少年X的庫庫魯決戰的地點，這個預感，讓我的緊張隨著血液送到了全身的細胞。

「……好像看到什麼東西了呢。」庫庫魯悄悄說道。

我凝神一看，不斷落下的雨的另一側，隱隱約約可以見到拱狀的東西，隨著距離越來越近，那個東西的樣貌也越來越清晰。那是一扇門，至少有五層樓建築高度的大型鋼鐵門，從門的後方，流洩出與這個肅殺的世界不相稱、明亮且華麗的光線，以及活潑的音樂。

「愛衣，那個孩子在這裡嗎？」

我集中意識數秒之後點頭，這扇門的後方傳出了蓮人的氣息。

「那就走吧，最終決戰。愛衣，開門吧。」

「知道了。」

我揮動一隻手，在內心命令「開門」，看起來有數噸重的巨大門扉發出軋吱聲緩緩地打開。

對已經習慣黑暗的眼睛來說太過刺目的光從縫隙間灑了出來，我的手遮在臉前瞇起了眼睛，不久後，眼睛習慣了這個亮度，在捕捉到門後顯現的景色時，心臟瞬間被冰凍的手給攫住。

那裡是遊樂園，在五彩繽紛燈光照射下的夜之遊樂園，入口正面的噴水池投射在七色燈光中，噴起了高得幾乎直衝天際的水柱。

二十三年前，遭到少年X攻擊的遊樂園。

「這裡就是……決戰之地……」

「看來是這樣呢。」庫庫魯點點頭。

「為什麼是這裡……只有這裡我一點也不想來……」

在我如夢話般囈語的瞬間，胸口到側腹傳來一陣銳利的疼痛。

二十三年前，劃在我的瑪布伊上的傷口疼了起來。

「之前的夢幻世界裡，大部分不也都是在最能夠展現出創造了那個世界的人物心靈創傷的地方進行瑪布伊谷米嗎？這次也一樣呀。刻在妳內心的心靈創傷創造出這個遊樂園，成為決戰的地點，進行瑪布伊谷米的地方。」

從腳底產生的顫抖往全身擴散，就像大量的蟲子爬到身上一樣，胸口的疼痛越來越強烈，傷痕或許又裂開了，我按著胸前，瞪著正前方的噴水池。

「愛衣，妳可以嗎？」

庫庫魯一臉擔心地問，我用幾乎要發出磨牙聲的力道使勁咬合下巴，好抑制住傳遍全身的顫抖。

「沒問題！」我從腹部深處發出聲音。

我已經決定要克服心靈創傷，也就是關於那起慘劇的記憶了，沒有比這裡更適合的舞台了。

走吧，與那一天的記憶，以及引發那起慘劇的罪魁禍首對峙，然後獲勝。

我緊握拳頭，拖著彷彿被套上枷鎖的沉重步伐，一步一步走近聳立在正前方的大門。就在穿過大門的同時，照耀著噴水池的光細微地閃爍，簡直就像在警告我一樣。

「凝事！」

我的手往旁邊一揮，原本正往上噴的水柱攔腰彎折，然後崩落。水池停止噴水後，另一頭廣闊的遊樂園便一覽無遺。

旋轉木馬、雲霄飛車、摩天輪、咖啡杯，各式各樣的遊樂設施在雨中，浮現於色彩鮮豔飽和的燈光下。

蓮人在這裡的某個地方……「走吧，庫庫魯。」我催促著庫庫魯，往園內走去。在經過噴水池旁邊時，從設在那裡的垃圾桶暗處忽然跳出了一道影子。

「歡迎光臨！」

松鼠造型的布偶向擺出警戒姿勢的我說話，是出事的那間遊樂園裡的吉祥物。

「今天要開開心心玩個夠喔！」

我記得那一天和這個吉祥物的布偶開心地拍了紀念照，不過現在牠那內心似乎隱藏著算計的虛偽笑容令人不寒而慄。

「妳喜歡哪一種遊樂設施？雲霄飛車？鬼屋？還是……」

我無視對著我說個不停的布偶，環顧了整座遊樂園，獅子、犀牛、狗、蜥蜴等等，雖然有各種可愛版的動物吉祥物，卻沒有看見人類的身影。

「喂，可以問你嗎？」

我向還在自顧自說個不停的布偶問道。

「嗯，怎麼了嗎？有什麼困擾可以儘管說唷。」

「你有沒有在這座遊樂園裡看到一名小男孩？」

「妳在找迷路的孩子嗎？這樣的話可以去走失兒童服務中心喔。」

「不是，我是在問你有沒有看到！」

我拉高聲音，布偶保持著虛偽的笑容微微地歪了歪頭，之後「啪」地合起了雙掌。

「啊——小男孩呀，會不會是在那裡？」

布偶指著遠方的旋轉木馬，視線移往那裡的我瞪大了眼睛，瘦弱的男孩正低頭坐在旋轉木馬上的南瓜馬車裡。

我往地面一蹬飛奔而出，後方一句「等一下還有遊行，祝妳玩得愉快！」沒有緊張感的聲音跟著傳了過來。

「愛衣，不要太焦急，草薙蓮人的庫庫魯應該也在附近，要保持警戒。」和我並排跑著的庫庫魯說道，「我知道。」我一邊回答，視線同時被遠方的蓮人給吸引。成功保護他之後，見到他之後該怎麼做，我現在還沒有結論，這使得我視野受到限縮。

來到旋轉木馬附近的我，一揮手割開了包覆身體的泡泡，在我淋著雨跳過周圍的柵欄時，旋轉木馬突然開始旋轉了起來。薰衣草紫的燈光下，馬、駱駝、車子、船、昆蟲等各式各樣的東西都在旋轉，它們的速度遠遠超過現實中的旋轉木馬，似乎光是碰到就會被彈飛出去。

南瓜馬車經過我前方的瞬間，我大叫：「蓮人！」

蓮人抬起臉，好像看往這個方向，他的身影高速流過。

停下來！我在心中命令，向前伸出一隻手，類似齒輪卡到異物的聲音響起，旋轉木馬的速度急速下降。

庫庫魯往上一跳緊抓著我肩膀的同時，我跳到了旋轉木馬上。

從我的干擾中脫離的旋轉木馬一口氣加快了旋轉速度，因為那股力道而失去平衡的我蹲下身體，只要稍微不留神，似乎就會被離心力給拋飛出去。我在駱駝和快艇之間爬行，穿過它們之後，伸出爪子抓住我白袍的庫庫魯用耳朵指向裡面，「那邊。」那個方向可以看見蓮人搭乘的南瓜馬車。

「蓮人！」

我再次大喊，「大姊姊。」蓮人的嘴形看起來微微地動了動。

「你等我，我現在就過去。」

這時候，極近距離處響起了嘶鳴聲，旁邊的塑膠馬像是要踏過我一樣抬起了兩隻前腿。

「危險！」

庫庫魯用伸長的雙耳掃過馬的後腿，原本馬蹄對著我的馬摔了個倒栽蔥之後，踢蹬著腿嚎叫，彷彿在呼應那叫聲一般，周圍的雞、獨角仙、螳螂等塑膠製的生物們一起向我攻來。

在庫庫魯揮著耳朵保護我不被動物們攻擊的那段期間，我雙手貼在地上心裡唸唸有詞。

全部都吹走吧！

以我和庫庫魯為中心颳起了暴風，將周圍的動物們給吹飛了出去，我們跨過翻了個腹肚朝天、揮動著六隻腳的鍬形蟲，往南瓜馬車靠近。

「蓮人！」我打開馬車的門往裡看，但瘦弱的男孩已經不在那裡了。

「愛衣，那邊！」

庫庫魯用耳朵指著外面，如跑馬燈般流逝的外頭風景中，可以見到蓮人踩著沉重的步伐走進如同燈光照射下的稜鏡一樣散發出彩虹光芒的平房建築。

我再次將手抵在地上，內心唸著：「停下來！」這次從腳下傳來整個齒輪都被破壞的異聲，旋轉木馬的轉速慢慢下降，等到速度降到某個程度之後，我和庫庫魯從旋轉木馬上跳下，往蓮人走進去的建築物奔去。

我鑽過掛在入口處的布簾進入建築，正打算沿著昏暗的走道前進時，額頭受到猛烈的撞擊因而往後仰，感覺眼前散落一陣火花。

「好像很痛呢，妳還好嗎？所以我就說不要急啦。」

我聽到了庫庫魯的聲音，按著額頭抬起眼，前方正站著「我」。

「鏡子……？」

「沒錯，這是鏡屋，用鏡子打造的迷宮，入口處不就寫了嗎？」

雖然庫庫魯的聲音是從後方傳來，但卻在前方看到牠的身影，我輕輕伸出手，看起來空無一物的空間裡卻有著鏡子，光滑冰冷的觸感從指間傳來。

「蓮人在這裡面嗎？」

「看來是這樣呢，不過必須小心前進不然……」

庫庫魯說到這裡時，我瞥見了蓮人的身影就在裡面，「蓮人！」我忽地往前衝，結果額頭再次用力撞上了鏡子。

「……我剛正想說會變成這樣。」

因為太痛了我蹲下身按著額頭，庫庫魯以受不了的口吻邊說邊走過來。

「可是我看到蓮人了……」

「要是在這裡慌張地橫衝直撞，妳的額頭會受不了的，要像這樣一邊確認一邊前進。」

庫庫魯一邊向前伸著雙耳一邊邁開腳步，我也學牠雙手放在前方一步一步往前走，在昏暗的鏡之迷宮費盡千辛萬苦前進後，再度遠遠地看到了蓮人的背影。

「蓮人，這邊！」

我大聲喊完，蓮人動作緩慢地轉過身。

「大姊姊……」

細微的聲音在鏡之走道上迴盪，這次我小心地保持雙手在前，慢慢縮短我和蓮人之間的距離，中間雖然好幾次被鏡子牆壁擋住去路，我還是不停動著腳步，終於來到似乎觸手可及蓮人的距離了。

我蹲下身伸出雙手，他也怯怯地伸出手。

可以抱到他了，就在我這麼想時，手碰到了冷硬的東西，蓮人的身影也瞬間消失了。

「又是鏡子?!」

我嘖了一聲，視線看向左右尋找蓮人，他應該就在這附近。

右後方出現了蓮人逐漸遠離的背影，我急忙，但又小心不要撞到鏡子地小跑步往那裡過去。

「蓮人，等一下。」

雖然我出聲喊他，但他並沒有回頭，轉個彎便消失了，我追在他身後踏入他消失的那條走道，瞬間全身皮膚起了雞皮疙瘩，我潰不成聲地尖叫倒地。

那裡站著少年X，渾身是血拿著刀，那一天的少年X。

事件的記憶鮮明地復甦，我癱坐在地上往後退。

「不要……不要……」

少年X以不帶任何情感的雙眼盯著我，就像那天一樣。

我直接坐著往後轉身，想要爬著逃離，但是那裡也站著少年X。

互相映照的鏡子中，站著綿延不絕的少年X，這幅景象漸漸侵蝕我的精神。

「愛衣！」追上來的庫庫魯靠在我身邊，「不要怕，那不是真的少年X，是妳內心的恐懼產生的虛像。妳不是要克服心靈創傷嗎？少年X已經無法傷害妳了，因為妳變得更堅強了，所以妳要贏過他，妳要將他抹去！」

我抬起低垂的視線，庫庫魯的臉就在幾乎要碰上我鼻尖的地方。

大眼睛，簡直像星球飄浮在宇宙中一樣，包覆著細碎亮光的琥珀色美麗眼眸，我對上那雙眼，盤據在胸口的窒息感逐漸消逝。

我抬起頭看著少年X。

少年X的形象一直都是巨大如象的蜥蜴，不論是喜怒或哀樂，完全不流露任何情感，只是隨著本能捕食獵物的巨大爬蟲類，但是現在站在眼前的，卻只是個還很年幼且瘦小的男孩而已。

我目不轉睛地觀察少年X，從袖口伸出來的手臂細若枯枝，看得出來他營養失調，臉色很糟糕，也許是過瘦的關係所以眼窩凹陷，從T恤的領口可以微微窺見因皮下出血而變色的皮膚。

「我竟然一直被這麼弱小的孩子給困住嗎……？」

我輕撫庫庫魯的頭，牠似乎很舒服地喉嚨發出咕嚕咕嚕的聲音。

「是現在才會看起來很弱小，直到不久之前，對妳來說少年X毫無疑問地就是個怪物，但是妳在幾次的瑪布伊谷米中變得堅強，取回了被少年X奪走的記憶。」

「和媽咪之間的記憶……」

「嗯，沒錯。」庫庫魯的臉頰磨蹭著我的手，「所以妳才能不把少年X看成是怪物，而是一名男孩。好了，現在就消除妳刻在深層意識中，對那傢伙感到的恐懼吧。」

我坐起趴在地上的上半身，用力地點頭後，伸手朝向前後一個接一個站著的無數少年X們。

消失吧！在我內心這麼想的瞬間，從掌心迸出閃光，破壞了前後的鏡子以及映在其中的少年X，直線排列的鏡子粉碎四散，閃著像是鑽石星塵一樣的光芒落下。

「……其實我剛指的不是物理性消滅他的意思。」

我對這麼說的庫庫魯回道：「這種事還是做得誇張一點比較好吧。」然後站起身，我注意到蓮人正走在從我打穿的大窟窿看出去的外面。

「庫庫魯，那裡。」

我小心不要被鏡子碎片割傷同時來到了外面，打算追向遠處的蓮人時，裝飾著大量燈飾，散發出華麗光芒的海盜船隨著無限輕快的音樂穿過前方的大馬路，被擋住去路的我愕然抬頭看向船底裝著車輪的海盜船，甲板上，海盜裝扮的各種動物布偶正在揮手。

「看來是遊行呢。」庫庫魯嘆著氣說道。

接在海盜船後方的是氣球、飛機、火車頭、甚至是機械製的蜈蚣，在掛滿燈飾的各式各樣車輛上，布偶們正快樂地跳舞。

「你們很擋路，快走開啦！」

雖然下著雨我仍拚命大聲喊道，可惜布偶們的遊行依然進行著。

「啊──受不了。」我粗聲說完，鑽過飛機和火車頭之間，移動到馬路的另一邊環顧四周，然而蓮人已經消失了。

從背後傳來的活潑音樂刺激著我的神經。

「為什麼會這樣啊！」

「妳生氣也沒有用呀，這場遊行也是妳夢幻世界的一部分，也就是說這是從妳的想像中產生的東西。」

就在我因庫庫魯的一番正確言論而皺起了臉時，遊行隊伍在大馬路的十字路口轉彎，消失在紅磚造建築的背面。

蓮人去哪裡了呢？當我因尋找他而在有雲霄飛車的廣場四處奔走時，從遠方傳來了尖叫聲，飽含了恐懼以及痛苦的聲音，在雨中聽起來重疊了好幾層。我和庫庫魯對看一眼，同時轉向聲音傳來的方向，是剛才華麗的遊行隊伍消失的馬路。

我們飛奔出去，轉過紅磚建築之後，是一條由石板鋪成、寬度少說有五十公尺的道路筆直延伸，右邊有一座飾滿彩燈閃閃發光的摩天輪，而三百公尺前方的道路盡頭，則矗立著一座打著美麗燈光的西式城堡，但是我的注意力並不在那些建築上，而是被數十公尺前方石板地上一整片的東西吸引。

參加遊行隊伍演出的布偶們的遺體，正散落在那裡，與其說是遺體，反而更接近殘骸，任何一隻布偶都看不出原形，四肢被砍成小段、臉部遭到重擊凹陷、軀幹破裂內臟外溢。

我的腳邊掉著一隻包覆在栗色毛髮之下的手臂，那是剛進遊樂園時跑來和我說話的松鼠布偶的手臂，柔軟毛髮與粉色肉球營造出的夢幻氛圍，與露出被扯斷的肌肉和斷裂骨頭的怪誕肢體斷面對比太過強烈，感覺彷彿在看什麼前衛的藝術品。

「……在那裡。」

聽見庫庫魯的聲音而抬起頭的我握緊了拳頭。

瘦弱的男孩背對著我們，一動也不動地站在遭到破壞的車輛碎片與布偶們的遺體中。

「蓮人……」

我呼喚他的名字，他緩緩地轉過身，雨水漸漸沖去沾在他身上的血液、臟器與腦漿。

「大姊姊……」

蓮人以彷彿高燒囈語般的聲音喃喃道，跳上我肩膀的庫庫魯悄聲說：「千萬不要大意了。」

「這是……你做的嗎？」

為了不論發生什麼事都能應對，我蹲低了姿勢問道，蓮人低頭看著沾附了黏稠血液的自己的雙手。

「……我不想做的，我不想做……這種事，可是……爸爸和媽媽……」

蓮人仰頭看向黑雲覆蓋下的天空，就在這瞬間，黑色閃電雨傾盆而下，整個人幾乎要被吹走的衝擊與鼓膜簡直快破裂的爆炸聲，讓我反射性地閉上眼，一手擋在臉部前方，腳邊傳來由下而上擠壓的晃動，和特別病室那時一樣的現象。

晃動平息之後，我小心翼翼地抬起眼瞼，頓時懷疑起自己的眼睛。

遊樂園遭到了破壞，摩天輪的鋼架焦黑傾頹，位於道路盡頭的城堡半毀著火，左側一整排如同歐洲港街的紅磚建築也崩塌了大半，石板路上出現好幾個撞擊坑，或許是散亂的布偶遺體燒了起來，周遭充斥著蛋白質燃燒的不快臭味。

「看來破壞街道的，是像剛才那樣的閃電雨呢。」

庫庫魯全身毛髮倒豎，擺出戰鬥姿勢同時說道。

「剛才那個，是少年X的庫庫魯搞的鬼嗎？那牠在哪裡？」

我抬頭仰望天空，雷雲之中只見黑色閃電劃過，並沒有發現類似少年X庫庫魯的東西。

「……爸爸和媽媽要來了。」

蓮人以參雜著強烈恐懼與絕望的聲音這麼說的同時，事情發生了，覆蓋天空的黑雲開始捲起漩渦，眼看著旋轉速度越來越快，變成一道漆黑的龍捲風吹到了地面。

黑色龍捲風纏上蓮人，吞噬他的身體後逐漸膨脹，而我只能驚慌失措地看著什麼也做不了。

化成龍捲風掉落地面的黑色雲團，開始變化出可怕的形體。

「這就是……少年X的庫庫魯……」

我顫抖著聲說，抬頭看著在數十公尺前方現身的異形生物。

那是……怪物，除此之外我找不到其他方式形容。

觸手般光滑蠕動的無數隻腳，支撐著大小如小山丘的龜甲狀胴體，且從其中長出十數隻脖子，又粗又長彷彿數千年樹齡繩文杉樹幹的脖子前端，則有形如暴龍、長著散發出黑曜石光澤鬃毛的頭部。

「龍……」我無意識地說出這個詞彙。

「看起來的確像是龍呢，雖然身體長那樣感覺不是太好。」

庫庫魯雖然嘴裡說著玩笑，語氣裡卻充滿了緊張感。

十數隻脖子交纏之後，雲層散開，那些龍對著晴空萬里的夜空張大了生著尖牙的嘴巴，隨著震撼大地的咆哮，龍的嘴裡迸出黑色閃電，劈開了天空。

「原來一直覆蓋著這個世界天空的黑雲，就是少年X、草薙蓮人的庫庫魯啊，牠是以那個孩子為核，一部分化為實體之後去殺人的吧。」

庫庫魯伸長雙耳擺好警戒姿勢。

雖然只是一部分，不過那樣的怪物就是兇手嗎？也難怪遺體會無法辨認原形了。

「那種東西一直在這個世界裡嗎？少年X一直接收父母這麼殘暴的情感嗎？」

我被非比尋常的怪物給震懾，舌頭變得不太靈光。

「起先應該不是這麼誇張的存在，大概是這兩個月潛藏著侵蝕這個世界，而壯大了自己吧。話雖如此，一般庫庫魯是不會變得如此強大又詭異的，那個庫庫魯也太超出常理了……這是因為草薙蓮人殺了父母的緣故。」

十數隻龍逐漸鬆開交纏的脖子，牠們的眼睛看往我們的方向，我拚命地壓抑恐懼，擠出聲音：「這是什麼意思?!」

「構成庫庫魯的不只是每天接收到的情感而已。」

庫庫魯對上我的眼睛之後，浮現出些微羞赧的神情。

「人類在肉體滅亡時，也就是喪失生命時，瑪布伊的碎片會留在親近的人身上，連同對那個人的情感一起，而那個瑪布伊會成為接收碎片的人庫庫魯的一部分繼續存在。」

瑪布伊谷米成功時的記憶在我腦海中復甦，夢幻世界即將崩毀之前佃先生的庫庫魯變成了他太太的樣子，環小姐的庫庫魯則變成她的未婚夫久米先生的樣子，而從飛鳥小姐的庫庫魯身上，則傳達出她父親羽田將司先生有多愛自己的女兒。那些是與那三人彼此相愛的人，他們的瑪布伊、靈魂融入了那三人的庫庫魯之中所以才引發的現象嗎？

「少年X的情況則是……」

「原則上，瑪布伊的碎片會融入親近的人的庫庫魯之中，所以不太會有瑪布伊的碎片留在討厭的對象，或是憎恨的對象之中的情況。只是也有例外，就是被身邊的人懷著惡意殺死的時候，在這種情況下，有時候被害人的瑪布伊會隨著迸發的負向情感一起融進兇手的庫庫魯中，簡直就像詛咒一樣。」

庫庫魯說完暫停了一下，盯著怪物，伸出舌頭舔了舔嘴。

「草薙蓮人殺害雙親的時候，被殺的兩人的瑪布伊隨著源源不絕的憤怒、怨恨、憎惡一起融入了那傢伙的庫庫魯裡，然後可怕的怪物在內心築起了巢，結果那傢伙就被怪物逐漸吞噬了。」

聽完說明，我察覺到了一件事，「等一下，那麼……」我盯著庫庫魯。

「看來已經沒有時間繼續說話了呢。」

庫庫魯用下巴指了指，那些龍瞪著我們的方向，開始張大嘴巴。

「要來了，做好防禦！」

庫庫魯大叫，高速旋轉伸長的耳朵創造出一面光之盾牌，我也伸出雙手從內側強化盾牌，與此同時，那些龍射出了黑色閃電，迸發的雷電撞上光之盾，激烈的火花與火焰四散，雖然擋下了正面攻擊，但是有如發生車禍一樣的衝擊力道向全身席捲而來，我和庫庫魯被拋飛到十數公尺外，撞在了潮溼的石板上。

我因疼痛而呻吟著爬起身後，不禁瞪大了眼睛，一條龍正對著我們張開了大口，我和庫庫魯倏地往旁撲去，緊接著黑色閃電劈在了我們剛才所在的地方，石板像熱刀切奶油一樣逐漸裂開。

庫庫魯從雙耳前端射出雷射光，光芒雖直接打在怪物的胴體上造成些微破壞，但傷口周圍馬上有黑雲湧出修復該部分。

「這樣不行，愛衣，總之我們先逃吧。」

庫庫魯迅速轉過頭，我站起身點頭，和庫庫魯一起跑了起來，回到鏡屋所在的大馬路上躲到紅磚建築的暗處。

漆黑的閃電隨著咆哮劃過，貫穿並破壞建築物，我張開雙手築起透明障壁，保護身體不被掉落的瓦礫雨打傷。

「這次是真的情況不妙了，我們沒辦法對付那個怪物。」

我聽著庫庫魯參雜焦躁的聲音，一邊從建築物的暗處偷看怪物的樣子，牠似乎正朝著我們的方向而來，但也許是身體太龐大了，速度很緩慢。

「要不要先暫時逃跑，重整態勢再來？」

「這樣牠會越來越難對付，那個庫庫魯已經擁有足夠的力量侵蝕這個世界了，所以才能夠這樣出現在身為這個夢幻世界創世主的妳面前。」

「那該怎麼辦才好?!」

我拔高了聲音，庫庫魯雙耳環抱。

「……只有一個辦法，就是搶回那個孩子。」

「搶回蓮人？」

「沒錯，怪物是以身為瑪布伊的那孩子為核而組成，如果可以拉出那孩子，怪物應該就無法再維持形體了。」

「意思是會回到天空成為黑雲嗎？」

「不，應該不會這樣，那個怪物完全吞噬瑪布伊化為實體，現出牠的真面目，牠已經沒辦法再回到原本的黑雲狀態了，失去核之後，牠就只能崩毀。那傢伙也被逼到了必須奮力一搏最後一戰的局面。」

「但是該怎麼做才能拉出蓮人？對方那樣攻擊，我們連靠近牠都沒辦法。」

怪物的腳步聲越來越近。

「由我來引開攻擊，妳趁那個空檔進入怪物體內尋找那孩子。」

「進入……那個怪物體內……？」恐懼與厭惡讓我全身僵硬。

「沒錯，做得到這件事的，只有擁有猶他之力的愛衣妳而已。」

我再次從建築物的暗處看向怪物，那個邪惡的庫庫魯以少年X的瑪布伊為核，實體化之後的怪物。刺傷爸爸，奪走媽咪，殺害以及折磨許多人的「惡意」本身。

現在能夠正面對決那股「惡意」並打倒它的人只有我了。

「……只有，這個辦法了對吧。」

「嗯，沒錯，雖然危險，但只有這個辦法，妳做得到嗎？」

庫庫魯拍著耳朵飄升到我的臉部高度看進我的眼睛。

「……我做。」我握緊拳頭說道，「我會把蓮人拉出來打倒那個怪物。」

「很好的表情，那麼我要說作戰方式了。等一下我會飛出去，從空中攻擊引開怪物的注意力，妳趁這個時候跑過去從腳邊入侵牠的內部，懂了嗎？」

我用力點頭之後，庫庫魯哼笑著伸出一隻耳朵，我揚起嘴角，拳頭輕輕打在牠的耳朵上。

「好，那我們就去進行最後的瑪布伊谷米吧。」

庫庫魯大力拍動耳朵高高飄起，往怪物飛過去，那些龍隨著咆哮射出閃電，不過庫庫魯迅速地一個翻身躲開攻擊。

就是現在！確認好所有的龍頭都在看庫庫魯之後，我從建築物暗處跑了出去，在潮溼的石板地上拚命奔跑，往小山般的胴體靠近，就在距離怪物只剩十數公尺時，幾隻支撐著胴體的觸手向我伸來。

「閃開！」

我集中意識在手上蓄積能量之後在身體前方揮舞，閃光劈過觸手的同時，將胴體穿出了一個小洞，我頭前腳後地跳進黑雲聚集開始進行修復的那個部分。

什麼都看不見，我飄浮在充滿了黏稠液體的空間中。

這裡是怪物體內……我忍著來自四面八方的強力擠壓，與黏在全身皮膚上的不快觸感，拚命揮動四肢撥開黑暗。

只要一張嘴液體就會灌進來，所以我也不能發出聲音。

蓮人，你在哪裡？正當我在心中呼喊時，好像聽見了從某處傳來的聲音。

「救救我……」一陣微弱的聲音，下一秒，黑白畫面流入我的腦海，年輕的男人正在隨意毆打男孩、蓮人的畫面。

「你這小鬼，瞪什麼瞪。」

男人的拳頭陷進了蓮人的腹部，蓮人吐著胃液倒下，男人依然執拗地不停踢著他的身體，房間一角，年輕的女人一邊在指甲上塗指甲油，一邊索然無味地看著蓮人遭受暴力的樣子。

這就是蓮人的日常……悲慘的景象讓我說不出話來，腦海裡一幕接一幕流入虐待的光景，被點著火的香菸摁在身體上、被浸入裝滿水的浴缸、寒冬中全裸被丟在陽台上、臉被壓到馬桶中……各式各樣的虐待施加在蓮人身上。

我想移開目光，但畫面直接映在腦海中所以沒辦法，只能消耗自我，看著蓮人被雙親虐待。

不久，畫面中斷，筋疲力盡的我飄浮在黑暗中時，又聽見了聲音。

「救救我……拜託，有沒有人來救救我……」蓮人的聲音，微弱地哀求的聲音。

全身肌肉放鬆的我想起來了，與他約好的事。

我會保護你，我對他這麼說過。

在那起事件發生之前，沒有任何人願意救他，只要有任何一個人向他伸出手，或許就不會發生那樣的事，爸爸、媽咪還有我或許就不會受到傷害。

過去已經無法改變，但是……未來可以改變。

我張大了嘴巴，滑溜的苦澀液體從口中入侵食道，甚至氣管，我忍耐著溺水、像是從身體內部開始溶解的感覺，將力氣集中到腹部深處。

我的身體散發出光芒，那道光芒逐漸侵蝕充斥在周遭的黑暗液體，我感受到入侵體內的黑暗也漸漸消失。我深深地吸了一口氣，大喊出聲。

「蓮人，在這裡！我在這裡唷！」

我的手伸入黑暗之中，指尖碰到了某個東西，我抓著那個東西不鬆手，絕對不會鬆手地用盡全力一拉，從黑暗中拉出了纖瘦的手臂，然後是身體。

「大……姊姊……？」

蓮人一臉不可思議地看著我，虛弱地說。

「是我唷，我按照約定來幫助你了。」

當我抱住瘦弱的身體時，從某個遠方響起了嘶吼聲，身體被拉往後方。

一回神，我和蓮人一起從怪物的體內被彈飛出去，我胸前抱著蓮人，背部撞在了石板上，後背竄過劇烈的衝擊力道，讓我喘不過氣來。

跌在石板地之後，我痛得整個人倒在地上，一邊呻吟一邊確認懷中的男孩，或許是昏倒了，蓮人眼睛閉著。

「愛衣！」

庫庫魯從上方降落，整個身體每一處毛髮都沾染了血汙，那個樣子訴說了牠與怪物的戰鬥有多麼激烈。

「庫庫魯，你平安無事吧？」

「總算是沒事，妳那邊似乎也很順利呢。」

嘶吼聲再次響起，一看，那些龍正痛苦地打轉，口中不斷朝天空吐出黑色的雷擊。

十多條龍各自想要朝不同方向移動，脖子隨著痛苦的嚎叫往四面八方伸去，龜殼狀的胴體承受不住那股力道，開始發出噼哩啪啦的聲音裂開，破裂的部分雖然隆起了黑雲，但那與其說是在修復傷口，看起來反倒像那個部分只是在不停增生而膨脹。

「牠因為失去核而開始無法維持樣貌了呢，不久之後就會自我崩壞然後消滅，這是只靠負向情感組成的庫庫魯最後的結局。」
「但是……我總覺得牠好像越來越大隻了。」
胴體裂開的部分無止境地膨脹，牠的體積還在增加。
「嗯，是呀，那隻庫庫魯已經沒有力氣占領這個夢幻世界了，牠現在能做的，也就只剩讓這個世界被自己的崩壞牽連罷了。」
「你說牽連，如果真的變成這樣……」
「別擔心，剩下的就交給我吧。」
庫庫魯笑著眨了眨眼，牠的笑容讓我感受到一種類似殉教者的覺悟，我的心臟用力地跳動了一下。
「庫庫魯……你想做什麼？」
「我之前說過的最終手段，我本來還擔心如果是剛才的怪物，效果不知道能不能完全發揮，不過若是現在這個崩壞前的狀態，就毫無疑問地可以消滅牠了。」
「最終手段是……」
我懸著一顆心地問完，庫庫魯用耳朵搔搔臉頰。
「這個嘛，簡單來說……就是自爆攻擊吧。」
「自爆……」
庫庫魯在啞然失聲的我面前聳了聳肩。
「這也沒辦法呀，除此之外，沒有其他方式可以從這個世界確實消除那個邪惡的庫庫魯了。」

「只要我現在馬上讓蓮人回到現實世界……」

「已經來不及了，放著不管，再過兩、三分鐘，那個怪物就會連同這個世界一起爆炸然後崩壞，所以必須在那之前做點什麼。」

「應該有其他辦法吧，其他的……」庫庫魯一臉為難地用臉頰磨蹭我伸出去的手。

「只有這個辦法了，不用擔心，我一定會打倒那個怪物，因為我是妳的、是猶他的庫庫魯所以很特別，我會用盡這股特別的能力所以沒問題的，只是很可惜的是，這麼做之後妳也會失去猶他的力量，因為猶他的力量也和庫庫魯有關，所以當妳醒來之後，會幾乎完全不記得在這個夢幻世界裡發生的事，和我一起經歷的冒險也一樣。」

「我不需要什麼猶他的能力！拜託你留在我身邊！」

我流著淚哀求，庫庫魯縮了縮肩膀。

「真是的，不管長多大妳都是個愛哭鬼呢。」

庫庫魯的聲音突然改變了，從類似變聲前的男童聲音，變成了低沉的男性聲音，當我正覺得庫庫魯的樣子似乎有一瞬間模糊時，突然牠的身邊就站了一名中年男子，我的眼珠簡直要掉出來似地瞪大了眼睛。

「爸爸?!」

站在那裡的是爸爸，應該在半年前就被袴田醫師殺害的爸爸。

爸爸溫柔地微笑著走向我，大手輕撫著我的頭。

「怎麼啦，愛衣，一臉看到鬼的表情。剛才不是說了嗎？人就算死後，瑪布伊也會留在親近的人身上，我的靈魂當然也留在了妳的身上，爸爸成為庫庫魯的一部分活在妳之中喲。」

彷彿在呼應爸爸的話似地，庫庫魯的樣子產生兩次模糊之後，出現了毛色淡黃的貓與純白的兔子。

「黃豆粉！跳跳太！」

我大聲喊叫，兩隻毛孩便開心地靠過來。

「動物當然也是一樣，」爸爸說，「這兩隻毛孩子一直陪伴在妳心中喲。」

我咬著嘴脣不讓嗚咽聲流出，交互撫摸著牠們的頭，黃豆粉舔了舔我的手背，令人懷念的粗糙觸感，讓我的內心逐漸熱了起來。

這時候，響起比剛才更大聲的嚎叫，不停膨脹的怪物胴體，已經脹大到幾乎要吞噬龍的脖子了。

「哎呀，時間不太夠了呢，喂，快點出來說幾句話吧。」

爸爸這麼一說，庫庫魯含著笑點頭，牠的樣子又開始模糊了起來。

「小愛，妳很努力呢。」

眼前出現了眼角擠出皺紋，一臉開心的奶奶。

「妳真的變成很厲害的猶他了，奶奶教妳那麼多東西很值得。」

奶奶用帶點粗糙的手摸著我的臉。

「教我那麼多東西……」

我眨著眼睛，奶奶淘氣地說道。

「妳在這個世界回家時見到的人，是真正的我喔。」

我吃驚地視線看向爸爸，爸爸彎起了脣角，「咖哩很好吃吧。」黃豆粉發出「喵」的叫聲，跳跳太湊了過來。

啊——是這樣啊，這兩個月裡，回到老家的時間是真實的，我真的和家人共度了幸福的時光。在我細細品嘗內心來來去去的感動時，爸爸瞇起了眼睛。

「吶，愛衣，最後還有一個人想要見妳。」

「還有一個人？」我這麼說著時，庫庫魯忽然消失，從背後伸出了手臂，纖細白皙的手臂輕柔地環住我。

「愛衣。」

我屏住了一大口氣，這個聲音我記得。

在我還小的時候，總是溫柔呼喚我名字的聲音，我輕輕地摸著那雙溫暖的手臂。

「媽咪……」

「妳還記得我呢，好高興呀。」

從後方抱著我的媽咪這麼說並看著我的臉。

溫柔的媽咪，總是陪著我的媽咪，不惜犧牲性命也要保護我的媽咪。

已經無法壓抑自己的嗚咽聲了，我抽抽搭搭地將臉貼在媽咪的手臂上。

「吶，愛衣，那起事件之後，妳一直握著在醫院裡沉睡的我的手對吧？我呀，雖然不能動，但是非常開心唷，因為妳陪在媽咪身邊，所以一點也不可怕。」

「對不起，媽咪，都是因為我……」

我哭著擠出一直很想說出口的話。

「不用道歉，妳成長為這麼棒的人，比任何事都更讓媽咪高興，而且我也可以這樣將我的心、我的靈魂留給妳。」

媽咪櫻花色的唇間綻放出笑容，以手指溫柔地拭去我的淚水。

「和無限的愛一起。」

無限的愛，源源不絕傾注的無償的愛情，我一直沐浴在這之中。

「妳可能不記得了，不過成為庫庫魯一部分的我，一直在夢中陪著妳，我看著妳的成長，不停地這麼想，那一天可以保護妳，真的是太好了。」

震耳欲聾的吼叫振盪了空氣，怪物的胴體一個接一個吞噬了龍的脖子，並且還在持續膨脹。

媽咪在我耳邊輕聲道。

「所以，再讓我幫妳一次吧。」

媽咪隨著這句話消失了，爸爸、奶奶、黃豆粉、跳跳太也消失了，取而代之的是包覆在淡黃色毛髮之下的兔耳貓，端坐在我面前。

「我很愛妳喲，愛衣。」

庫庫魯打從內心幸福地微笑。

「即使妳忘了我也沒關係，不過不要忘了這一點，大家都很愛妳的。」

庫庫魯又眨了一次眼之後轉身，朝著開始吞噬摩天輪，甚至城堡的怪物、袴田醫師的、少年X的庫庫魯悠然自得地走去。

庫庫魯的身形逐漸散發出炫目的光輝，牠的身體越長越大，四肢隆起了肌肉，淡黃色的蓬鬆毛髮披上了閃耀的金黃色澤，脖子處燃起深紅的火焰，化成氣宇軒昂的鬃毛，背部左右兩側出現巨大的光之翅膀。

那雄壯卻又優美的姿態讓我著迷，受到震撼的我站著一動也不動。庫庫魯化身為擁有火焰鬃毛與閃耀著神聖光輝翅膀的獅子，牠轉過頭，長著堅硬鬍鬚的嘴角彎成弧形：「再見啦。」

「等一下，庫庫魯。」

庫庫魯在想要阻止的我面前，對空吼出一大聲咆哮，拍動光之雙翼飛了起來。化成一座漆黑小山的怪物朝著庫庫魯伸出暗黑色的觸手，但是那些觸手在碰到庫庫魯的身體之前，就被牠的身體散發出的光芒給消滅了。

飛得又高又遠的庫庫魯，筆直地往發出臨死前嚎叫的怪物飛了過去。

從無限的憤怒與憎恨中誕生的庫庫魯，和從無限的愛中誕生的庫庫魯身影重合的瞬間，夢幻世界被吞噬在金色的光芒之中。

張開因為刺眼而閉上的眼睛時，我正站在光輝四溢的空間中，像是金粉飄落般充滿細微光之粒子的空間裡，我和男孩面對面站著。

我凝視著站在面前的男孩。

蓮人，少年X的，也是……袴田醫師的瑪布伊。

他抬眼以依賴卻又膽怯的眼神看我。

這裡也是我創造出來的夢幻世界吧？整個世界一定是因為庫庫魯的能量全數釋放的關係而充滿了光輝。

我輕輕地翻掌向上，粉雪般細緻的光之結晶落在了掌心。

這是庫庫魯的碎片，為我注入無限之愛的碎片。

深切的哀傷逐漸滿溢胸腔。

我深呼吸擦了擦眼角，庫庫魯為了幫助我而賭上了一切，我必須回應牠的心意。

我對上蓮人的視線。將他從這個世界排除，完成瑪布伊谷米之後，現實世界的我就會醒來，庫庫魯這麼說過。

排除……我的視線受到蓮人纖細的脖子吸引。我已經沒有猶他的能力了，但就算如此，要對眼前瘦弱的男孩下手也很容易吧。

他從我身上奪走了許多東西，只要在這裡消滅瑪布伊，現實世界裡的他就不會再醒來了，我可以用這雙手為媽咪和爸爸報仇。

二十三年來，我都恐懼地活在少年X的陰影中，所以現在，我更應該要戰勝少年X才是。

為此……我與蓮人持續對看著，內心充滿糾葛，光之粒子不斷飛舞在只是彼此對看的我們身旁。

……時間過了多久了呢？

或許只是幾分鐘，但總覺得已經這樣對看了好幾天。

下定決心的我向蓮人緩緩地伸出手。

我的雙手越來越接近他纖細的脖子，然後……從旁穿了過去。
我溫柔卻又堅定有力地抱住他。
「已經沒事了喔，已經，沒事了。」
嘴唇靠近他的耳邊，我輕柔地說道，蓮人怯怯地用細瘦的手臂環繞我的身體。
一臉幸福地閉上眼睛的蓮人和我，身體逐漸融化在金色的光芒中。

3

張開異常沉重的眼瞼，眼前看見的是天花板。
白色，彷彿整個人要被吸進去的純白天花板。
「這裡是……？」
唇縫間溢出的聲音，沙啞得簡直不屬於自己。口中，以及喉嚨無比乾燥，有如吞下了荒漠細沙一般。
甩了甩朦朧無法集中思考的頭，想要坐起身時卻發現全身的關節像是生鏽了一樣發出軋吱聲，痛楚四竄。
我咬緊牙根，用雙手想辦法撐起上半身，蓋在身上的薄被滑了下來。
當我再次甩動沉重的頭時，全身爬過一陣寒顫，感覺就像冰水灌進了脊髓。我連忙摸摸自己的胸口，透過披在身上衣服的單薄質地，感受到了那讓我自卑的貧瘠乳房的觸感。

「還在……」

這句話隨著鬆了一口氣的吐息一同流洩而出。

我覺得胸口好像開了一個大洞，即使已經實際摸過，確認那不過是錯覺的現在，那種感覺仍未消失。

食道、肺，還有心臟，彷彿這些臟器都被摘走，胸廓內空蕩蕩的感覺，無法穩定重心，只要稍微一個不留神，馬上就會輕飄飄浮在空中似的。

雙手繼續壓在胸前，我閉上了眼，像是抵擋強風一般蜷縮身體。總覺得如果不這麼做，身體、心靈，「自我」這個存在就要被吹走了。

突然一陣既視感襲來。以前我也曾有過相同的經驗。

但是，是什麼時候……？

我讓意識落入大腦的深處，往沉積了厚厚一層的記憶底端而去。不久後，褪為褐色的記憶跳了出來，狹窄的房間裡，有個鼠婦般蜷縮著身體的孩子，那是二十三年前的我抽抽噎噎哭泣的景象。

感受到兩頰冰冷觸感的我，急忙張開眼擦拭眼角，手背因為透明的液體而濡溼。我將手往嘴邊送，試著舔了一口，淡淡的鹹味輕輕地包覆住舌尖。

和那一天相同的味道。

啊——這樣啊……我又失去了嗎？

非常貴重的東西。

我仰頭望著天花板。

日光燈的光線散開，變成七色光芒閃耀著，這一瞬間，一股強烈的衝動貫穿了全身。

我必須去那裡，我必須見那個人。我開始急忙拔除點滴管線等接在身上的各式管子，兩手拉出為了補充營養而插入鼻腔的細管，因為那滑溜的觸感而皺起臉，當原本深達胃部的那條管子前端經過喉嚨深處時，灼燒的胃酸苦味侵略了我的口腔。

我乾嘔著拔去所有管子，以及貼在胸口的心電圖電極貼片之後，想要從病床上下來，但是雙腳卻沒能支撐住體重因而跌落地面。

我的肌力衰退了？這是當然的，因為我已經臥床不起兩個月了。

「兩個月？臥床不起？」

無力的聲音溢出，不知為何，我察覺到自己陷入長期昏睡一事。

腦海裡充滿了疑問，但比起這個，必須離開這間病室的衝動更加強烈，我拚命爬到門邊，雙手抓著門把開門來到走廊，從旁邊談話室走出來的男女注意到我，瞪大了眼睛。

兩名年輕女性與年長的男性。看到那三人，我的大腦深處疼了起來。

我知道這三個人，我見過這些人，但是卻不知道那是在哪裡。

「識名醫師！」三人跑向我，撐住我的身體。

「妳醒來了呀，我馬上去叫主治醫師。」

年長的男性想要帶我回病室，我猛力地左右搖動僵硬的脖子。

「請帶我去特別病室！就在這條走廊的盡頭！」

我拚命這麼說完，三人露出困惑的表情彼此對看。

現在不去就太遲了。我不知道是誰住在特別病室裡，只是本能告訴我必須立刻去見那個人。

「拜託你們！我非去不可！」

我拚死命地懇求之後，年長的男性點頭：「我知道了，只要能夠幫上妳的忙。」兩位女性也以認真的表情點頭。我不知道為什麼這三人要幫助我，只是感受到連同我在內的四個人之間，有某種類似強烈羈絆的東西。

年長的男性與將黑髮紮成馬尾的年輕女性從兩側撐著我，沿著走廊一步一步前進，來到隔開一般病房與特別病房的自動門前時，剛好有護理師從另一側走來，門打開了，我們從因為看到我而一臉驚訝的護理師身旁走過，抵達位於盡頭的特別病室。似乎懷有身孕，肚子有些醒目的女性幫我打開門，我們走進像是高級飯店套房一樣的病室。

「愛衣?!」

在裡面的病床旁和護理師並立的華學姊，看到我之後高聲說道。

「咦?!妳醒來了嗎？為什麼？怎麼到這裡來了？」

或許是陷入混亂之中，招牌眼鏡後方的眼睛充滿了驚訝與困惑，我在兩人的支撐下向她走近。

「讓我和那個人說話。」我抓著病床的欄杆整個人靠在上面。

「呃，妳想和他說話，可是他的意識……而且他還插管做人工呼吸，現在已經是病危狀態……」

我瞄了一眼視線游移不定的華學姊之後看向病床，那裡躺著一名樣貌令人不忍直視的男性，顏面變形，頭部或許是為了動手術而曾經剃光，頭髮很短，右側手腳看來已經被截肢了，即使如此，我仍然立刻就知道他是誰了。

以及，知道他做過了什麼。

我動著關節軋吱作響的手臂，手貼在他的、袴田醫師的臉頰上。

「醫生，請你醒來。」

我一邊說著，一邊斜眼確認顯示在螢幕上的心電圖，心跳數已經低於每分鐘三十下了，再過不久，他的心臟就會停止跳動了吧。

「袴田醫師，請你醒來，我有話一定要對你說。」

我再次對他說完，緊閉著雙唇等待回應。

在這間房間所有人的注視下，袴田醫師的眼瞼緩緩地向上抬了起來，「不會吧……」華學姊僵立在旁，我靠近袴田醫師的耳邊，小聲說道。

「我……原諒你，原諒所有的一切，所以……請安心睡去吧。」

袴田醫師微微地，幾乎微不可見地瞇起眼之後閉上了眼睛。

螢幕上的心電圖變成一條直線，警報聲響遍了整個房間。

「心跳停止！對不起，愛衣，妳往後退！」

華學姊跳上病床，開始進行心外按摩，我因為被輕輕推了一把的作用力而搖搖晃晃往後退，年長的男性撐住了我。

我們四人並排而立，看著正在接受心肺復甦術的袴田醫師。

「永別了，袴田醫師。永別了……蓮人。」
無意識地，我的口中喃喃說出這樣的話語。

4

「我回來了。」
我開門說道，當然，沒有回應，我的聲音徒勞地迴盪在玄關。
從我自ＩＬＳ中醒來之後已經過了三個月，這三個月我必須專心在復健上，以恢復昏睡期間衰退的體力，所以還不能回到工作崗位。上個星期，所有的復健療程終於結束，獲得體力已經恢復到原本狀態的保證，因此我得到主治醫師華學姊的許可，從下星期開始復職。
結束每天都去的復健療程之後，在自家裡多了許多閒暇時間的我忽然想到，要不要回廣島老家看看。
於是我搭乘新幹線前往廣島車站，然後轉乘路面電車回到了老家。
這是在附近的殯儀館為爸爸辦完喪禮之後第一次回來。放著將近一年不管的家，散發出些許廢屋的氣氛，因為懶得去辦手續，所以電力、瓦斯、自來水等民生管線現在仍然沒有停掉，只是住一個晚上應該還過得去。
我脫掉鞋子踏入家中，以前只要一回家，我養的貓黃豆粉就會等在玄關，飛撲過來爬上我的肩膀，令人懷念的回憶讓我笑了起來。

我先走上樓梯，往位於二樓走廊盡頭的自己房間走去。在這裡住到高中畢業的房間，或許是長久沒有人使用的關係，積了薄薄的一層灰，但是只要簡單清掃過，看起來就足以住人了。

將行李放在床上之後，我回到走廊，輕輕拉開樓梯旁邊的紙拉門，裡面是一間鋪著老舊琉球榻榻米的房間，房間中央放著小矮桌。這是大約十年前過世的奶奶原本使用的房間。

媽咪在那起事件中過世之後，奶奶一直代替母親疼我，我想起以前經常坐在那個小矮桌前，塞了滿嘴奶奶給我的沖繩點心，聽她說從前的故事。

輕輕關上拉門，我走下樓梯來到一樓的客廳，放在那裡的客廳桌椅組和餐桌，是從很久以前，媽咪還活著的時候就擺在那裡的東西。

幼時的記憶復甦，放在客廳角落的籠子裡，兔子跳跳太總是抖動著長長的耳朵在吃飼料。

爸爸坐在餐桌前看報紙，我在沙發上看電視，黃豆粉在貓跳檯上好像很舒服地舔毛，奶奶跪坐在我旁邊的地毯上編織東西，然後媽咪在廚房裡……

幸福的回憶讓我的胸口稍微溫暖了起來，從ＩＬＳ醒來之後，就一直受到像是開了個大洞一樣的失落感而苦的胸口。

不，在ＩＬＳ發作之前，我的胸口一定就已經開了一個洞了吧，從二十三年前的那一天，少年Ｘ、袴田醫師殺了媽咪的那一天開始。

我只不過是一直假裝沒有發現這件事罷了。

「袴田醫師……」

從我身上奪走許多東西的男性名字自口中溢出，他是少年X，不僅如此，還以精神科醫師的身分將許多人逼至自殺絕路，最後並親自動手殺害了好幾名被害人，這件事已經真相大白了。在他死後，以嫌疑犯死亡的方式函送檢方，案件就此告一個段落。大醫院的院長過去是殺害超過十條人命的少年，且直到最近都還在持續剝奪人命，這樣衝擊性的事件震驚了社會，媒體紛紛湧到神研醫院來。

但是，一方面兇手已經死亡了，加上人們的好奇心並不長久，大概過了一個月之後，善變的社會大眾目光就轉移到其他煽動性的事件上了。

那一夜，被逼急了的袴田醫師將我、飛鳥小姐、佃先生、環小姐當成最後的獵物找了出去，這一點無庸置疑，但是之後發生了什麼事，導致我們四人ILS發作、袴田醫師發生交通意外，目前仍是個謎。

腦海裡浮現出袴田醫師的笑容，不知道為什麼，我現在對他完全沒有憤怒、憎恨、嫌惡的感受，但他明明就是從我身邊奪走了媽咪和爸爸，並且玩弄我內心的人物。為什麼我能夠原諒他呢？我感到有些不可思議。

袴田醫師真的是只為了自己的欲望而為我治療嗎？最近，這樣的疑問會忽然掠過腦中。他透過支配我來獲得快感，這毫無疑問，但是想起他有時候露出的爽朗笑容，又讓我覺得會不會不只是這樣而已。

他會不會抱持著一點點，真的只有一點點，純粹想要救我的心？在那從幼時即遭受虐待而產生的邪惡人格一隅，曾有如果在愛的環境下長大便會顯現的溫柔萌芽。這樣的想法，難道只是我期望之下的解釋方式嗎？

我和三位同為克服ＩＬＳ的夥伴現在仍定期聯絡，飛鳥小姐的角膜移植手術成功，視力已經恢復了，下個學年會再回到飛行員培育學校；佃先生重拾律師工作，他堅定地宣告要為拯救因冤案而受苦的人們鞠躬盡瘁；環小姐肚子裡的孩子也順利成長，她訴說自己的決心，要努力讓自己和被殺的未婚夫之間孕育的孩子幸福。

他們三人都說覺得自己在昏睡期間和我在夢中見過面，因為我他們才能從ＩＬＳ中醒來。

明明不可能有這種事，但不知為何，每次聽到這麼說我的腦海中就會浮現出畫面。

和耳朵像兔子的淡黃色貓咪一起在危險卻又充滿魅力的世界裡四處奔走的畫面。那究竟是什麼？是我陷入昏睡時做的夢嗎？那神奇的動物每一次浮現在我腦海中，就會湧出一股混合了幸福與哀傷的情感。

我「呼——」地吐了口氣，離開客廳朝爸爸的房間走去，穿過現在仍擺放著兩張床的房間，打開位於裡面、爸爸用來當作書房的和室的門。

兩坪多的狹窄和室裡放著佛壇。

我走進爸爸生前使用的書桌，拿起放在上面的相框，是在那起事件發生前拍攝的照片，正中間是媽咪抱著年幼的我，兩旁則站著爸爸和奶奶，仔細一看，照片一角也拍到了黃豆粉和跳跳太。

愛情濃密得幾乎要滿溢而出的全家福照片，我將它按在胸口，像是要填滿空在那裡的一個大洞。

緊抱著幾分鐘之後，我將相框放回桌上，離開書房往自己的房間走去。雖然體力已經恢復了，但花了將近六個小時在交通上還是累積了疲勞。

回到自己房間的我仰躺在床上閉上眼睛，面對立刻來襲的睡魔，我毫無抵抗地讓意識落入深處。

好重……我感受到胸口的壓迫而微微睜開眼，對上了一雙大眼睛，像是濃縮了星空在裡面的美麗琥珀色眼眸。

「……黃豆粉？」

說完，淡黃色的愛貓便用粗糙的舌頭舔著我的臉頰。

「等等，很癢啊，別再舔了。」

黃豆粉從我的胸口跳下，移動到門前，似乎在邀請我一般「喵——」了一聲。

「幹嘛？你是在說跟我走嗎？」

我一邊抱怨一邊起身，黃豆粉從門縫像液體一樣溜了出去。

甩著有些沉重的頭，我追在黃豆粉後面來到了走廊。

奇怪？我本來在做什麼？

我帶著疑問走下樓梯，等在一樓的黃豆粉跑向客廳的方向，我無奈地追在牠身後，令人食指大動的香料香氣飄過鼻孔，菜刀敲著砧板的清脆聲響傳到了走廊。

有誰在嗎？我記得這個家裡……我甩著彷彿籠罩著一層薄霧的頭走進客廳之後，

看見了一名坐在沙發上正在看報紙的男性背影。
「愛衣，妳醒了嗎？」爸爸摺著報紙對我說。
「爸爸?!」
我眨著眼睛。為什麼爸爸會？因為爸爸已經……
「就快吃晚餐了妳卻還不下來，所以我請黃豆粉去叫妳。」
「啊，嗯，這樣啊。」
已經這麼晚了呀，那爸爸會在客廳裡也是很正常的。我抓了抓太陽穴。
「小愛，有金楚糕妳要吃嗎？」
跪坐在沙發前地毯上的奶奶招了招手，黃豆粉在她的腿上縮成一團，喉嚨發出呼嚕聲。
「晚餐之前吃點心會胖喔。」
我苦笑著，坐在餐桌旁邊的椅子上。我才想著在客廳角落籠子裡睡覺的跳跳太耳朵好像豎了起來，牠就轉過頭來看我。
「跳跳太，你好嗎？」
我輕輕揮揮手，跳跳太的耳朵像是在回應我一般左右搖晃。
這樣啊，我是在復職前先回來老家一趟嗎？
「復職？」
我歪著頭。話說回來，我為什麼會暫時停職呢？在我覺得好像忘了什麼重要的事而焦急時，有人輕輕地拍了拍我的肩膀，我一回頭，看見站在那裡的女性不禁瞪大了眼睛。

「媽咪?!」

「怎麼啦，發出那麼大的聲音。」

穿著圍裙的媽咪誇張地雙手摀住耳朵。

「馬上就要吃飯了再等一下，我今天做了妳愛吃的咖哩喔。」

媽咪揉了揉我的頭髮之後回到廚房去了，看著她的背影，我終於察覺到異樣感的真面目。

原來是夢啊……

沒錯，我已經沒有家人了，這裡是從我的幻想誕生、曇花一現的世界。

我暫時閉上眼睛，等待數秒之後再睜開眼，原本在廚房裡的媽咪消失了，爸爸、奶奶、黃豆粉、跳跳太也不見了。啊——果然是……

「果然是，夢啊……果然是我的幻想……」

「雖然是夢，但並不是幻想唷。」

忽然傳來的聲音，讓我猛地抬起了頭，餐桌上有一隻奇妙的生物，擁有像兔子一樣長長的耳朵，毛色淺黃的貓。

「庫庫……魯……？」

從嘴裡流洩出這句話的瞬間，沉在腦海深處的記憶如煙花般鮮明絢爛地彈了出來。

和庫庫魯一起在夢幻世界裡四處奔走的記憶，寶石般光彩奪目的冒險記憶。

我傾身向前，抱住庫庫魯小小的身軀。

「庫庫魯！真的是庫庫魯嗎?!」

「是啊，真的是我呀。」

庫庫魯的長耳朵環繞著我的背後，絨球般柔軟、懷爐般溫暖的耳朵。

「為什麼？那時候你不是和少年X的庫庫魯一起消……」

高漲的情緒讓我無法完整說完一句話。

「對，我耗盡了身為猶他的庫庫魯的力量，曾經一度消失，但是呀，身為猶他庫庫魯的我雖然滅亡了，愛衣庫庫魯的部分卻沒有消失唷。」

「這是什麼意思？」

我將臉埋在庫庫魯蓬鬆的毛髮中問道。

「意思是就算猶他的能力消失了，比那個還要更強的東西卻不會消失。」

「還要更強的東西？」

我反問道，庫庫魯古靈精怪地微笑。

「就是我的本質，家人留給妳的愛情……無限的愛唷。」

庫庫魯驕傲地挺起胸膛，張大了雙耳。

「我的本質就算粉碎四散了，也會繼續存在於妳之中，而今天妳回到這個家中，回想起家人有多麼愛自己，所以粉碎的我便能夠再次集結，恢復成這個樣子。」

什麼理論對我來說都無所謂了，因為現在我的臂彎中，有著重要的存在。

「那以後我們也能永遠在一起對吧。」

「嗯，不過我已經不是猶他的庫庫魯了，沒有像之前那樣的力量，是很弱小的存在，所以妳醒了之後，也不會記得我。」

「怎麼這樣……」

我咬著嘴唇，庫庫魯用耳朵溫柔地輕撫我的臉頰。

「不過不用擔心，我們隨時都可以在夢中相見，就算妳不記得我，也一定會記得一件事，那就是大家都在守護著妳，打從心底深愛著妳。」

我的手疊在庫庫魯的耳朵上，點了好幾次頭，「嗯……嗯……」

「好了，再說下去，難得的晚飯都要涼了，差不多該開始『我們』的晚餐時間了。」

庫庫魯合十敬拜般合起雙耳，隨著「啪」的聲音消失了，相反地，原本消失的大家又都回來了。

我重要的家人們。

「好啦，晚餐煮好了，來吃吧。」

媽咪端著托盤，上面放著盛好咖哩的盤子，從廚房走過來，擺盤的同時，爸爸和奶奶也坐到了位子上，媽咪脫下圍裙掛在椅背，坐在我對面的椅子，籠子裡的跳跳太朝著我們的方向，黃豆粉迅速地跑上貓跳檯。

「那麼，我們開動吧。」

在爸爸的招呼下，我們四人合起雙手。

「開動了！」

我的聲音帶淚，迴盪在四人與兩隻毛孩家族齊聚的空間中。

我張開眼睛，看見了懷念的天花板。

「啊——我是回到老家了嗎……」

我揉著眼睛坐起身，本來只是想躺一下，結果似乎是扎扎實實地睡了一覺，大概是因為這樣，身體感到很輕盈。

不，不只是身體，心裡也……

感覺好像做了什麼愉快的夢，內容雖然想不太起來了，不過是個非常幸福的夢。

不知為何視線模糊了起來，有個熱燙的東西滑過臉頰。

我不知道自己為什麼哭，只是淚水止不住地湧了出來，不是從昏睡中甦醒時流下的冷如冰的淚水，而是融入了各式各樣情感的熱淚。

我的手輕輕貼在胸前。

二十三年來，一直大開的洞被填了起來。

貓一般柔軟又溫暖的東西，盈滿我的胸口。

終幕

「真的是累死我了……」

我踩著虛浮的腳步從護理站走出來。

昨晚是復職後的首次值班，倒楣的是病房接連發生突發事件，我都還沒來得及瞇一下就迎來了早晨。

終於結束最後一位病患的處置，我東倒西歪地踩著殭屍般的步伐走進電梯，往醫師辦公區所在的三樓前進。早上的巡房開始之前要先在值班室裡小睡個一小時，否則身體撐不下去。

我步出電梯正往值班室走去時，穿著白袍的華學姊從前方走過來，看來她正要去巡房。

「哦，愛衣，值班怎麼樣？」發現我的華學姊舉起一隻手。

「是戰場啊，真的是戰場……我連瞇都沒瞇一下……」

「哎呀，才剛回來就上戰場，請節哀呀。妳眼睛下面出現像眼影一樣的黑眼圈了，睡眠不足可是肌膚的大敵唷。」

「我又不是自己喜歡才熬夜的。」

「這倒也是。」華學姊笑著輕輕拍了拍我的背。

「不過啊，愛衣，妳的臉色很不錯喔。」
「妳剛才不是還在說什麼黑眼圈的。」
我嘟起嘴，華學姊搖搖手，「我不是這個意思。」
「從妳復職之後，該說是很充實嗎？總覺得妳一掃陰霾。」
「一掃陰霾……嗎？」
或許真是如此。復職之前，回了老家一趟之後，我便湧起了無論遇到多麼痛苦的事，都能撐得下去的自信。
「哎呀，不要想太多了，總之先去值班室小睡一會兒吧。」
「我正有此意，那就晚點見啦，學姊。」
「嗯，晚點見——」華學姊揮著手離去，我拖著沉重的腳步勉強走到值班室，白袍也沒脫，如同頭下腳上墜落般倒進了床裡。
黑色的簾幕馬上降臨意識中。

張開眼，我正躺在純白的沙灘上，柔和的波濤聲搔刮著鼓膜，我眨了眨眼坐起身，剛才還重得像鉛塊一樣的身體，現在則輕盈得有如棉絮。
刺眼的光線讓我瞇著眼睛看向天空，萬里無雲的晴空閃耀著明亮的檸檬色，簡直就像太陽融進了天空中遍布於各個角落。
我環顧四周，這是飄浮在海中，直徑約十公尺，由沙子組成的小島，只有正中央長了一棵椰子樹。

「這裡是……」

我自言自語著站起身，眺望綿延至水平線的大海，映照在空中灑落的光輝之下的鈷藍色大海，忽然幻化成鮮豔的桃紅色。

凝神細看，數不清的小型水母漂在海面近處，圓形的身體輕飄飄地浮在水中的樣子又可愛又滑稽，我不禁笑彎了嘴角。

那群水母帶著櫻花般粉紅色澤的半透明身體，柔和地反射來自空中的光，將大海染上了顏色。下一秒，水母的身體同時變成了橘色，這幅景象彷彿向日葵盛開在大海中一般。

我沉醉在隨著時間變換色彩的大海，遠方的海面突然像爆炸般隆起，捲起了閃耀著鮮豔光澤的水母，從中現身而出的是水晶做成的巨大珊瑚。

水晶珊瑚散發出耀眼的光輝，繁複地舒展著枝椏朝空中攀登而去，就像為天使打造的階梯往天上延伸。

珊瑚一個接一個出現在海面，蛋白石、紅寶石、藍寶石、祖母綠，以及鑽石等寶石組成的珊瑚大樹。就在我仰頭看著不斷向上延展的那些珊瑚時，忽然感受到背後有其他氣息。

我反射性地轉頭，一隻擁有兔耳朵的淡黃色貓咪正折手趴坐在椰子樹的樹根處，看到那個樣子的瞬間，我馬上想起了牠是誰。

交織著喜悅及幸福的情感逐漸充滿全身細胞。

「唷，愛衣。」

站起身的兔耳貓庫庫魯先拱起背脊做了個伸展之後，才舉起一隻耳朵打招呼。

「你好呀，庫庫魯，這真是個不可思議的夢呢。」

「嗯啊，就是說。」

庫庫魯輕輕一躍，跳上了我的肩膀，肉球隔著襯衫布料傳來的柔軟觸感非常舒服。

「好啦，那麼今天也一起冒險和大玩一場吧！」

庫庫魯咧嘴揚起鬍鬚墊，「喵嗚——」地高吼了一聲。

國家圖書館出版品預行編目資料

無限的 i【下】/ 知念實希人著；林佩玟譯. -- 初版. -- 臺北市：皇冠, 2021.6　面；公分. -- (皇冠叢書；第4944種)(大賞；127)

譯自：ムゲンの i (下)
ISBN 978-957-33-3733-1 (平裝)

861.57　　110006677

皇冠叢書第4944種
大賞｜127

無限的i【下】

ムゲンの i（下）

作　　者—知念實希人
譯　　者—林佩玟
發 行 人—平雲
出版發行—皇冠文化出版有限公司
台北市敦化北路120巷50號
電話◎02-27168888
郵撥帳號◎15261516號
皇冠出版社(香港)有限公司
香港上環文咸東街50號寶恒商業中心
19字樓1903室
電話◎2529-1778　傳真◎2527-0904
總 編 輯—許婷婷
責任編輯—蔡維鋼
美術設計—嚴昱琳
著作完成日期—2019年
初版一刷日期—2021年6月

法律顧問—王惠光律師

讀者服務傳真專線◎02-27150507
電腦編號◎506127
ISBN◎978-957-33-3733-1
Printed in Taiwan
本書定價◎新台幣380元/港幣127元